艾丽丝·门罗短篇小说女性书写研究

菅娜娜　谷晓曦　杨光 ◎ 著

西南交通大学出版社
·成都·

图书在版编目（CIP）数据

艾丽丝·门罗短篇小说女性书写研究 / 菅娜娜，谷晓曦，杨光著. —成都：西南交通大学出版社，2023.8
ISBN 978-7-5643-9348-9

Ⅰ. ①艾… Ⅱ. ①菅… ②谷… ③杨… Ⅲ. ①艾丽丝·门罗 – 妇女文学 – 文学研究 Ⅳ. ①I711.065

中国国家版本馆 CIP 数据核字（2023）第 119070 号

Ailisi Menluo Duanpian Xiaoshuo Nüxing Shuxie Yanjiu
艾丽丝·门罗短篇小说女性书写研究
菅娜娜　谷晓曦　杨　光　著

责任编辑	吴　迪
封面设计	李思巧
出版发行	西南交通大学出版社 （四川省成都市金牛区二环路北一段 111 号 西南交通大学创新大厦 21 楼）
发行部电话	028-87600564　028-87600533
邮政编码	610031
网　　址	http://www.xnjdcbs.com
印　　刷	成都蜀通印务有限责任公司
成品尺寸	170 mm × 240 mm
印　　张	16.75
字　　数	223 千
版　　次	2023 年 8 月第 1 版
印　　次	2023 年 8 月第 1 次
书　　号	ISBN 978-7-5643-9348-9
定　　价	66.00 元

图书如有印装质量问题　本社负责退换
版权所有　盗版必究　举报电话：028-87600562

前 言

艾丽丝·门罗是目前加拿大第一位也是唯一一位凭借短篇小说成就获得诺贝尔文学奖的作家[1]，正因为其短篇小说艺术造诣之高超，瑞典学院称她为"当代短篇小说大师"。门罗创作的短篇小说内容是丰富的，因而读者总能从各个角度进入门罗的书写世界，其小说形式总是不断创新，这也很难不让读者对门罗的叙事技巧沉迷。尽管门罗从来不承认自己是一名女性主义作家，但不可否认的是，她笔下所关注的基本是围绕着女性展开，描写的也基本是女性的人生抉择与命运走向。但是，门罗笔下的女性书写并不同于传统意义上的女性书写，其女性观点也和女权主义的观点相去甚远，门罗的女性书写始终是属于门罗自身的。

立足于此，本书主要以门罗封笔之作《亲爱的生活》为主要研究对象，同时也部分涉及门罗前期、中期和后期的代表性短篇小说，围绕"女性书写"这一主题来探讨门罗短篇小说艺术特色，通过对"围城内外"的女性书写、"逃离"叙事的性别构型、"两性关系"的超性别书写、对"娜拉困境"的回应、"边缘性"的生存空间书写、"不确定性"的叙事艺术、跨媒介叙事下的影视化呈现等七个方面的细读，分析门罗短篇小说中所展现的书写特色。

本书主要由八部分构成：

第一章绪论部分主要介绍了艾丽丝·门罗和她的创作。首先比较了《亲爱的生活》这一文本和前期代表作《逃离》等文本之间的联系和区别，同时界定了"女性书写"这一概念内涵，然后分析了国内外对艾丽丝·门罗

---

[1] 索尔·贝娄（Saul Bellow, 1915—2005），虽然也获得过诺贝尔文学奖（1976年），但他只是出生于加拿大，后入了美国国籍，主要以美国作家为世人熟知。

小说的研究方向和研究现状，重点比较国内外对艾丽丝·门罗研究成果的差异，得出相比较于国外，国内对门罗的小说的研究还不够充分、全面，也还不够重视。最后指出本书的主要内容和研究意义与价值。

第二章以《亲爱的生活》为代表的短篇小说作为研究对象，集中梳理出"门罗世界"下的女性群像。区别于传统的女性书写，也不同于女权主义书写的方式，门罗创造了一个完全属于自己的女性言说方式以及一众鲜活的女性形象。

第三章以《逃离》这部门罗中期创作的短篇小说集为主要研究对象，兼及《亲爱的生活》相关篇章，探究门罗笔下"女性逃离"的叙事主题，以"出走女性"的浪漫爱情、欲望和欲望介体以及冰山之下"逃逸的男性"话语叙述两个方面，来捕捉逃离叙事中的性别构型，以期展示门罗的两性观念。本章意在探讨："逃离"作为门罗小说中的一个结构性在场，不仅仅关乎女性主体内在的生存困境和无意识，同样也折射出主体的外部世界，也即与之相关的形形色色的人/男人、事、物及其变迁。

第四章梳理了艾丽丝·门罗女性书写的性别之维中的超性别书写内容。在两性关系的探讨中，门罗通过其短篇小说创作让读者看到两性世界的关系并不是截然对立，而是相互流动、可以沟通的，并最终将会在生活中谱出两性关系的"和谐音"。

第五章重点以《逃离》与《沉香屑·第一炉香》为研究对象，分别将门罗与张爱玲笔下的西方式"女性逃离"与中国式"娜拉出走"展开对读，从中可以看出门罗对女性出走后的命运如何作出的回应具有启发性。"真实的生活"的书写下是门罗对生态女性主义的呼应；"人化自然观"则凸显着张爱玲对生态女性主义的颠覆。当然门罗的回应也有局部的变异，比如那些甘当俘虏的"女性动物"；张爱玲的颠覆之下也有"认同"的在场，比如"自然之子"与女性主体形而下的欲望展示。

第六章讨论了"边缘性"心理下的生存空间的书写。民族生存环境描写隐喻性投射的是加拿大现实社会空间，"门罗小镇"这一加拿大西南部边睡小镇则是门罗短篇小说的地理空间。社会结构和地理空间结构均处于边缘的加拿大生存体验，使得门罗在性别结构的女性边缘性感受中找到了某种契合。门罗通过边缘化生存空间的体验与表达，来完成对边缘性的女性身份的拷问以及加拿大民族文学建构的反思。

第七章论述了在短篇小说的创作艺术上，门罗坚持不懈地探寻着属于自己的话语书写方式。她在不拘泥于传统的基础上，借鉴传统的现实主义手法，不断创新，同时吸收后现代虚构的写作方式，在时间和空间上交织往复，形成跳跃性、多变性的叙事结构。伴随着小说开放性的主题是戛然而止的结局，在文本内部留下大量空白，引发读者去思考和想象，从而使得小说的主题包蕴丰厚。

第八章首先从微观视角聚焦于门罗小说中自然风景叙事与生态女性主义书写，在树木、荒原的神话意象中考察小说中的恐怖书写主题与求生意识传达；湖景中的"恋地情结"是门罗深藏于心的欲望叙事与心灵幻景；小说中反复出现的动物意象作为"修辞工具"则凝聚着门罗对生态女性主义的思考。其次对门罗小说的影视化改编与风景的跨媒介叙事展开研究，具体分别从风格作者化、情感类型化、身体主体化三个角度聚焦探讨门罗小说影视化艺术处理下"风景"的跨媒介、跨文化、跨性别叙事中的议题，以此阐明门罗小说中的和谐生态如何实现，差异共生、平等良善的社会何以可能。

目 录

第一章 绪 论 ··· 001
    1.1 艾丽丝·门罗及其短篇小说创作 ··· 003
    1.2 国内外研究分析 ··· 013
    1.3 研究主要内容及目标 ··· 027

第二章 "围城内外":门罗女性书写的人物形象之维 ······················· 033
    2.1 鲜活的肖像:《亲爱的生活》中的女性群像 ······························· 035
    2.2 对传统女性主义作家的超越与发展 ··· 045
    2.3 本章小结 ··· 055

第三章 性别构型:门罗小说"逃离"叙事的主题之维 ······················· 059
    3.1 凸显"逃离"叙事中的男性话语 ··· 064
    3.2 "出走女性"的浪漫爱情和欲望介体 ··· 083
    3.3 本章小结 ··· 096

第四章 超性别书写:门罗女性书写的两性关系之维 ······················· 097
    4.1 性别意识的双向流动 ··· 099
    4.2 性别关系上的"双性同体" ·· 107
    4.3 生活中谱出两性关系的"和谐音" ··· 115
    4.4 本章小结 ··· 123

第五章 对"娜拉困境"的回应:门罗与张爱玲的对读之维 ················ 125
    5.1 中国式逃离与门罗式回应:从"娜拉出走"谈起 ························· 127
    5.2 对"女性生态主义"的呼应和颠覆 ··· 130
    5.3 呼应中的变异与颠覆中的认同 ··· 137
    5.4 本章小结 ··· 143

第六章　边缘性：权利话语下"门罗小镇"的空间之维……147
    6.1　"权利话语"下的社会空间及其寓意……………………150
    6.2　"门罗小镇"下的地理空间及寓意…………………………158
    6.3　本章小结………………………………………………………168

第七章　不确定性：门罗小说叙述的艺术化之维…………………171
    7.1　现实与虚构的复杂性交织……………………………………173
    7.2　时间和结构的跳跃性回放……………………………………179
    7.3　主题与结局上的开放性书写…………………………………190
    7.4　本章小结………………………………………………………198

第八章　跨媒介叙事：门罗小说中"风景"呈现及影视化之维……201
    8.1　自然风景与"南安大略哥特"………………………………203
    8.2　影视化改编与"风景"的跨媒介叙事………………………217
    8.3　本章小结………………………………………………………236

结　　语………………………………………………………………238

参考文献………………………………………………………………241

附　　录………………………………………………………………255

后　　记………………………………………………………………258

绪 论

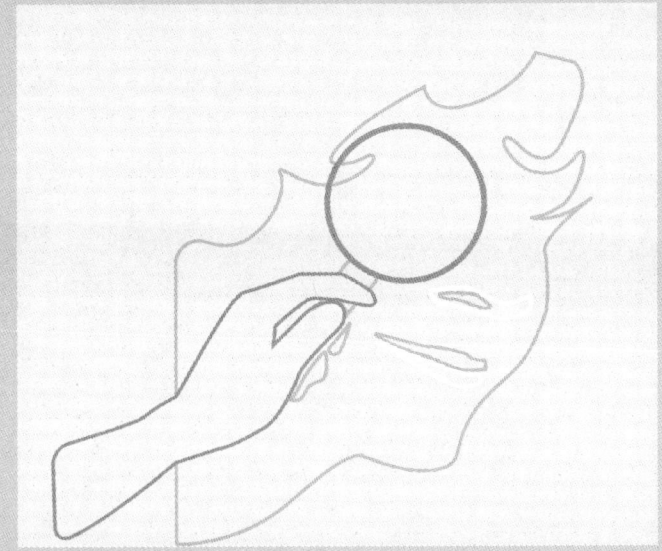

1.1 艾丽丝·门罗及其短篇小说创作

1.1.1 艾丽丝·门罗生平及创作

加拿大女作家艾丽丝·门罗（Alice Munro，1931— ）被誉为"当代契诃夫"，国内关于"Alice Munro"的中文译名没有形成相对一致的定论，对于其名"Alice"主要存在以下几种翻译：爱丽丝、艾丽斯、艾丽丝、艾莉斯以及爱丽斯；同时关于姓氏"Munro"的翻译也不太确定，大体有以下几种翻译：门罗、芒罗、蒙罗、蒙萝、孟若，其中芒罗、蒙罗以及蒙萝在早期的研究文论中较为常见，例如 1993 年简国儒的《*The Office* 评析》一文是国内针对门罗最早的详细研究，他在文中的翻译为"艾丽丝·蒙罗"。学者刘新慧在《兰州大学学报》上发表的《双面蒙萝——论艾丽丝·蒙萝的〈姑娘们和女人们的生活〉》一文中使用的是"艾丽丝·蒙萝"。此外，需要指出的是"孟若"一词的译法最早来源于台湾，2013 年木马文化出版社出版的繁体"艾丽丝·孟若系列"翻译作品，该系列丛书均用的是"孟若"这一翻译。近年来，关于"Alice"译法主要采取两种：一是"艾丽丝"，另一个是"爱丽丝"，散见于知网等学术论文中；而关于姓氏"Munro"，译者基本上将其译为"门罗"。本书采取的是"艾丽丝·门罗"这个译法，参考的是国内最早出版艾丽丝·门罗短篇小说系列作品的译林出版社的译法[《快乐影子之舞》（李玉瑶译）、《女孩和女人们的生活》（马永波等译）、《恨，友谊，追求，爱情，婚姻》（马永波等译）、《岩石堡风景》（王芫译）等]，以及本书的主要研究对象《亲爱的生活》（北京十月文艺出版社，2014 年，姚媛译）和《逃离》（北京十月文艺出版社，2009 年，李文俊译）两个主要文本使用的均是"艾丽丝·门罗"这个译法。

1931 年 7 月 10 日，一个小镇诞生了一位平凡的小女孩，这就是加拿大安大略省西南部的威汉姆镇（Wingham, South West Ontario）。82 年后，这个看似普通却又注定不平凡的小镇女孩"摇身一变"成为加拿大文学史上

第一位凭借短篇小说艺术成就获得举世闻名的诺贝尔文学奖的作家，同时也是世界上第 13 位获得诺贝尔文学奖的女作家，这个女孩的名字为——艾丽丝·安·莱德劳（Alice Ann Laidlaw）["门罗"是后来艾丽丝和自己的第一任丈夫詹姆斯·门罗（James Munro）结婚后所跟随的夫姓。成名后，即使是和第二任丈夫杰拉德·弗雷姆林（Gerald Fremlin）结婚，门罗依然保留着这个名字]。门罗的父亲罗伯特·埃里克·莱德劳（Robert Eric Laidlaw）是威汉姆镇的一个普通农民，有很高的野外猎捕技巧，早年间经营了一个狐狸养殖场。门罗的母亲安妮·克拉克·钱梅尼（Anne Clarke Chamney）毕业于渥太华师范院校，毕业后在当地的小镇作了一名小学教师，在与罗伯特结婚后，安妮不得已放弃自己的职业成为了一名"专职"家庭主妇。即便如此，门罗的母亲在其婚后繁复的家庭主妇生活中，依然始终保持着知识女性在智力上和社会地位上特有的优越感，这一点在门罗的小说中反复出现相关的女性身份以及母亲的角色和性格描写上都能得到很好的体现。在门罗年近五岁之时，她的弟弟和妹妹相继出生，这样的家庭成员构成关系为门罗此后所写作的家庭模式奠定基调。这也是为什么读者在她的作品中总能发现一种典型、传统、稳定的家庭模式叙事："雄心勃勃的母亲，逃避现实的父亲、敏感而爱幻想的大女儿以及务实精明的弟弟或者妹妹。门罗自己的家庭生活为其创作提供了源源不断的素材，她不断地重复、改写着安大略农家的故事，并使其最终成为了加拿大文学中的经典。"[1]

门罗的家庭在威汉姆镇并非一个非常富裕的家庭。在第二次世界大战前后，她的母亲已经出现帕金森综合征的相关症状，父亲的狐狸养殖场也因为皮草价格的暴跌破产，门罗一家曾一度在生存温饱线上挣扎，但是即便如此，门罗的父母也依然保留着良好的阅读习惯，夫妻俩都很喜爱阅读，母亲还是当地每月读书会的会员，她也经常口述一些家族轶事，给年幼的门罗以及弟弟妹妹讲故事听，这些都自然而然地深深地影响了门罗，成为

---

[1] 周怡：《爱丽丝·门罗：其人·其作·其思》，广州：花城出版社，2014 年，第 5 页。

门罗踏上文学道路的早期启蒙。1949 年秋，门罗凭着优异的成绩获得了西安大略大学两年的全额奖学金，从而开始了她新闻系专业的大学生涯，在大学中所受到的系统的文学熏陶为门罗的创作打下了坚实的理论基础，门罗还发表了自己第一篇小说《影子的维度》，甚至因此认识了自己的第一任丈夫詹姆斯·门罗。不幸的是，获得两年奖学金后，门罗由于经济的原因不得不辍学。辍学后，门罗便与詹姆斯·门罗移居到温哥华结婚，婚后育有四个女儿（Sheila, Catherine, Jenny, Andrea），其中第二个女儿 Catherine 出生后不久便不幸夭折。事实上，门罗婚后的生活和母亲家庭主妇般的生活并无二致，但是，门罗和詹姆斯两人开了个门罗图书公司，门罗作为家庭妇女以及母亲这一社会身份，她要承担家务照料孩子，业余时间，她一边管理图书，一边进行着大量的文学阅读。由此，门罗慢慢走上写作这条道路的创作轨迹日渐清晰可视。1984 年，门罗在接受托马斯·陶斯基（Thomas Tausky）的访谈中谈道："我能看到这是我生命中的两个选择，一个是婚姻、母亲身份，另一个是艺术家的黑暗生活。我意识到了这一点，在我有任何想法之前，我就在虚构地处理它。"[1]

门罗算是大器晚成的作家，奠定她在加拿大文学界地位的作品是发表于 1968 年的《快乐影子之舞》（Dance of the Happy Shades），这也是门罗正式发表的第一部短篇小说集。此后，门罗分别于 1968 年、1978 年和 1986 年三次获得加拿大小说界的最高奖项——总督文学奖（Governor General's Literary Award）[2]，1998 年和 2004 年两次获得加拿大吉勒奖（Giller Prize）[3]，

---

[1] Thomas E. Tausky. "Alice Munro Biocritical Essay" from Apollonia Steele and Jean F. Tener: *The Alice Munro papers*: *first accession*. Calgary:University of Calgary Press, 1986: 1-2.

[2] 总督奖（Governor General's Awards），加拿大国内最著名的文学奖项和艺术奖项，设立于 1937 年，它涉及文学、艺术、社会、科学、新闻等多个领域，其中总督文学奖（Governor General's Literary Awards）是加拿大最高等的国家级文学奖项之一。资料参见：https://www.wikiwand.com/en/1937_Governor_General%27s_Awards。

[3] 吉勒奖（Giller Prize），加拿大的一个文学奖项，设立于 1994 年，创立的目的是促进加拿大小说事业的繁荣。该奖每年评奖一次，创立时奖金 2500 加元，是加拿大文学奖金额最大的奖项，也是与加拿大总督文学奖、作家联盟奖这两大奖同等重要的一种文学奖项。资料参见：https://www.wikiwand.com/zh-cn/%E5%90%89%E5%8B%92%E5%A5%96。

2005年被美国《时代周刊》评为"世界100名最有影响力的人物",2007年和2009年两次获得曼布克国际奖(Man Booker International Prize)[1],并于2013年因其短篇小说的成就而获得了诺贝尔文学奖(The Nobel Prize in Literature)。门罗以"当代契诃夫""当代短篇小说大师""当代最伟大的短篇小说家"之名成为第一个获得诺贝尔文学奖的加拿大人,也是第13位获得此殊荣的女性作家,还因此打破了以往的短篇小说家很难获得诺贝尔文学奖的"魔咒"。

随着诺贝尔文学奖的获得,一时间世界文坛都开始聚焦于这位了不起的女性作家。众所周知,门罗的作品以短篇小说而闻名于世,在精简的篇幅背后蕴含的却是字字珠玑的深刻内涵。加拿大作家琼·克拉克(Joan Clark)曾说过:"她是全国最好的短篇小说作家,这是无与伦比的,如果我曾受到任何作家的影响,我宁愿受到最好作家的影响。"[2]门罗之所以成为唯一一个获得诺贝尔文学奖殊荣的短篇小说家,成为争议最少的诺贝尔文学奖得主,这与其简洁的作品深处所蕴含的丰厚的艺术魅力,在艺术魅力中包蕴的人生哲学是截然分不开的。随着门罗获得诺贝尔文学奖,国内外对门罗的研究也开始"水涨船高"。

从1968年到目前为止,门罗所著并出版的小说一共有15部(包括1部自选集),基本上都是短篇小说集,这是门罗一贯的作风。从1968年第一本《快乐影子之舞》(Dance of the Happy Shades)一经发表便获得了加拿大文学界的最高荣誉——总督文学奖。此后,笔耕不辍的艾丽丝·门罗又写下了《女孩和女人们的生活》(Lives of Girls and Women)。1972年,门罗与詹姆斯的婚姻破裂,门罗在和其离婚后,回到了西安大略大学任职写作教

---

[1] 曼布克国际奖(Man Booker International Prize),现称布克国际奖(Booker International Prize),是一项在英国颁发的国际文学奖,设立于2004年,每两年选拔并公布一次,旨在奖励英语世界用英语创作或者将作品译成英文的译者,该奖是当代英语小说界最高的文学奖项之一。自2016年起,改为每年一次,颁布给一部作品的英文翻译,奖金5万英镑,由作者和译者均摊。资料参见:https://zh.wikipedia.org/zh-cn/%E5%B8%83%E5%85%8B%E5%9C%8B%E9%9A%9B%E7%8D%8E。

[2] Catherine Sheldrick Ross. *Alice Munro: A Double Life*. Toronto: ECW Press, 1992: 10.

师。1976 年，门罗与自己的书迷及地理学家杰拉德·弗雷姆林（Gerald Fremlin）结婚，婚后两人在安大略省的克林顿小镇生活。此后，门罗几乎开启了专职的写作生涯。1978 年门罗发表了《你以为你是谁？》（*Who Do You Think You Are?*）获得了加拿大总督文学奖；1982 年《木星的卫星》（*The Moons of Jupiter*）获得加拿大总督文学奖提名；1986 年《爱的进程》（*The Progress of Love*）第三次获得加拿大总督文学奖；1990 年《我年轻时的朋友》（*Friend of My Youth*）获得了安大略省延龄草图书奖（Ontario Trillium Book Award）[1]；1990 年《公开的秘密》（*Open Secrets*）获得加拿大理事会莫尔森奖（Canada Council Molson Prize）；1998 年《好女人的爱情》（*The Love of a Good Woman*）斩获加拿大吉勒奖（Giller Prize）；2001 年门罗创作了《恨，友谊，追求，爱情，婚姻》（*Hate, Friendship, Courtship, Love, Marriage*）；2004 年最为人津津乐道的《逃离》（*Runaway*）出版，也给门罗带来了二次获得加拿大吉勒奖的机会；2006 年出版了《岩石堡风景》（*The View From Castle Rock*）；2009 年出版《幸福过了头》（*Too much Happiness*），并获得了曼布克国际奖（Man Booker International Prize）；2012 年《亲爱的生活》（*Dear Life*）出版，此书让门罗再次获得安大略省延龄草图书奖。2013 年门罗以《逃离》为代表的短篇小说成就获得了诺贝尔文学奖，而走上文学的最高峰，此后，82 岁高龄的门罗宣布封笔。2014 年，门罗整理出版自选集《传家之物》（*Family Furnishings: Selected Stories，1995—2014*），此书是门罗出于个人喜好，将她所创作的作品整理出版的作品合集，从中可以窥探门罗的审美倾向。关于门罗短篇小说创作及其译介情况，详见文末附录——艾丽丝·门罗小说英文原著与中文译本一览表。

在西方语境下，对门罗的研究成果比较充足丰富，但是笔者整理发现，

---

[1] 安大略省延龄草图书奖（Ontario Trillium Book Award），1987 年由加拿大安大略政府创立，是加拿大国内安大略地区受政府资助的最高等级的文学奖项，最长四年评选一次，政府设立此奖旨在鼓励那些弘扬安大略省传统文化与生活的优秀文学作品，以促进安大略省作家写作的丰富性和多样性。资料参见：https://www.ontariocreates.ca/our-sectors/book/trillium-book-award。

这些成果主要集中于其早期的代表性作品中（比如《女孩和女人们的生活》《逃离》《幸福过了头》），而对门罗自己宣称的封笔之作——《亲爱的生活》（国内最早的研究翻译版本较为正统的有两种：一个是北京十月出版社的版本，将其译为《亲爱的生活》；另一个是台湾木马文化出版社的版本，将其译为繁体的《亲爱的人生》。此外，笔者在整理研究文献时还发现，在国内出现出版社版本之前，国内的早期研究者在一本杂志上，将其翻译为《宝贵的人生》，本书选择的翻译版本为北京十月文艺出版社版本，统一将其译为《亲爱的人生》）研究较少。同时将《亲爱的生活》这一后期的代表作和前期的代表作《女孩和女人们的生活》《爱的进程》《公开的秘密》以及中期的《恨、友谊、追求、爱、婚姻》《逃离》《城堡岩石上的风景》连接起来，通过"女性书写"这一主题来从整体上考察门罗短篇小说艺术的研究成果更为不足，这样的研究现状对艾丽丝·门罗作为一个世界性的短篇小说巨匠来说远远不够全面。

1.1.2 《亲爱的生活》及"女性书写"的界定

关于《亲爱的生活》，需要指出的是：这本书是艾丽丝·门罗自称的封笔之作。选择这本书作为文本主要分析对象，首先是因为相对于门罗的早期代表作如《逃离》，目前国内外关于《亲爱的生活》相对较少，在笔者所能查阅到的所有学术性论文中直接涉及《亲爱的生活》的到目前为止有 100 篇左右，相对于门罗的研究论文从 1983 年截至 2022 年 10 月底，总共 600 多篇来说，《亲爱的生活》所受到的研究关注度远远是不够的。其次，选择这本书的另一个原因是，这本书极高的艺术造诣以及从中透露出来的门罗创作后期最为详备成熟的创作观以及人生观，正如门罗自己所说："作家总是认为自己最新作品是最好的，至少我是这样。所以，我希望他们从我最新作品开始阅读。"[1]最后，《亲爱的生活》和门罗之前所创作的文本相比，

---

[1] [加] 门罗：《爱丽丝·门罗：或许我会改变封笔的主意》，载于《京华时报》，2013 年 10 月 12 日，http://culture.people.com.cn/n/2013/1012/c172318-23174964.html。

有所传承和因袭之处，也有创新和独到之处。小说中所描写的仍然是围绕着小镇中普通的人和事件来展开，着力突出的仍然是女性从女孩到妻子再到母亲这系列角色蜕变过程中所经历的矛盾、冲突、挣扎、反抗以及随之所收获的感悟、经历、蜕变与成长。当女孩第一次面对原生家庭中与父母的矛盾时，门罗让她们选择逃离，当经历了爱情步入婚姻的"围城"之后，面对夫妻的种种矛盾，门罗依然让女性选择逃离，甚至游走在道德与责任的边缘。这些是门罗的有意安排，在她看来，女性的成长既可能是对传统家庭与婚恋的大胆挣脱与逃离，也可能是逃离后的平静与回归。无论是哪一种，最重要的是女性内心的挣扎与困惑最终会在这些经历中得到答案，也终究要在生活中学会释然与接受。在这些相似的主题和人物情节的安排之下，门罗封笔之作《亲爱的生活》更有前所未有的超越与发展之处，主要表现在以下四点：

第一，在仍然以女性为核心叙事对象之外，还加入了大量的男性声音，甚至是以男性叙事视角直接展开小说。例如《骄傲》中描写的是在爱情面前自卑、敏感而不敢踏入婚姻，最终和奥奈达形成了永远进入不了婚姻的朋友关系的兔唇会计师；《火车》中，因为家庭和战争的影响，杰克逊形成了无法面对熟悉的环境和人的性格障碍，所以他不断地逃离任何可能的亲密的关系，和贝尔只能做朋友，和艾琳永远没有勇气再见面；《庇护所》中在所有人看来都是一个专制蛮横的"男权主义者"贾斯珀姨夫，但是实际上他也有值得让人尊敬的一面：他努力用自己教书挣的钱攒够了学医的费用，他会在"暴风雪中去农舍，在厨房里为妇人接生，为病人切除阑尾"，而且"他推动了医院大楼的建设却拒绝以自己的名字命名"[1]。门罗以此来探讨无论是男性还是女性，在生活的面前，都会面临种种困境和抉择，都会软弱和逃离，但是好在，生活的魔力会让所有的这一切在岁月的流逝与打磨之下，让人能平静地接受这一切，悦纳自己，从这个意义上来讲，门

---

[1] [加]艾丽丝·门罗：《亲爱的生活》，姚媛译，北京：北京十月文艺出版社，2014年，第107页。以下引自《亲爱的生活》一书内容均出自此版本，随文仅标注页码。

罗所关心的不仅仅是女性，《亲爱的生活》核心想要探讨的实际是"人性"中共通的部分，以及生活的真谛和意义，进而显示出门罗的人道主义关怀和精神。

第二，对女性命运的安排与揭示是门罗对女性"逃离之后该怎么办？"的思考，以《逃离》为代表的前期代表作品无一不描写到女性对家庭、婚姻、责任的逃离，但是"逃离"并非一蹴而就，所以从《多维的世界》《爱的进程》《公开的秘密》到《逃离》这些前期代表作品，男女两性、夫妻之间真正的矛盾和问题仍旧没有得到解决。比如《多维的世界》中多丽受不了丈夫劳埃德的家暴而选择逃离，但是第二天她又回到了家中，并且发现丈夫把他们的三个孩子都杀死了。劳埃德入狱，可是多丽并没有因此而觉醒，她还是选择继续去监狱探望劳埃德。《逃离》中的卡拉逃离了父母家庭对她的束缚，毅然选择和男友克拉克私奔，可是两人相处的日子里，她依然感受到"囚禁"，所以她再一次选择逃离，逃离之后她又选择稀里糊涂地回来继续和克拉克过日子，显然卡拉并没有真正地觉醒，再次逃离依然必不可免。这些问题在《亲爱的生活》中，依然有所呈现，但是门罗更多的是为女性想到一条更坦然的出路——回归生活，回归"存在"之家。所有意义的落脚点必须建筑在脚踏实地的生活之上，女性唯有明白这一点，才会领悟到人生、生活的真谛，才会在逃离或者回归中坦然地接受自己和生活的一切，最终勇敢地面对生活。

第三，《亲爱的生活》中还着重探讨了两性关系的转变。从前期的矛盾、紧张、一再逃离与挣脱，到此书中所展现的逐渐缓和、彼此理解的两性关系。可以看出，门罗对两性关系的最终思考：两性是彼此不同的，但绝不是截然对立的，两性之间会因为社会、生活等充满种种的矛盾，但这些矛盾都是可以化解的。同时男女两性的性别特质也绝不是泾渭分明、二元对立的，男性会流露出柔弱、退缩、矛盾甚至是无能的一面，而女性也会表现出极大的坚强、勇敢甚至是暴力的一面。男女两性的性别特质是混杂的、互通的。

第四，《亲爱的生活》是门罗在 80 余岁高龄时创作的，全书前十篇主要围绕第二次世界大战前后普通家庭内所展现的普通生活,后四篇集中以回忆的口吻向读者道来门罗自己的童年生活和家庭关系、小镇结构的变迁,因而带有浓厚的自传体性质,这是前期小说所不具备的。书中浓缩了她对生活的全部感悟,讲述了自己对于生与死的体会,尤其在最后四篇自传体故事中,门罗在一次采访中对此书曾亲自表示:"书里所描写的那些感觉很大一部分都是自传性的。"[1]这在以往的门罗任何其他作品都是没有的,因而具有很大的研究空间和研究价值,正如她在书中所说:"我相信它们说出了关于我的生活我要说的最初,最后,也是最亲密的话。"(第239页)无疑,《亲爱的生活》和《逃离》等与门罗早期闻名的著作一样,具有很大的研究意义和价值,值得国内外更多的研究者和读者去重视。

关于"女性书写"这一核心概念的界定,有必要在进入正文之前进行基本的概念廓清。首先,"女性书写"这一概念的翻译来源于法语中的"écriture femine",之后有英语翻译的"feminine writing",早期汉语翻译有四种译法:阴性写作、妇女写作、女性书写、女性写作。汉语翻译中的前两种"阴性""妇女"两组词语因明显带有对女性的政治意识形态和价值评判色彩的投射而逐渐被摒弃,现在通行的普遍说法以"女性写作"和"女性书写"为主。[2]"女性书写"理论最著名的提出者是法国女性主义批评家埃莱娜·西苏(Hélène Cixous),在《美杜莎的笑声》(1975)中她指出女性应该把写作和自身的身体感受结合起来,通过书写自己的身体,打破社会施加在女性身上的种种压抑与束缚:"女性必须通过身体来写作,她们必须创造出蕴意丰富的语言,摧毁隔阂、等级、修辞话语、法规条文……"[3]同为法国女性主义批评家的露丝·伊利格瑞(Luce Irigaray)也注重语言层面上的女性言说方式,"她需要属于自己的语言、宗教和政治价值,需要定

---

[1] 宋宇晟:《学者谈门罗:非女性主义作家 读其作品不能着急》,中国新闻网,2014年1月12日,http://www.chinanews.com.cn/cul/2014/01-12/5725778.shtml。
[2] 刘岩:《女性书写的主体(性)悖论》,载于《文艺研究》,2012年第5期,第32-39页。
[3] Hélène Cixous. *The Laugh of the Medusa*. trans. Keith Cohen and Paula Cohen. Journal of Women in Culture and Society, 1976, 1(4): 886.

位其作为'她'在相对于她自己时的价值"[1]。进而倡导一种"女人腔"式的女性言说方式。美国的伊莱恩·肖瓦尔特（Elaine Showalter）则在她的《荒原中的女权主义批评》（1981）中指出："法国女性主义理论家倡导的女性书写有助于讨论女性写作、重塑女性价值以及构建差异的批评模式。"[2]

从这三位对"女性书写"的界定可以看出，"女性书写"概念的核心所指：一种属于女性主体的言说方式，书写的目的是表达女性的身体、经验，发出女性的声音与欲望，进而寻求女性的独立和解放。这实际上不仅是在强调书写者的生理性别，还强调书写文本的意识形态性，正如西苏所认为的女性书写并不完全等同于女性所作的书写，如果女性书写仅仅指的是文本的女性特征和风格，很多男性的文本也具备这些条件："署上女性的名字并不一定保证这部作品就是具有女性特征的……一部署名男性的作品也并不一定排除女性特征。"[3]虽然一再强调女性书写方式的重要性和必要性，但西苏并没有给"女性书写"一个较为严谨明确的定义，她甚至拒绝下定义，因为任何定义都会滑向本质主义的怪圈——"我们无法定义书写上的女性实践，这种定义的不可能性还将延续，因为这样一种书写实践无法被理论化，无法被封闭起来，也无法被编码，但这并非意味着它根本不存在。"[4]

而本书在运用"女性书写"这一概念来分析艾丽丝·门罗《亲爱的生活》小说书写特色时所使用的含义是在西苏等人的基础上有所继承又有所创新。门罗笔下的"女性书写"含义具体而言，可归纳如下几个方面：

首先，关于女性作者以书写的生理性别和西苏的使用概念是一致的，即强调书写主体的身份必须是女性。其次，关于书写的意识形态性方面，二者之间有所区别。门罗一再强调自己并不是一个女性主义作家，所以也

---

[1] Luce Irigaray. *Elemental Passions*. trans. Joanne Collie and Judith Still. London: The Athlone Press, 1992: 3.
[2] [美]伊莱恩·肖瓦尔特：《荒原中的女权主义批评》，韩敏中译，见王逢振等编：《最新西方文论选》，桂林：漓江出版社，1991年，第262-263页。
[3] H. Cixous, A. Kuhn. *Castration or Decapitation?* trans. Annette Kuhn. Signs Journal of Women in Culture and Society, 1981, 7(1): 41-55.
[4] Hélène Cixous. *The Laugh of the Medusa*. trans. Keith Cohen and Paula Cohen. Journal of Women in Culture and Society, 1976, 1(4): 883.

排斥任何"主义"的意识形态性标签,但是任何写作即使再客观,本质上都是一种"介入"。实际上,有别于女性主义的为了女性的独立和平等而摇旗呐喊,主张颠覆一切菲勒斯中心主义(Phallocentrism),进而向男权社会"开战",即"从文化上层结构中最深层、最精微之处,对一直以来主宰着人类意识结构的菲勒斯逻格斯中心话语,从根本上进行颠覆"[1]。概之,门罗的"女性书写"只是在描写女性的真实生活状态以及女性的成长史和蜕变史,进而启发女性听从内心的召唤,如其所适地去选择自己想要的生活。同时,门罗并没有激烈地抨击男权制社会,也没有让其笔下的女性剑拔弩张地去与男权做斗争。她甚至不惜笔墨去描写那些甘愿在男性暴力压抑下生活的女性形象,以此来强调尊重每一个女性的个体主张和自由选择。门罗的这种"女性书写"方式反而更容易让读者思考男女两性之间复杂的性别关系,以及在尊重彼此差异的基础上谱出两性关系"和谐音"(Harmony)的可能性。这和激进的女性主义者相比,多了些坦然和真实(女性主义者的口号和主张往往大于生活本身,充满激进色彩,同时又会流于乌托邦)。最后,门罗的"女性书写"还集中指涉以《亲爱的生活》为代表的短篇小说写作风格。这种书写特征集中表现在两个维度:"门罗小镇"叙事下的边缘性生存空间之维以及"不确定性"的小说结构和意义的话语之维。门罗的"女性书写"是门罗小说丰富内核的集中体现,也是她书写风格的集中体现。梳理出这一核心概念就是为了更完善、更全面地把握其小说的丰富内涵,进而进一步走进包罗万象的"门罗世界"。

1.2 国内外研究分析

1.2.1 国外研究现状

国外对于门罗作品的关注较早,相关研究在 20 世纪 80 年代就已经开始出现,在其获得诺贝尔文学奖之前就已经出现了研究门罗的热潮。较早

---

[1] 宋素凤:《法国女性主义对书写理论的探讨》,载于《文史哲》,1999 年第 5 期,第 104 页。

的研究成果主要的有路易斯·麦肯德里克（Louis MacKendrick）的《可能的小说：艾丽斯·门罗的叙事行为》（*Probable Fictions: Alice Munro's Narrative Acts*, 1983），他在书中收集了九篇相关学术论文，这些论文集中研究了的艾丽丝·门罗的叙事行为和技巧方法，这也是最早的从叙事学角度研究门罗作品的学术成果。随后，朱迪思·米勒（Judith Miller）主编的论文集《艾丽丝·门罗的小说艺术：无法言说的言说》（*The Art of Alice Munro: Saying the Unsayable*, 1984）出版，可以说是为研究门罗作品奠定了基础和方向，拉开了"门罗热"的序幕。2010年《英语短篇小说期刊》（*The Journal of the Short Story in English*）特地为艾丽丝·门罗的作品批评做了一个特刊进行展示。2012年5月《叙事期刊》（*Narrative*）专门针对艾丽丝·门罗的小说《感情》（*Passion*）作了一篇长达100多页的专辑评论文章，"门罗热"在西方国家开始盛行起来了。纵观国外文学界对艾丽丝·门罗的小说研究内容，其批评切入点大体集中表现在以下六个方面：

第一是主题学研究。艾丽丝·门罗作品通过简洁的语言和叙事，却透露出包孕丰富复杂的内容，其作品的主题吸引了众多学者进行探究。例如，玛西娅·欧伦塔克（Marcia Allentuck）的《艾丽丝·门罗作品中的独立与决心》的论文（*Resolution and Independence in the Work of Alice Munro*, 1977）以门罗早期出版的三部小说集《我一直想告诉你的事》《快乐影子之舞》和《女孩和女人们的生活》为研究范本，集中梳理出门罗作品中女性要求情感独立的决心与勇气的主题。

第二是女性主义研究。门罗身为女性作家，笔下的人物形象、主题、情节描写基本上以女性为主，而门罗所生活的时代也正值西方世界第二次女权运动时期，这些因素引起了相当一部分研究者从女性主义的角度进行研究的兴趣与尝试。芭芭拉·戈达德（Barbara Godard）和贝佛莉·拉斯波瑞奇（Beverly J. Rasporich）是较早的两位代表学者。芭芭拉·戈达德在《生命机体的继承者：爱丽丝·门罗和女性审美问题》（*Heirs of the Living Body:*

Alice Munro and the Question of a Female Aesthetic）一文中，以《女孩和女人们的生活》文本为例，探讨了门罗笔下女性欲望书写和女性的审美问题。贝佛莉·拉斯波瑞奇的著作《两性之舞：艾丽丝·门罗小说中的艺术与性别》（*Dance for the Sexes: Art and Gender in the Fiction of Alice Munro*, 1990），探讨了男女两性之间，女性渴望独立与平等的精神追求，同时她指出门罗女性书写的性别特征和地域作家的身份及其女性主义思想彼此之间具有一定的契合性。玛琳·高盛（Marlene Goldman）写的《身体的书写：艾丽丝·门罗笔下的男孩和女孩性别主题的构建》（*Penning in the Bodies: The Construction of Gendered Subjects in Alice Munro's Boys and Girls*），还有海伦·霍伊（Helen Hoy）写的《艾丽丝·门罗：不能忘却的，难以消化的信息》（*Alice Munro: Unforgettable, Indigestible Messages*, 1991）等都是从女性主义角度来研究门罗的作品中女性被建构的方式以及寻求出路的可能性。另一位重要的门罗女性主义研究者是玛格达莱尼·雷德克普（Magdalene Redekop），其论作《母亲们与其他丑角们：艾丽丝·门罗的小说》（*Mothers and Other Clowns: The Stories of Alice Munro*, 1992）着力探讨门罗作品中母女关系的紧张、困扰与苦恼。值得指出的是，不管是针对门罗自己的女性作家身份，或者是作品中的女性形象、女性心理和女性命运还是女性成长小说模式、母女之间的关系研究等，都取得了相当大的成果。

第三是叙事学研究。在罗伯特·撒克的（Robert Thacker）《可能的小说：艾丽丝·门罗的叙事行为》（*Probable Fictions: Alice Munro's Narrative Acts*, 1983）一书中所收录的一篇名为《艾丽丝·门罗小说的叙事辩证法》（*Clearly Jelly: Alice Munro's Narrative Dialectics*）的论文中，撒克认为艾丽丝·门罗在小说中对叙事视角和插叙、倒叙、夹叙等叙事方法的熟练使用，使得故事叙事呈现出巨大的张力；洛娜·欧文（Lorna Irvine）的《改变是我想要的词语》（*Changing is the Word I Want*）[1]一文则主要从叙事视角和女性身

---

[1] Lorna Irvine."Changing is the Word I Want" from Louis MacKendrick: *Probable Fictions: Alice Munro's Narrative Acts*. Downsview: ECW Press, 1983: 99-111.

体以及社会结构之间的变化关系来论述门罗高超的叙事艺术；约翰·奥尼奇（John Orange）的《艾丽丝·门罗与时间迷宫》（*Alice Munro and a Maze of Time*, 1983）一书中则展示了门罗非线性的、心理式的虚构时间所体现的叙事迷宫，使得读者在虚实之间感受到门罗对小说的传统小说叙事技巧的颠覆。爱德华·狄金森·布洛杰特（Edward Dickinson Blodgett）在《艾丽丝·门罗》（*Alice Munro*, 1988）一书中主要对门罗小说叙事艺术的模糊性、不确定性、开放性等特点进行了分析，概括性地介绍了门罗小说叙事艺术技巧的演变过程。

第四是写实性手法研究（现实主义）。正是因为门罗作品强有力的自传性，围绕着其生活的小镇进行叙事，让很多学者们对其现实主义手法有了浓厚的兴趣，包括还原作品中的人物、具体的小镇地区、地方性明显的风俗与习惯等。乔治·伍德科克（George Woodcock）在《生活的情节：艾丽丝·门罗的现实主义》（*The Plots of Life: The Realism of Alice Munro*, 1986）一书集中探讨了门罗写作中的现实主义，指出门罗在小说中对人物和场景的再现式描写是一种写实性的手法，这明显带有一种加拿大小说传统的现实主义书写特色。卡伦·斯迈思（Karen E. Smythe）的专著《塑造悲伤：加兰特、门罗和挽歌的诗学》（*Figuring Grief: Gallant, Munro, and the Poetics of Elegy*, 1992）一书中用"照相写实主义"（photographic realism）概括门罗作品中独特的写实主义风格，与此相应，"照相时的冲击/震惊"（photographic shock）指的是门罗笔下的人物在生活中经历种种冲击后产生的顿悟，这种顿悟总是能给人以特殊的心灵安慰与力量。

第五是"地域性"书写研究。门罗对安大略小镇的关注和明显的家乡痕迹的一再书写，引起了研究者纷纷关注其小说中所呈现的"地域性"这一鲜明的地方书写特色。加拿大的威·约·基思（W. J. Keith）在《加拿大英语文学史》一书中对门罗书写的地域性特征就行分析，并将其置于加拿大有影响力的女性小说家群体进行评价，认为门罗"是现实主义者和微型描绘家,专注于文学的质地"[1]。此后,很多研究者逐渐形成较为一致的认同:门罗在小说世界中构筑的"门罗小镇"堪比美国作家福克纳笔下的"约克纳帕塔法县"、中国作家莫言笔下的山东"高密县"。布兰顿·康伦(Brandon Conron)在《门罗的仙境》(*Munro's Wonderland*, 1978)中指出门罗对安大略省威汉姆镇农村小镇的关注营造了门罗理想中的家乡"仙境",加拿大农村小镇成为门罗笔下书写不尽的素材来源。

第六是互文性文本研究。詹姆斯·卡斯卡伦(James Carscallen)在他撰写的《艾丽丝·门罗另一国度作品中的写作模式》(*The Other Country: Pattern in the Writing of Alice Munro*, 1993),认为门罗作品中从主题到人物、情节都可以发现但丁(Dante)、莎士比亚(Shakespeare)以及弥尔顿(Millton)等经典作家笔下的小说塑造的某种原型要素。加拿大评论家阿接伊·埃布勒(Ajay Hebel)在《理性的颠覆:艾丽丝·门罗不在场话语》(*The Tumble of Reason: Alice Munro's Discourse of Absence*)一文中主张读者在接受门罗的文本时,不仅要关注文本的字面义,更要关注文本的深层结构和内涵,尤其是那些不在场的话语的声音和意义。

第七是影响研究、比较研究。比如分析门罗、玛格丽特·劳伦斯(Margaret Laurence)和玛格丽特·阿特伍德(Margaret Atwood)三者为代表的加拿大女性作家之间的相互影响、创作和比较的研究。罗莎莉·墨菲·鲍姆(Rosalie Murphy Baum)在《艺术家和女人:劳伦斯和门罗笔下的年轻人的生活》(*Artist and Woman: Young Lives in Laurence and Munro*, 2008)一文中从年轻女性为代表的形象塑造和生活方式的写作手法这一角度比较了门罗和同时代著名的加拿大女作家玛格丽特·劳伦斯的异同。同样地,伊尔迪科·德·帕普·卡林顿(Ildikó de Papp Carrington)也撰写了一篇名为《傻瓜的定义:艾丽丝·门罗的"行走在水面上"与玛格丽特·阿特伍德的"关于艾玛的两个故事"的比较》(*Definitions of a Fool: Alice Munro's "Walking on*

---

[1] [加]威·约·基思:《加拿大英语文学史》,耿力平等译,北京:北京大学出版社,2009年,第237页。

Water" and Margaret Atwood's Two Stories About Emma: "The Whirlpool Rapids" and "Walking on Water"）的论文，则更加详细地比较二位作家小说中相似的傻瓜活动——"在水上行走"这一故事情节描写，展开论述阿特伍德和门罗在"文体、叙事和主题上二者小说之间的根本区别，作者认为形成这种差别的根源是两位作家对小说创作目的不同认识"[1]。

此外，还有非常综合和全面的系统梳理成果。乔安·麦克凯格（JoAnn McCaig）的《阅读：门罗的档案》(Reading in: Alice Munro's Archives, 2002)一书别出心裁地采用女权主义与文化研究的方法，通过大量查找并阅读门罗的档案，以便准确地探索"加拿大人""女人""短篇小说"和"作家"这些术语在她的写作生涯中是如何一步步建构起来的。同时，通过搜集门罗与导师、经纪人、出版商以及其他加拿大作家的通信，作者试图为我们呈现出一个非常坚定且有天赋的作家是如何巧妙避开文化产业的"陷阱"，逐步取得她现在令人羡慕的权威。加拿大学者罗伯特·撒克（Robert Thacker）用了近三十年的时间完成的关于门罗一生的评传《艾丽丝·门罗：书写自己的人生》(Alice Munro: Writing Her Lives, 2005)，是国内外公认的较为详细的研究门罗的资料。这本书中撒克基本上按照时间顺序来展开对门罗从1931年出生到2009的人生以及创作历程，甚至对门罗的家族史也做了详尽的考察，此传记兼具真实性与文学性，因而对门罗的研究具有很大的参考价值。布拉德·胡珀（Brad Hooper）的《艾丽丝·门罗小说赏析》(The Fiction of Alice Munro: An Appreciation, 2008)，则主要从评析的角度对门罗小说的形式因素、技巧风格进行详细的评论。哈罗德·布鲁姆（Harold Bloom）著述的《艾丽丝·门罗》(Alice Munro, 2009) 以年表的形式提供了门罗的生平事迹，以目录、索引的形式提供了门罗作品的发表等极有价值的研究资料。

---

[1] Ildikó de Papp Carrington. *Definitions of a Fool: Alice Munro's "Walking on Water" and Margaret atwood's Two Stories about Emma:"The Whirlpool Rapids"and"Walking on Water"*. Studies in Short Fiction, 1991: 28(2): 135.

1.2.2 国内研究现状

相较于国外的"门罗热",国内对门罗的关注显得要姗姗来迟得多,冷清得多。据笔者统计,最早的门罗研究论文始于学者小风,他于 1983 年 10 月在《世界文学》期刊上,发表《加拿大作家艾丽丝·门罗出版新作》,此文以文章评论的方式评价了艾丽丝·门罗,是国内最早介绍艾丽丝·门罗,也是最早将 Alice Munro 翻译为艾丽丝·门罗的。这篇文章指出了艾丽丝·门罗作品的创作风格并简要赏析了其新作《木星的月亮》中的《克罗斯太太和齐德太太》一文,指出:"作者总是在写一个人的隐秘,而这些隐秘最后往往无法揭示出来,于是,人们便对生活产生了一种新的看法,认为个人的隐秘世界是无法探究的,个人的感情也是难以捉摸的。"此后,便是 1993 年简国儒的《The Office 评析》,该篇最早详细介绍艾丽丝·门罗的生平经历以及其作品 The Office 的艺术手法,妇女写作(即女性写作)、心理、主题等详细的研究,虽然尚属浅显,但在当时实属开篇之举,为以后的学术界更好地关注、研究门罗奠定了良好的基础(在此之前的论文基本上认为 1993 年简国儒这篇评析才是国内针对艾丽丝·门罗最早的研究,此说法不够准确。)此后,到 2000 年、2001 年、2004 年、2006 年,每年只有少数几篇论文发表于国内期刊(以知网为例,每年基本上只有少数一两篇),2007 年至 2009 年随着门罗先后两次获得曼布克国际奖之后,国内研究有所增温。但是总体上看,从 1983 年到 2012 年,30 年的时间,围绕着门罗的研究论文,总共才有二三十篇。这一阶段是门罗研究的起步阶段。

不过,自从门罗获得 2013 年诺贝尔文学奖以后,国内对于门罗作品的研究开始迅猛增长。但是,整体上而言,已有的一些学术论文还未成系统性,其理论深度和知识广度也有待完善。尽管随着门罗获得诺贝尔文学奖,其作品逐渐驰名海外,国外研究者也早都将目光聚焦于这位作家,但因其作品以短篇小说为主,再加上加拿大文学的边缘身份,国内学者对其关注远远不够多,相关译介研究也相对匮乏。门罗从 2013 年获得诺贝尔文学奖之后,一时间,无论是读者,还是研究者纷纷开始把目光投向这位一直被冷落的短篇小说家，出版社出版相关图书、研究论文在数量上突飞猛进，门罗看似在国内确实逐渐"热"起来了。但是，从中国知网的查询结果来看，关于门罗的相关学术论文在数量上从 2013 年 56 篇到 2014 年 153 篇，这是激增的一年，但是到了 2015 年就下降到了 123 篇，2016 年为 142 篇，截止到 2022 年的 121 篇左右，总体上呈现下降趋势，这不得不让人反思。其中，近三年来（2019—2022 年）的硕士论文共 80 篇，博士论文仅 3 篇（高静：《艾丽丝·门罗短篇小说的创作机制研究》，2020；陈英红的《论艾丽丝·门罗小说对传统人文主义的反思》，2019；王峰灵的《艾丽丝·门罗短篇小说的女性书写研究》，2019）相对于其他获得诺贝尔文学奖的作家来说，门罗在国内所受到的关注还远远不够，"短篇小说一直处于长篇小说的阴影中，门罗选择了这种艺术形式，她将它很好地开垦，接近完美"，[1]因而，对于"在人生观上关注人类灵魂和生存本质的作家而言，艾丽丝·门罗应该得到她应有的长期而持续的关注"[2]。

在研究内容上，国内针对门罗的研究和国外大体上相似，围绕以上的七个方面，以叙事学和女性主义居多，内容上大多相似，笔者在此不再赘述。

1990 年，《当代外国文学》刊发了奚雅舒和陆乃川翻译的门罗的早期短篇小说《办公室》，随后陆续刊登了《乞食女》《爱的进步》《家当》等，这是国内最早的关于门罗作品的翻译。1981 年，门罗随首批加拿大代表团（共 7 人），应中国作家协会邀请来华访问，他们合著的《加华大：七人帮中国游记》（1982）这篇译文刊登在《国家人文历史》上。之后，直至 2009 年艾丽丝·门罗获得曼布克国际奖（即曼布克国际文学奖）之后，国内才首次出版了由李文俊先生翻译的《逃离》。截止到 2013 年门罗获得诺贝尔文学奖，同年 11 月译林出版社同时出版了艾丽丝·门罗的七篇短篇小说译本

---

[1] 宣金学：《诺贝尔文学奖得主门罗：写作是一场绝望的竞赛》，载于《中国青年报》，2013 年 10 月 16 日，第 10 版，http://zqb.cyol.com/html/2013-10/16/nw.D110000zgqnb_20131016_1-10.htm。

[2] 刘静：《艾丽丝·门罗的写作艺术—试论门罗作品〈逃离〉中对经典作家的传承与创新》，合肥：安徽大学，2014 年。

（详细见附录一）。最后，北京十月文艺出版社于2014年5月出版了门罗的封笔之作——《亲爱的生活》（姚媛译）（市面上还有一个台湾木马文化出版社的版本，将其译为繁体的《亲爱的人生》）。目前在我国大陆（截至2022年）共发行了15部作品，由作品翻译引进的研究现状来看，国内对门罗作品的相关研究与国外相比仍然显得比较薄弱。

关于门罗的学术研究著作，国内目前比较具有代表性的主要有6部。第一部是周怡所作的《艾丽丝·门罗：其人·其作·其思》，此书于2014年1月由花城出版社正式出版，这部著作，主要是介绍门罗的生平与作品，并以门罗的三篇小说分析其创作的主题技巧等，突出贡献是指出了门罗身上的三个重要的标签：短篇小说家、加拿大作家、女性作家。书中的部分图片资料也是首次在国内出现，为国内的门罗研究提供了宝贵的资料。

第二部是同年的6月刘文所著的《神秘、寓言与顿悟：艾丽丝·门罗小说研究》，此书主要是针对门罗的14部出版的短篇小说集，根据艾丽丝·门罗小说的发表顺序，以及女性的成长历程为框架展开内容的书写，在内容上分析的重点是门罗如何运用神秘、寓言与顿悟的形式来营造小说的艺术效果，总体上是一种小说风格的论述。

第三部是同年8月份学者张磊所著的《崛起的女性声音：爱丽丝·门罗小说研究》，本书主要还是从小说的艺术特色切入进行女性主义的研究，选取了门罗11部短篇小说集中的14篇具有代表性的短篇小说，重点探讨了门罗女性主义主题、女性主义叙事策略与方法。此书还选取了《亲爱的生活》中《科莉》一篇进行分析，以《财富、婚外恋与敲诈——读门罗短篇小说〈科莉〉》为题探讨了财富对男女两性关系的影响。

总体上看，2014年出版的这三部著作都不约而同地谈到了门罗小说的写作风格与特色，是2014年之前国内研究门罗的学术著作中的代表性成果。

第四部是在2014年9月出版的由傅利、杨金才主编的《写尽女性的爱与哀愁——艾丽丝·门罗研究论集》，此文集共收国内外知名专家的学术论文36篇，内容上包含了门罗大部分创作阶段的文本，理论策略上从心理分析到主题研究、从女性主义到叙事策略等多个维度进行全面阐发,是国内出版的首部门罗研究论集。可以说,这部文集是国内门罗研究成果的延伸,也代表了当前学术界门罗研究的新动向和加拿大文学研究的前沿,因而具有宝贵的借鉴意义。值得高兴的是,其中有两篇内容是专门关于《亲爱的生活》的,其中一篇是《他们亲爱的生活——从叙事手法看〈亲爱的生活〉对男性角色的态度》,另一篇是《百态的人生与纠结的两性——评艾丽丝·门罗最新作品〈亲爱的生活〉》。尽管这两篇论文还只是从两性关系来展开分析,但对于丰富《亲爱的生活》研究成果并启发学者来说,无疑已经具有重要借鉴意义。

第五部是黄川的《主体的多重维度:艾丽丝·门罗作品的拉康式解读》,于2021年8月由上海交通大学出版社出版,此书主要是运用拉康精神理论,结合社会学、叙事学、女性主义等相关理论对门罗的五部代表性作品集(《快乐影子之舞》《你以为你是谁?》《爱的进程》《公开的秘密》和《逃离》)展开细读式分析,具体结合作家创作的外部环境(政治、经济、文化等因素)对作品中人物的行为、心理、精神等进行探究,力图探讨门罗作品中一以贯之的身份建构主体。黄川的这部学术著作为国内门罗研究提供了较为新颖的角度。

第六部是《文化、身份与话语重构:艾丽丝·门罗及其短篇小说研究》,作者是周怡,2022年2月由社会科学文献出版社出版,是截止到2022年国内研究门罗的最新代表性著作。该书首次将门罗创作的渊源、故事内容以及艺术形式置于"加拿大文化"视域下展开纵深考察,通过梳理门罗前后期代表性的短篇小说(包括《钱德利家族和弗莱明家族》《沃克兄弟的牛仔》《乞女》《家传家具》《乌特勒支停战协议》《好女人的爱》《岩石城堡上的风景》和《美好生活》等),周怡试图考察出门罗是如何一步步描绘出加拿大文化版图(以小镇文学为代表),讲述加拿大的历史、文化与伦理故事,并通过女性艺术家成长小说思考加拿大身份与文化认同。同时,对于门罗短篇小说叙事方式,周怡则进一步指出她的作品是游走于虚构与非虚构之间的非典型性短篇小说,而她的短篇小说艺术特色集中表现在"多重视角、多声部、投射性、含混性"等特质上。最后，该书指出门罗的写作呈现了加拿大文化的深层内涵，是加拿大精神与短篇小说艺术结合的完美结合。周怡从门罗作品中承载的加拿大文化与精神着手，为我们提供了一个门罗短篇小说艺术特色可供参考并借鉴的研究视角，对国内外门罗研究者来说无疑具有重要启发意义。

据笔者统计，国内有关门罗的研究著作，目前出版的主要以以上6部为代表，其中有些著作（如刘文的《神秘、寓言与顿悟》）在国内的售书网站上基本上处于"缺货"状态，很难买到。可见在著作方面，国内的研究成果还有很大的进步空间。

因为本书是以《亲爱的生活》为主要文本分析对象，所以有必要专门对《亲爱的生活》的国内研究现状再进行一次专门的梳理。

对于《亲爱的生活》，国内研究现状主要从翻译报告、女性主义（主要集中在女性形象、女性困境等方面）、文本阐释（如拉康的精神分析、语用文体学、叙事学、生态主义、存在主义等）、创作风格和艺术特色几个方面展开，成果主要有：

首先在翻译实践方面，有彭蔚的《Dear Life 节选——汉译实践报告》、邓雅恬的《〈亲爱的生活〉选译与翻译报告》、王娜娜的《艾丽丝·门罗〈亲爱的生活〉——第三章翻译报告综述》，这种翻译报告主要存在于国内研究《亲爱的生活》文本早期。其次是女性主义方面的研究，如王丰钰的《浅论"女性"的自我探寻——以〈亲爱的生活〉为例》详细论述了女性自我发现、探寻自己、接纳自己、发掘自己的价值的过程。滕春艳的《生态女性主义视阈下艾丽丝·门罗的〈亲爱的生活〉》从生态女性主义的角度解读《亲爱的生活》，指出女性的迷茫窘境和为寻求方向所做的努力，并终会乐观地生活。与此相关的是研究《亲爱的生活》中的反传统、反英雄的男性人物形象，如朱虹的《艾丽丝·门罗短篇小说集〈亲爱的生活〉中的男性形象分析》；林玉珍的《关于他们的叙述——从〈亲爱的生活〉省略男性人物的叙事特征看门罗的思想转变》则指出门罗后期的叙事对男性人物形象阐发所做的改变以及一些正面的描述。文本阐释的几个角度代表性的研究论文分别是王丰钰的《〈亲爱的生活〉故事背后的隐性叙述》、王茜亚的《〈亲爱的生活〉的语用文体学分析》、冯玉贞的《萨特存在主义视角下的〈亲爱的生活〉》、刘宏宇的《〈亲爱的生活〉一种拉康式心理学图景》等。创作风格、技巧、特征方面的研究主要有周怡的《艾丽丝·门罗的最新作品〈美好生活〉》，文中指出门罗的小说中普遍存在的"幸存感"和"创伤情结"与其成长环境和加拿大民族意识有关。钟莲莲的《艾丽丝·门罗短篇小说的结尾研究》一文中提到了《漂流到日本》《科莉》《声音》文本，分析门罗的开放性特征、欧·亨利式的结尾艺术。任璇绚的《艾丽丝·门罗后期小说的开放性特征》以及占露的《回到生活本身——艾丽丝·门罗短篇小说风格研究》虽然不是直接以《亲爱的生活》为研究对象，但是选取了个别代表作品进行分析，因而可以归于此。

综上所述，纵观国内外对艾丽丝·门罗的作品研究状况，我们可以看到当前存在的不足之处主要在于：

首先，总体上不够重视。短篇小说由于题材内容的限制，在题材上总体不像长篇小说那样所获"殊荣"甚多。门罗在 2013 年成为加拿大文学史上第一位凭借短篇小说艺术成就获得诺贝尔文学奖的作家，当得知自己获奖时，她的第一反应是"这个奖不是给我，而是给短篇小说"，加拿大学者孔书玉认为"诺贝尔奖固然是对短篇小说这一文学形式的承认，但也是对半个多世纪以来坚持用这一形式表现生活的门罗的致敬"[1]。正因为此，国内学者开始重视对门罗及其短篇小说的研究。但是从论文的数量来看，2014—2015 年的井喷局面之后，很明显之后就在逐年走下坡路；从著作数量方面来看，国内目前（截至 2022 年）关于门罗的研究著作加上一本论文集，也只有 6 部；从翻译的著作数量来看，目前我国大陆，截至 2022 年共有 15 部门罗著作的中文译本，与之相关的研究论文处于逐步展开阶段。从 1983 年到 2022 年，40 年来的研究中，只有 6 部代表性学术研究著作和 6 篇博士

---

[1] [加]孔书玉：《故事照亮旅程》，北京：生活·读书·新知三联书店，2020 年，第 4 页。

论文，在这些研究中有单方面的研究成果较为成熟（叙事学、女性主义）但是相关的系统化成果却较少。由此可见，艾丽丝·门罗的作品还有巨大的研究空间和价值。正如同时代作家玛格丽特·阿特伍德对门罗的评价："门罗作为一名优秀的短篇小说家，她无论怎么出名都不为过，我们应更多地研究她的作品，并且无论怎么研究也不过分。"[1]我们也相信，门罗应该而且值得国内学者继续展开纵深研究。

其次，研究内容不够广。从笔者整理的研究现状来看，在14部代表著作（除自选集之外）中，国内针对门罗的研究在内容上过度集中关注《我年轻时的朋友》《女孩和女人们的生活》《好女人的爱情》《逃离》等早期作品集，而对其他作品以及后期作品则关注较少。同时在这些作品集中又以《逃离》《机缘》《荨麻草》《脸》《乞女》等名篇居多，相关的文本批评也多局限于此。近些年来随着《亲爱的生活》在国内的出版，学者开始关注《亲爱的生活》。但是内容上基本上是文本分析，和前期的研究方法与研究方式较为雷同，而且集中在《漂流到日本》《砂砾》《科莉》《庇护所》等较为出名的篇章，缺少整体观照。总体上，针对门罗的研究内容以个别代表作为主，以早期成名作为主，对其他作品以及后期作品关注较少。由此可见，国内还需要对门罗的著作进行更为广泛的研究。

再者，研究成果不平衡。研究成果以叙事学为最多，其他以女性主义、地域性、主题、语言风格为主，在影响研究、比较研究、语言学研究、符号学研究、生态主义研究、空间叙事研究、跨媒介叙事及总体研究等方面还比较欠缺。国内的研究成果在叙事学、女性主义、主题、技巧以及语言风格方面虽取得"量"上的成果，但是缺乏较为系统的梳理，内容上不仅和外国较为雷同（却远不如外国深入），国内的大量研究成果之间还存在着很多相互重叠之处（缺乏创新），研究者还需要在现有研究的基础上进行纵

---

[1] 滕春艳：《生态女性主义视阈下艾丽丝·门罗的〈亲爱的生活〉》，载于《作家》，2015年第18期，第69页。

深挖掘。以女性主义为例，现有研究多集中在以女性主义理论来阐释女性心理、女性形象、女性困境以及两性存在关系等方面，我们还需要对门罗独特的女性书写机制，以及这种书写机制背后所蕴含的作家以女性命运探讨为中心而展开对人之存在状态的启思、人生哲学的参悟而展开进一步研究。同时也应该进一步探究，在"边缘性"的生存心理下，门罗对加拿大文学边缘现状的思考以及对女性文学身份、加拿大民族文学建构所做的努力。由此可观，国内针对门罗的研究还处于比较边缘的阶段，还需要在借鉴国外先进的研究成果的同时，注入新理论，开拓新的研究空间和方向，给予文本新的内涵。

最后，研究不够系统、全面。根据目前国内仅存 6 篇博士论文和 6 部门罗专著的情况来看，国内还需要加快对门罗深入研究的步伐。近年来，虽然国内对门罗的研究从论文发表来看，总体上还保持着一定可观的数量，但是据笔者整理发现，在女性书写方面的研究中，有很多文章虽然涉及，但都是零星地体现在个别篇章中，缺少系统化的梳理和相关成果。同时，对门罗相关作品的女性主义研究虽然相对比较集中，但是国内目前的论述存在着对"女性主义"采取一种简单的"拿来主义"之嫌——直接用理论去阐释文本，使得文本本身的意义被"理论"捆绑，难免暴露出理论先行之弊端。鲜有围绕《亲爱的生活》文本为主又兼及其他时期创作的代表性短篇文本，从整体上对门罗短篇小说进行系统全面研究的。门罗短篇小说中所透露出来的"门罗式"的女性书写，是独特的、自由的、只属于门罗的女性话语表达，是其对女性主义的发展以及超越。由此可见，国内学者需要继续重视对门罗的关注，进行纵深研究，以期形成系统化、理论化的著作，从而才能从根本上丰富国内关于门罗的相关研究成果。

而本研究正是立足于弥补当前研究现状的不足，力图梳理出艾丽丝·门罗短篇小说作品创作历程，以《亲爱的生活》为主兼及前后时期创作的文本作为整体展开比较和研究，有助于更全面地探讨"门罗式"女性书写艺术特色,更好地叩问门罗关于女性命运的思考,也能更进一步挖掘女性书写背后的话语建构和民族文学关照,从而叩响门罗人生思辨的哲学之门。故此,本研究一方面希望能为门罗研究现状"添砖加瓦",弥补当前关于门罗短篇小说艺术特色研究的不足,具体将通过探究门罗女性书写的独特之处,透析跨媒介叙事视角下门罗的风景呈现以及主体建构,窥探门罗如何将女性书写与加拿大文学民族身份建构进行并置,参悟门罗超脱的人生哲学以及生活态度;另一方面也希望能起到抛砖引玉的作用,吸引更多的学者去关注这位"无论怎么研究也不过分"的诺贝尔文学奖获得者、伟大的短篇小说家——艾丽丝·门罗。

1.3 研究主要内容及目标

首先,需要指出的是作为一名在文学造诣上如此高的诺贝尔文学奖获得者,门罗身为一名作家身上有四个独特的"特性"标签:

第一,创作身份上的"女性",作为一名"女性作家",其作品中表现的主题和对象也主要是以"女性"为核心,展开对女性的成长、蜕变、家庭婚姻、生老病死等经历以及存在方式的思考,通过探索普通女性复杂且细腻的心理与情感世界来表达门罗对人性、人生、人类的生存哲学的思考。虽然门罗从来不承认她是"女性主义作家",甚至是"女权主义作家",但不可否认的是,其完整地经历了西方"女权主义运动"三个阶段,其作品中始终不变且紧紧围绕的主题是女性的成长经验和思考,充满了对两性存在状态的博弈和考量,这引起了大量的学者着手对其从女性主义、女权主义、生态女性主义甚至是后女性主义的角度进行研究。但是笔者研究发现门罗对女性的书写却不仅仅局限在"女性主义"之内,在"主义"之外,门罗真实地展现了女性的生存现实,两性关系从紧张到缓和的转变,"双性同体"性别意义下两性自我身份重建的可能。毫无疑问,在女性的身份之下,门罗在作品中为我们展现了以女性人物形象、心理、生活为核心的女性书写。同时，在女性书写之下，门罗还对两性温和的性别关系进行了有益的探索和实践。

第二，书写空间上的"地域性"，作为一名加拿大人，"加拿大作家"的身份也始终伴随着她。在门罗现已出版的 14 部小说集中，其中的绝大部分短篇小说多以加拿大安大略省西南部休伦湖附近的威汉姆镇为背景，小镇距离城区伦敦（位于加拿大）和多伦多都比较遥远[1]。正如门罗言及："从地球上任何地方到达这都不容易。"[2]因而，门罗笔下的世界和人物展现的都是这些加拿大小镇人们的生活方式、思维方式和价值观。对此，《纽约时报》曾称："她的作品聚焦于小镇的生存经验。"门罗对加拿大小镇和小镇中形形色色、细致入微的日常描写，呈现的其实不仅是一种加拿大身份的表达、更是一种地域性的建构。国内学者天行指出门罗笔下的小镇可以媲美"契诃夫的村庄"、福克纳的"约克纳帕塔法县"以及莫言的"高密县"，故而可将之称为"门罗之镇"。[3]因此，地域性无疑是门罗文学创作中一个突出的主题。

第三，短篇小说创作上的"技巧性"，从第一部小说集《快乐影子之舞》到 2012 年《亲爱的生活》，在长达 40 多年的创作生涯中，"门罗的主题始终与女性所面临的困境有关，且着力刻画了安大略省小镇居民的女性形象及其生活状态"[4]。尽管门罗小说的创作主题变化不大，但是叙述技巧却日臻完善，正如评论家指出，"门罗的创作主题没有变化，改变的只是叙述方式"。而门罗本人在接受采访时也强调："对我来说，重要的不是发生了什么，故事更像某种走进去我可以待一会的社会现实……一旦我进去了，我就会知道发生了什么。进入很重要，而不是发生了什么。"[5]作为一名后现代作家，门罗在她所钟爱的短篇小说中展现的高超的叙事技巧，即"进入"

---

[1] 威汉姆镇（Wingham）：是一个大约有3000人的小镇，距离多伦多大约 125 英里，距离伦敦 70 英里，距离湖港小镇戈德里奇 25 英里。尽管位于两条高速公路的交界处，拥有自己的 CBC 广播电台，但威汉姆镇似乎有点偏僻。

[2] [加]艾丽丝·门罗：《快乐影子之舞》，张小惠译，南京：译林出版社，2013 年，第 196 页。

[3] 天行：《爱丽丝·门罗及其创作简谈》，载于《博览群书》，2014 年第 2 期，第 71 页。

[4] 郭英剑：《域外，好书谭》，深圳：海天出版社，2014 年，第 20 页。

[5] 高美编著：《诺贝尔奖获得者童年故事》，福州：福建少年儿童出版社，2015 年，第 131 页。

的方式，引起了国内外研究者的兴趣。门罗打破了传统的线性叙事方式，取而代之的是交织的叙事时间、零度叙事态度，全知叙事视角和多声部叙事声音而整体呈现出来的一种碎片化的叙事结构。所以读者能看到，门罗笔下的过去、现在、未来之间，并没有明确、固定的叙事模式而是像流水一样自由流淌，在回忆性写作方式的笼罩下，现实和过去紧紧交织。

门罗的小说中也没有波澜壮阔的大时代，没有呼天抢地的悲怆，没有催人泪下的动人情节，有的只是不动声色地描写以及在重重的生活细节中或麻木、或感伤、或迷惘、或挣扎的女性群体。对此，张磊进一步指出："门罗的'碎片化'手法还体现在她对主角们的情绪设置。她们的情绪总是离奇、变化不定，不可捉摸。"[1]秉持旁观者的叙事态度，门罗很少对人物进行评价，而是留下开放的空间和结局，供读者进行思考和评价。门罗笔下的故事也没有连贯完整的情节，在任何一个地方、任何一个时间节点上都可以直接展开故事。这些都使得读者只能在阅读和思考中才能得到想要的答案，这样一种叙述方式便把作家的"声音"降到最低，从而给读者留下了大量的思考空间。

第四，文本意义上的"开放性"，阅读门罗的作品，读者总是能体察到其故事中的叙事语言是模糊的，用到的"似乎""应该""可能"等模糊词几乎随处可见，人物行为也是读者不可预期的，他们总是能随时做出超出常人的事情，而人物的命运走向也是开放的。可以说，故事中"唯一不变的是变本身"。"门罗笔下文本的不确定性、模糊性、开放性随处可见，这是门罗对人生中难以捉摸、难以把握、难以言说的生活本质的全部总结。"[2]

国内外对门罗作品的研究基本上均基于其身上这四个代表性的"标签"，整合梳理出这四个方面，一方面有助于对国内外的研究方向和研究现状进行一个整体的梳理，另一方面以此作为观照，可以看出门罗之所以形

---

[1] 张磊：《崛起的女性声音：艾丽丝·门罗小说研究》，北京：中国财富出版社，2014年，第187页。
[2] 参见[加]大卫·R. 贾拉韦（David R. Jarraway）：《"那种东西"：难以言说的生活本质》，赵海萍、刘继华译，载于《浙江外国语学院学报》，2016年第2期，第1-2页。

成"门罗式"女性书写的根本原因,以及受此影响而形成的两性关系重建、后现代主义语境下人与世界的存在关系和从中透露出的人生哲学思辨。这对于作家来说可以从创作层面上得到很好的借鉴、学习,对于读者来说,也可以从阅读层面更好地理解感知门罗作品的要义。因而,对于当前深入研究艾丽丝·门罗其人、其作无疑都具有重要的意义。

门罗将这四种"特性"融合进写作里,创作出一篇篇脍炙人口的短篇小说,形成了"门罗式"独特的"女性书写"特色。门罗不止一次公开讨论过,重要的不是发生了什么,而是发生的方式。纵观门罗的前后期所有作品,作品的主题其实没有什么太大的变化,几乎都是围绕着小镇中平淡琐细的生活细节,以及迷茫、复杂、善变的心理世界,在这些凡人凡心之下,却涌动着门罗惊人的艺术创作才华,以及超然的、充满智慧的人生观。本书正是在此基础上,选择以"女性书写"为题对艾丽丝·门罗短篇小说艺术特色展开探析,研究内容及目标主要包括以下六个方面:

第一,以《亲爱的生活》为主要分析对象,同时兼及门罗其他时期创作的经典短篇小说,力图理清艾丽丝·门罗作品中所体现的独特的女性书写特色,通过女性主义、生态主义、后现代主义、叙事学、空间、电影学等理论结合相关的研究文献,以及门罗的访谈录,来梳理门罗对女性生活、女性"逃离"之后的命运思考。在这种女性书写的背后,门罗实际上试图重建一种"温和""双性共生"的男女两性关系,以及以女性边缘身份的书写来努力建构加拿大民族文学,这是门罗女性书写的重要内核之一。

第二,从门罗独特的女性书写中可以看出她把人生与生活是怎样天然地结合在一起的,进而可以进一步观测到在后现代语境下,门罗对女性的关注仍然是人道主义的,是对人的价值与存在的思考和关注,对生活的偶然性、必然性、平凡性、善变性所做出的理解和接受。这也是门罗反复提到的其作品的真正意图是希望读者透过《亲爱的生活》领悟人生,因为"它们说出了关于我的生活我要说的最初、最后、也最亲密的话"[1]。这是门罗女性书写的重要内核之二。

第三，结合门罗其他代表性短篇小说作品如《逃离》，分析门罗小说中一以贯之的主题"女性逃离"，并尝试从平行比较研究的角度，重新探讨中国式"娜拉出走"这一曾经火热的女性话题与叙事，进一步窥探出门罗小说对女性命运的探讨中所暗含的深意。在门罗书写下，"逃离"不仅是女性从家庭到家外，从一个空间到另一个空间的物理位置转换，更意味着女性幽微意识的觉醒以及心灵空间的隐逸和逃离。同样，"娜拉出走"后的命运究竟如何以及出走后何为？一直以来都是学界探讨女性命运的重要切口，它并非悬而未决。从这个角度，将门罗的《逃离》与张爱玲笔下的《沉香屑·第一炉香》展开对读，从"娜拉出走"谈起，看中国作家与门罗对女性命运作出的不同回应。与此同时，进一步探讨门罗对"女性生态主义"的呼应和颠覆，以及呼应中的变异与颠覆中的认同。这是门罗女性书写的重要内核之三。

第四，"不确定性"是门罗小说叙事艺术的重要特征。一方面，带有一定程度的自传性书写，赋予门罗小说以写实性色彩；另一方面，辅之以回忆性的口吻展开叙事，则将小说推向虚构的边缘，写实与虚构的双重交织，使小说叙事艺术张力十足。复杂跳跃的叙事时间和灵活多变的叙事结构，促使小说的情节扑朔迷离。开放性的结局和不确定的主题则让门罗的小说富有言说不尽的艺术魅力。这些也是门罗短篇小说叙述艺术的重要特征。

第五，从"边缘空间"探讨门罗小说中的空间艺术特色。"边缘性"是门罗女性书写的空间特色，"权力话语"下的"门罗小镇"这一重要的社会空间有双重意蕴：它既是加拿大民族生存环境与民族身份的隐喻性表达，也是加拿大女性生存空间的现实投射。"门罗小镇"，这个加拿大西南边陲的小镇世界，具有"居于间性"的地域寓意。地理位置和民族身份的双重映射给这个小镇打上了永久的边缘性身份，这也是门罗借此来阐释加拿大

---

[1] [加]艾丽丝·门罗：《亲爱的生活》，姚媛译，北京：北京十月文艺出版社，2014年，第239页。

民族文学与文化焦虑的一种策略。这是门罗女性书写的重要内核之四。

第六，从"风景呈现"和跨媒介叙事角度讨论门罗小说的风景叙事以及影视化特色。南安大略地区是门罗创作灵感的来源，其小说也暗含着"南安大略哥特"的写作倾向。树木、荒原、森林等自然之景一方面营造着恐怖冷寂的小说氛围，随处可见的湖景描写在另一方面也是门罗"恋地情节"的彰显。动物作为修辞工具，具有不言而喻的生态女性主义象征，女性和自然万物命运休戚与共，唯有打破性别中心主义壁垒与人类中心主义的成见，人类与自然才能和谐共处，生态多样性与命运共同体才能同音共律。"风格作者化""情感类型化""身体主体化"是门罗小说影视化的三种表现样态，从这三个角度可以进一步探究影片中呈现的后现代主义景观、影像赋格与情感转译、身体景观与主体生成机制。这是门罗女性书写的重要内核之五。

总之，本书的主要研究目标是以艾丽丝·门罗代表性短篇小说为例，以相关的女性主义理论、后殖民主义理论为主，其他各种相关理论为辅，结合相关研究论文、采访稿，通过分析门罗短篇小说创作来透视门罗女性书写的丰厚内容以及圆熟的技巧，门罗如何完成对"门罗小镇"为代表的加拿大文学的表达与诉求，以及女性文学话语权的独特建构。同时，以《逃离》《亲爱的生活》等作品为研究范本，透析出门罗前后期创作转向，进而得出门罗的女性书写作为一种"女性文学"，相对于同时代的女性作家是更接近加拿大真实日常生活状态下的女性书写，是一种真正意义上的女性书写。而这种书写在门罗短篇小说中最集中地体现在"围城内外"下的女性形象书写、"双性同体"的超性别书写、逃离叙事中的性别构型、对"娜拉困境"的回应（将门罗与张爱玲展开平行比较）等方面。除此之外，本研究还将聚焦"边缘性"的生存空间书写、"不可确定"的开放性话语书写、跨媒介叙事"风景"呈现及其影视化之维三个方面探讨门罗短篇小说叙事艺术特色。质言之，女性书写是门罗短篇小说文本一直贯穿的核心主题，"双性同体"是她对两性关系所做出的核心探讨，"边缘性"的生存空间是她文本的心理暗流，而"不可确定"的话语书写则是她文本的结构形式。

PART TWO
第二章

"围城内外"：门罗女性书写的人物形象之维

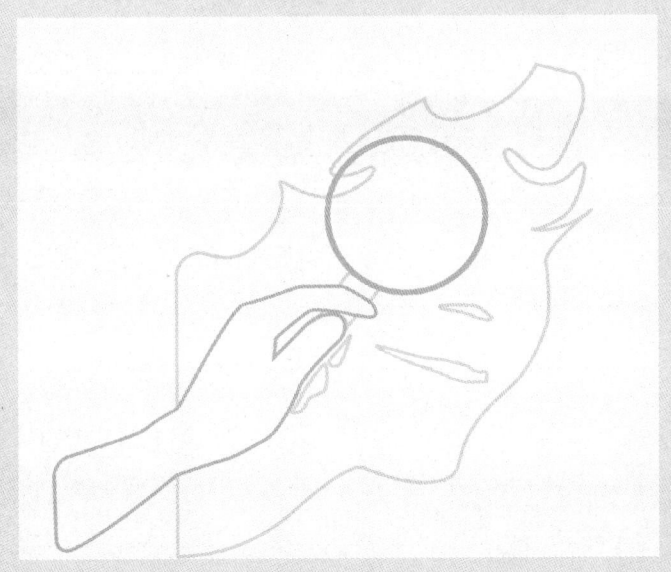

《亲爱的生活》前10篇，均是独立短篇，有8篇是以已婚妇女的生活轨迹来展开叙事，其中《亚孟森》和《骄傲》中的男女主人公虽然不存在婚姻关系，但是《亚孟森》却描写了福克斯医生和教师薇薇安之间彼此相爱，在准备结婚的路上最终放弃结婚的突然转变；《骄傲》中主要围绕多金的银行家之女和会计男之间明明有好感和情愫却彼此都没有开口，最终成为相互依赖照顾但又不会结为婚姻的关系。后四篇自传性的短篇虽然明线是以童年的视角展开，但是暗含的叙事主角却是已然成为家庭妇女后现在的叙事者"我"。因而，可以看出《亲爱的生活》基本是围绕"围城内外"的女性展开，描写她们在爱情婚姻中作为妻子、母亲以及在这两者身份之外，个人对生活的激情、对感情的追求、对人生的体会。女性描写数量之多以及女性角色身份的丰富性都是值得关注的点。这些女性描写有别于传统的女性主义作家所塑造的反叛女性，也和同时代的女性作家书写不同，这是门罗独特的个体生存体验结合加拿大的社会现实生存之思所熔炼出来的人物形象，承载着她对女性命运的长久关注与切身之思。

2.1 鲜活的肖像：《亲爱的生活》中的女性群像

在《亲爱的生活》这一短篇小说集中，门罗笔下的女性人物形象可以大致分为三种：首先是处于少年时期的女孩形象，其次是成年时期的面对婚恋问题的女人形象，再次是中老年时期面对生死问题的老年女性形象。这些女性身份各异，个体经历和最终的人生选择也各不相同。在这迥异的人生选择背后，折射出了门罗笔下的女性对生活的大胆反叛、对幸福的大胆追求、对真爱的勇敢表达。门罗女性书写的人物形象之维主要围绕少年、中年、老年这三种女性在婚姻这座"围城"内外之间、进退之时所作出的抉择以及以此铺展出来的不同人生命运而展开。

2.1.1 少年女性的瞭望：从利亚到科莉的成长之路

在婚姻这座围城之外，是少年女性的瞭望，是她们的懵懂甚至是无知，一切似乎是一种最平凡又普遍的选择。她们对婚姻的态度不是急切地主动渴望，也不是消极地回避反抗，对于她们而言，婚姻只是一种选择，选择与否也没那么重要。对待婚姻，她们还没有"围城意识"，更多的是一种瞭望，瞭望有羡慕、渴望的成分在里面，所以会义无反顾地选择跳进"围城"之内；但也有围观、犹豫、徘徊的成分在里面，所以会无所顾忌地走出来，或者干脆不会走进婚姻。她们心思是复杂的，也是简单的。可能从来没有想过会和谁在一起，也没有想过不会和谁在一起，这一切在旁观者眼里，可能就是一种生命中不能承受之重的选择，但对她们来说其实就是一种选择，无所谓轻重。最终，只是顺其自然地去接受、去经历、去成长。但是在传统的婚恋观影响下的文学作品中，我们看到的是"哪个少女不怀春"，她们对婚姻充满了各种浪漫的憧憬和设想，一切对她们来说似乎都是幸福、甜蜜、值得期待的。在婚姻面前一再慎重，一再选择，一再考虑，因为婚姻对她们来说是神圣而不可懈怠的，"白马王子"的理想型是她们期待的梦，婚姻的隆重性、神圣性对她们而言是人生最重要的决定。门罗没有选择这么去写，在《亲爱的生活》中通过少年女性在婚姻前的瞭望就是有意地弱化这种神圣与重要性，也就自然而然地冲淡了传统婚姻制度的神圣性。既然婚姻没有那么神圣，那么对婚姻中的各种"违禁"之举也就没有世俗评价的那么不堪，也没有必要那么不堪。

《离开马弗里》里16岁的女孩利亚，本来应该在中学读书的年纪，却因为贫穷的家境，不得不辍学而早早地步入社会谋求工作。她要一边在电影院做售票员，一边在牧师家为牧师太太熨烫衣服。这样一个平凡的小女孩却在大家都没有预料的一天失踪了，没有人知道她去哪儿了，似乎这个人从人间蒸发一样。直到她失踪的第三天，送信的卡车送来了一封利亚写的信：

> 信不是写给利亚家里任何人的，而是写给牧师和他太太的。
> 信是利亚写的，宣布说她结婚了。新郎是牧师的儿子，他在爵士乐队里吹萨克斯。（第71页）

第二章
"围城内外":门罗女性书写的人物形象之维

事实是,利亚和牧师的儿子只有偶然的一面之缘。利亚和牧师的儿子之间到底发生了什么,没有人知道,但是他们就是出乎所有人意料地结婚了,并且在几年后一个夏天的早晨,当警察雷再次在街道上遇见利亚的时候,她已经是两个孩子的妈妈。穿着也比以前整洁体面得多,并且精神状态也比以前的小女孩利亚饱满、幸福得多:

> 其实那是一条橘色的长裤,搭配长裤的是一件宽松的白色上衣,有些像背心。她的头发比以前更有光泽,她的微笑——以前他从未真正见过她的微笑——似乎真切地向他播撒着快乐。(第 74 页)

利亚在这场婚姻里发生了巨大的变化,读者在这里可能会觉得是这场婚姻拯救了利亚,利亚终于在婚姻里找到了幸福,也找到了幸福的保障——家庭。当读者还沉浸在自己的这一"臆测"时,门罗又用绝对客观、冷静的笔调告诉读者没那么简单。利亚带着两个孩子,准备去新牧师家商量去主日学校的事情时,读者再次不会预料到的事情是——利亚出轨和新牧师在一起了,即使丈夫来接她,她也没有选择跟丈夫回去,还是决定离婚。此时读者会认为利亚的一生彻底毁了——通奸、丑闻。但是,只有利亚自己知道自己的感受,什么是幸福的,什么才是自己真正想要的。当读者以为利亚此次背弃婚姻是为了浪漫的爱情时,下一秒会再次被自己的"臆测"打败:实际上没多久,新牧师就和另外一个人结婚了,而利亚最终落得没有丈夫、没有情人、没有孩子、没有家人的地步。这种层层拨开、层层递进的情节设置,正像曹文轩在《小说门》里所说的层递结构:"层递意味着事情的发展不是一帆风顺,而是逐步加大力度,各种关系变得越来越紧张。"[1]这种层递结构在小说中不断推动着情节的发展变化,同时还牵引着人物性格的变化,最终指向人物的命运走向。

即使是经历了这一切,利亚并没有一蹶不振。她选择在医院帮助癌症

---

[1] 曹文轩:《小说门》,北京:作家出版社,2002 年,第 366 页。

病人做康复工作。即使在谈到自己的两个孩子时会不由自主地哭泣,她也会迅速收起眼泪,开朗到认为眼泪并没有坏处。即使自己有过各种所谓的"丑闻"但依然会有继续爱的勇气,她大胆地提出和雷共同生活的想法。不管结局如何,我们知道利亚会坚强且勇敢地活下去。爱情的一再变故在她看来并没有那么不堪重负,一切都是越来越顺其自然地去接受,去生活罢了。门罗通过描写婚姻的琐碎性、复杂性、多变性从而把婚姻从"必须完美、必须神圣、必须幸福、必须忠贞"的"圣坛"上拉了下来。

在《科莉》中,镇上最富裕家庭的女儿科莉,却在26岁还没有找到一个对象,在家里结识了父亲请来的已娶妻生子的教堂建筑师霍华德·里奇,并且慢慢地与之发生了关系。尽管科莉有一条腿因为患有脊髓灰质炎而瘸了,但是从交谈中可以看出科莉是个活泼开朗的女性,"有一口光亮洁白的牙齿,一头接近黑色的鬈曲短发。高高的颧骨在灯光下闪闪发光"(第145页)。毫无疑问,这是一位健康、年轻又有很好的经济基础的女性。正常情况下,这样一位女性必定不会缺乏追求者:

> 某个令人毛骨悚然的专追富家女的猎艳者一定会抓住她,某个埃及人或者别的什么人。她似乎既大胆又孩子气。刚开始,男人可能会对她着迷,但接下来,她的鲁莽冒失、她的自鸣得意——如果那是自鸣得意的话——会令人厌倦。当然,她有钱,对有些男人来说,钱永远不会感到厌倦。(第147-148页)

科莉身上的可爱与孩子气一方面吸引了一些男性,但是她富家女特有的鲁莽和骄傲也会让男人很快感到厌倦,而她的金钱在这个时候,一方面成了爱情的试金石,另一方面也成了爱情的绊脚石。霍华德在和科莉保持了情人关系之后,就很快被保姆莉莲以发现了他和科莉这段婚外恋关系为由,捏造了一出莉莲威胁要钱的故事,这让科莉最终决定每个月分两次给莉莲寄过去一笔现金,而事情的真相科莉并不知情,她还一直以为这只是为了维持两人的情人关系需要付出的一点小小代价而已。直到意外得知莉

第二章
"围城内外":门罗女性书写的人物形象之维

莲的死,才终于明白,从始至终,莉莲并没有要挟过他们,整个事件便真相大白了:

> 没有什么邮政信箱,因为那笔钱直接进了某个人的账户或者某只钱包。用于一般花销,或者不算高的养老金。西班牙的旅行。谁在乎?那些有家人、有消暑别墅、有孩子需要教育、有账单需要支付的人,他们不必去想怎样去花掉这样一笔钱。这甚至不能叫意外之财。没有必要解释。(第162页)

在结尾,读者最终明白这段婚外恋的关系里,不过是一场科莉的爱情独角戏,她所有的爱就是不断地付出和等待。这段一开始就不平等并且注定悲剧的爱情里,科莉的牺牲要更大,她把青春、时间、爱情和金钱全部付出给一个把大部分的精力花在自己的妻儿身上并且不缺任何金钱的男人,读者在此之前可能还会对科莉感到厌弃,但在此之后,情感的天平则慢慢倾斜于同情、可怜她。从20多岁等到30多岁,而最终等待她的真相却是一场骗局。正如叙事学家里蒙-凯南在《叙事虚构作品》中所指出:"人物的物理环境(房间、房子、街道、城镇)和人际环境(家庭、社会阶层)也常被用作暗示性格特征的转喻形式。"[1]父亲去世以后,她便孤身一人了,对于没有亲戚、没有朋友、没有邻居、没有充足的社会经验和感情经历的她来说,她的性格必然是简单、单纯的,对他人不会有任何戒备之心,这就导致了她感情悲剧的必然。同时,她不会处理人际关系,也没有任何人际关系,也就必然导致了她倾诉与交谈的对象一个也没有,面对发生的这一切,她在睡了一觉之后,只能:

> 起了床,迅速穿好衣服,从每一个房间走过,把这个新的想法说给墙壁和家具听。每一个地方都有一个洞,而最明显的那个洞在她的胸口。她煮了咖啡,却没有喝。(第163页)

---

[1] [以色列]里蒙-凯南:《叙事虚构作品》,姚锦清等译,北京:三联书店,1989年,第119页。

她所拥有的全部东西就只是一间空洞洞的房子，这个房子在此之前还充斥着她和霍华德的甜蜜细节，哪怕可能是短暂的、虚假的，但是在这件事之后，所有这些已经荡然无存。科莉内心最强烈的想法是"每一个地方都有一个洞"，首先，"洞"这个意象代表着被伤害、被掏空，霍华德的欺骗给科莉带来了巨大的伤害，就像致命的一击，洞穿了一个单纯到没有任何社会经验和情感经验的富家女。其次，"洞"代表的是虚空，科莉感觉最强烈的是胸口的洞，门罗没有用煽情的文字来过度地渲染这件事对科莉带来的伤害，而是直接描写女主内心最真实的感受状态，一个简单的"洞"字，简洁、有力地涵盖了女主的心碎与神伤，而最让人伤心的不是痛哭流涕，是这种空虚到极致的绝望。如果说在此之前，女主角的内心还住着那么一个在尘世可以让她牵挂并且牵挂她的人的话，那么从此之后她的内心是真正空无一人了。而此时，男主角却正和自己的妻儿在别墅度假。最后，洞的另一个意象是一种被动的象征，随时等待被进入，也要面临着进入的人会随时离开。它是一个中间体、一个客体，科莉的内心体验正如她最后的倾诉对象即那些房子和家具一样，她最终成了一个物化了的"空壳"。

　　门罗不是要塑造一个一厢情愿的、悲情的爱情故事，她通过霍华德让读者看到不忠的婚姻也能维系，有些男人，在妻子和情人之家做到了很好的平衡。霍华德本有一个完美的家庭和婚姻，对妻儿也有爱和责任在，但是依然会选择在维持现有的婚姻状态下和科莉保持着情人关系，他对婚姻早已经不忠诚，但也不会觉得有什么愧疚之情，反而在妻子和情人之间游刃有余，生活得颇为得意。这在传统小说中，作家必然会进行一番口诛笔伐，但是门罗不是站在制高点的"上帝作家"，也不是振臂高呼的"女性主义作家"，她把自己置身于故事之外，保持沉默，只是如摄影一般冷眼旁观着进行记录，她直接把生活中平凡又普遍的婚姻百态"活生生"地展现在读者面前，这样就极大限度地隐藏叙述者的声音，而使读者和书中的人物最大限度地进行直接接触，从而使读者获得一种逼真的体验，让读者去思考男女两性关系的复杂，去评判传统婚姻制度是否真的如大家一直坚信的牢固和神圣，答案或者说谜底将会随着读者的阅读最终慢慢被揭晓。"艾丽丝·门罗以一种不妥协的方式，表明爱情很难拯救我们，或引导我们得到可靠的幸福……虽然，有时意外地，真正的幸福也会出现，可人们很少因相信浪漫的爱情而不受惩罚……如果你仔细地大量阅读艾丽丝·门罗的小说，迟早，在她的某个短篇故事里，你将会与自己面对面，这种总是带给你震惊的相遇不断在变化，却从不会压垮你。"[1]

2.1.2　中年女性的抉择：格丽塔的挣扎与漂流之路

《漂流到日本》中，格丽塔在带着女儿坐着火车去往多伦多帮朋友照看一段时间的房子。丈夫彼得是个典型的工程师，思想中充满了实用主义，对任何浪漫主义提不起兴趣，当然这就包括格丽塔的诗和诗人身份。虽然对这一事实格丽塔早就接受了并且学会了自己慢慢消化、自我安慰，但是，实际上，一直进行自我压抑的激情在心底默默涌动着。直到她参加了一次作家聚会，遇到了举办聚会的那家人的女婿——哈里斯·班内特，同样是居住在多伦多的报纸专栏作家。在浅浅地交谈之后，格丽塔发现自己不可抑制地爱上了这个男性："在那之后的秋天冬天和春天，她几乎没有一天不想他。就像每次一睡着就会做同样的梦。她会把头靠在沙发靠垫上，想象自己躺在他怀里。"（第10页）这对于一个已婚妇女来说无异于精神出轨，在家庭和自己的精神追求之间她内心的矛盾越来越凸显。"她对他如此渴望，几乎要哭出来。但当彼得回到家时，所有这些幻想都消失不见，蛰居起来。而日常的爱意凸显出来，和任何以往时候一样真实可信。"（第10页）实际上格丽塔和彼得的婚姻关系，一样存在着坚实的基础，他们之间的爱意是源于生活的长久积累而叠加出来的"家庭之爱"，但是生活的河流向来不是只平坦地流淌，很多时候一样需要激流的跌宕，需要"激情之爱"。德国奥古斯特·倍倍尔（August Bebel）在《妇女和社会主义》一书中写道："在

---

[1] 2013年艾丽丝·门罗诺贝尔文学奖颁奖词，参见：http://www.nobelprize.org/nobel prizes/literature/laureates/2013/presentation-speech.html。

人所有的自然需要中，继饮食的需要之后，最强烈的就是性的需要了，延续种属的需要是生命意志的最高表现，这种需要深深地埋藏在每一个发育正常的人身上，到成年时满足这种需要是保证人的身体和精神健康的重要条件。"[1]很显然，让格丽塔内心激情重燃的是对激情的渴望，这也是在和彼得长久地生活而精神层面无甚交流的结果。所以，最终，格丽塔选择带着女儿去了多伦多。丈夫以为妻子只是去帮朋友照看多伦多的房子，其实格丽塔更多地是为了能遇到自己一直苦苦想念的哈里斯·班内特，因为他也同样住在多伦多，并且在去多伦多之前，格丽塔还写了一封信给他：

写这封信就像把一张纸条放进漂流瓶——

希望它能

漂流到日本

在信的末尾她写上了乘火车到达的日期和时间。（第 11-12 页）

这封信在普通人眼里看来是古怪的，但是在同样作为作家并且很有才智的班内特看来却不一定会如此。要想理解其中的深意，必须对"漂流瓶"这个意象进行细读："漂流瓶"这个意象第一个指征就是代表愿望，并且是强烈希望能实现的愿望。其次，漂流瓶的第二个指征是"随波漂流"性，它是无目的、无方向的，只是顺水漂流，谁也不知道它最终会到哪里，也许是日本？被谁捡走？也许就是那个日思夜想的人。对于一直备受压抑的婚姻生活，格丽塔试着一点点凿一个"出口"。直到在火车上，她遇到了青春激情、充满活力的格雷格，两人不明原因而又自然而然地发生了性关系。格丽塔一直以来备受压抑的性冲动得到释放，冲破道德婚姻制度的束缚之后，她感受到前所未有的轻松。小说写到这里似乎作者的身影悄然消失了，全是主人公自己在主导自己的行为。在一般文学叙事中，即使人物的自由度比较高，作家不通过人物直接讲话，可"作家的声音仍然处于支配地位，尽管排

---

[1] [德]奥古斯特·倍倍尔：《妇女与社会主义》，沈瑞先译，北京：三联书店，1955 年版，第 96-97 页。

除了评论,但保留了成百上千的手段,用以揭示判断和形成反应"[1]。但是,门罗的叙事策略与此不同,她努力弱化读者和人物间的距离,用内聚焦的方式让读者跟着人物去直接感受,而不是去"指手画脚",这样一来人物所受到读者的评价都是读者自身的感受,而不是因为作家"机械式"的道德灌输。

读者在这里不禁会思考传统的婚姻制度,家庭责任具有神圣性、牢固性、强制性,但同时也造成了人的某种压抑性、束缚性,导致了最终的反抗性。格丽塔和彼得在灵与肉之间都不会再出现契合的可能后,格丽塔走向偷情的道路似乎也成为必然。而在格丽塔下火车之后,哈里斯出现在了火车站的门口,完全出乎意料又在情理之中。格丽塔"先是震惊,接着格丽塔心里一阵翻腾,然后是极度的平静……她没有试图逃开,她只是站在那里,等着接下来一定会发生的任何事"(第26页)。与格丽塔和哈里斯第一次见面所表现的过分紧张相比较,这次,从她的心理变化"震惊"—"翻腾"—"极度平静"中完全可以看出格丽塔的成熟与蜕变,她不再是急于去"抓取"一个可以交流的对象,这次,她坦然地接受接下来生活有可能给她带来的一切。

2.1.3 老年女性的取舍:多莉的出走与归来之路

除少年女性和中年女性之外,门罗在后期的写作中则更为关注容易被人忽视的群体——中老年妇女,用门罗的话说,就是"上了年纪的老姑娘"。她们的身体垂垂老矣,而婚姻也随之进入毫无激情的"暮年",她们对婚姻、人生、生活感到虚空,对随时都有可能逝去的生命感到恐惧,这些所有深刻而强烈的感受,只有她们自己知道。而对生活的另一种更为成熟的体验和感受也只有与自己呢喃。门罗认为自己就是她们中的一员,所以她说:"在我的内心里,我就是一个上了年纪的老姑娘。"[2]

---

[1] [美]韦恩·布斯:《小说修辞学》,付礼军译,南宁:广西人民出版社,1987年,第283页。
[2] 于闵梅:《艾丽丝·门罗:"我就是一个上了年纪的老姑娘"》,载于《中学生》,2014第1期,第50-51页。

《多莉》中八十三岁的富兰克林和七十一岁的"我"为自己买好了一块安葬地并在做了详细的考察和准备之后决定去自杀,但是两人却在因为是否留遗言的问题上产生了分歧,并且最终因为这个分歧,改变了自杀的决定。丈夫认为人生对于七十一岁的"我"来说还很年轻,并建议等到"我"七十五岁的时候再做决定。实际上,两个老人并不存在"不治之症的问题,不存在阻碍我们正常生活的侵袭的病痛"(第 220 页)。同时,即使是八十三岁的富兰克林依然经常做剧烈运动,他是马厩管理员,除此之外还是一名真正的诗人,他的诗会在一些报纸上刊载,并且会获得一些奖项。而"我"是名退休的中学数学老师,在退休后为一些不应被遗忘的加拿大小说家撰写传记,并且很享受这种有意义又安静的生活和工作。所有的这些,都似乎在表明这是一对安享晚年、令人羡慕的幸福老夫妻。但是,实际上,他们正在商量怎么能够尽快又体面地完成自杀。文章一开始作者就围绕一对老年夫妇决定自杀的内容展开,这样的情节设置,门罗一下子把小说的悬念摆到了读者面前,这对身体康健且物质生活和精神世界都足够充实的老夫妇怎么会想到自杀呢?正当读者为他们的自杀感到不可理解时,他们在下一秒又忽然因为是否立遗言而产生的争论放弃了自杀。所以,门罗的书写从来不是按照读者期待的那样去展开,读者无法抱着既定的"期待视野"去阅读,而必须在小说中,在人物的真实经历中,不断地体悟和成长。

放弃自杀的念头后,摆在他们夫妻俩面前的似乎会是一段安宁的生活,但是一个叫格温的化妆品推销员却在此时闯进了他们本来平静的生活。由于经常互相商讨护肤品的相关问题,"我"和格温逐渐产生了友情。与此同时,我在格温因车子抛锚不能发动而必须留在家里借宿一宿的时候,意外发现格温原来是自己丈夫的"前任"。随着丈夫和格温的交谈密切和曾经感情的升温,"我"强烈地感受到了嫉妒和排斥以及深深的孤独,并且冲动之下,在富兰克林和格温一起出门修车的时候,决定离家出走。这样任性的事情似乎无论如何也不会发生在一个七十一岁的老年妇女身上,但是"我"确实这样做了。负气出走的"我"选择在旅馆住下,来到了一个自己年轻时曾和一个学校的有妇之夫偷情的小镇。此时的"我"甚至还想着再次结识某个男人进行发泄,但是,随即"我"立刻意识到这个想法"很荒诞,不是因为他可能的年龄,而是因为我脑子里除了富兰克林之外不可能想到任何男人,永远不可能"(第 234 页)。源自强烈的嫉妒以及随之而产生的报复心理,"我"离家出走并采取背叛的形式进行报复,可是当真正要去这样做的时候,"我"却发现自己根本想不到任何男人,除了自己的丈夫。门罗在这里想探讨的是:也许随着年月的逝去,在老年女性那里,当婚姻失去了往日的激情与热切之后,甚至当生命本身也不再有意义的时候,是什么能继续维持一段婚姻,不是爱与责任,不是婚姻制度的强制性(实际上"我"和富兰克林是非法夫妻,并没有结婚),而是一种本能,本能地愿意在一起,本能地愿意浪费时间,本能地愿意包容一切。所以,在婚姻面前,即使是到老年女性那里,也不过是一种自由选择和自由取舍。

西方的后现代文化语境里"上帝已死",个体是一种毫无缘由、毫无理性而言的"被抛入的设计",而世界是荒诞的,人生到处充满谬误。但是,即便"存在先于本质",个体依然享有对自己的人生进行自由选择的权利,这就是萨特讲的"自由选择"。完全听凭自己的内心,没有什么先定的本质和规则的束缚,自由选择自己的生活方式,选择自己的命运规划,选择自我的价值观等。同时这种选择还强调一种责任性:选择是绝对自由、绝对自我的,但这也意味着个体要对自己全部的选择行为负责。所以,门罗所理解的婚姻,不过是一种个体的自由选择罢了,在瞭望之中,进退之间,取舍之后,婚姻的意义不过是生活的一种选择罢了。

2.2 对传统女性主义作家的超越与发展

门罗一开始就拒绝女权主义作家标签,也拒绝任何其他意识形态的定性解读方式,这一点,对于任何一个坚持自己创作主张的艺术家来说都是极其正常的,但无法否认的是,门罗确实成长于一个世界女权运动开展的大时代背景中，她的文学创作也会被一些评论家归为女性文学作品之列。同时，"女性的逃离行为和逃离话语往往会被放在女性主义意识形态框架下去诠释"[1]，因而有论者将门罗创作贴上"女性主义作家"的标签。英美女性主义批评家伊莱恩·肖瓦尔特在《她们自己的文学》中曾总结出女性文学经历了三个阶段，并且用女人气（feminine）—女性主义者（feminist）—女性（female）三个关键词来分别概括。[2]同时，门罗所创作的女性文学"却又确实和其他具有显性或者隐形父权意识的作家（不管是男性作家还是女性作家）具有非常显著的差异"[3]，套用威廉·燕卜逊（William Empson）在《几种牧歌形式》中的话来说，门罗的小说"写作的内容关乎女性，写作者本身是女性，写作的目的亦是为了女性"[4]。

但是，门罗的"女性书写"不能直接等同于"女性主义书写"，门罗小说中透露出的女性意识、性别意识、两性关系探讨以及她带有自觉的女性意识写作方式和女性书写为主体的性别身份，也不能想当然地就据此和女性主义画等号。英国女性主义批评家罗瑟琳·科渥德在《妇女小说是女性主义的小说吗？》一文中就妇女小说（女性小说、女性文学）和女性主义小说（女性主义文学）进行过较为明确且精彩的论述，她认为"如果只因一本书将妇女的体验放在中心地位，就认为它具有女性主义的兴趣，这将陷入极大的误区"，作家谈论和关注女性并不能代表其女性主义立场，同理，"以妇女为中心的作品与女性主义有必然联系是不可能的"[5]。换言之，以女性书写为核心的小说不一定就是女性主义小说，前者是对作家书写对象、性别身份的强调，而后者则凸显的是作家书写目的以及性别政治理念。正如科渥

---

[1] 赵小琪主编：《诺贝尔文学奖作品导读》，武汉：武汉大学出版社，2020年，第297页。

[2] 参见林树明：《多维视野中的女性文学批评》，北京：中国社会科学出版社，2004年，第30页。

[3] 张磊：《崛起的女性声音：艾丽丝·门罗小说研究》，北京：中国财富出版社，2014年，第3页。

[4] 转引自张磊：《崛起的女性声音：艾丽丝·门罗小说研究》，北京：中国财富出版社，2014年，第3页。

[5] [英]罗瑟琳·科渥德：《妇女小说是女性主义的小说吗？》，见张京媛主编：《当代女性主义文学批评》，北京：北京大学出版社，1992年版，第76-77页。

德指出的那样:"女性主义必须永远是在一种具有特殊政治目标的政治运动中妇女所结成的联盟,它是一种基于政治利益而非基于共同经验的联合。"[1]

基于此,本书认为,那种简单地给门罗贴上"女性主义作家"标签的做法是不可取的,它不但会影响我们把握其作品的丰富内涵,还会忽略其"女性书写"的独特意义。作为一名女性作家,门罗的"女性书写"是特殊的,她笔下的女性形象与气质不似女权主义作家那样具有鲜明的觉醒意识与反抗精神,创作上似乎也没有鲜明的"特殊政治目标"或者"政治利益",正如撒克指出:"门罗是和玛格丽特·阿特伍德(Margaret Atwood)或迈克尔·翁达杰(Michael Ondaatje)非常不同的作家,他们每个人都对意识形态分析感兴趣,她更关注生存、人的生存而非意识形态。"[2]本书认为,门罗试图回归到平凡的现实生活中观察女性的选择与命运,也试图从激进、极端、对抗甚至充满火药味的两性对立关系中发掘温和的、共生的、多元的可能性和现实性,从而在尊重两性差异的基础上,尊重个体的多元化选择,推动两性关系的和谐发展,引导人们顺其自然、如其所适地去接受自己并热爱生活,而这正体现了门罗对女性主义的发展和超越。

2.2.1 平凡普通的小镇女性形象

门罗笔下的女性形象不像简·奥斯汀、乔治·艾略特、勃朗特姐妹所书写的那种人格独立完整、性格坚强机敏的知识女性形象——受过良好的教育,有自己的精神主张和人格追求,她们对爱情和婚姻坦诚、勇敢、主动、坦诚,她们拥有人格魅力、追求平等的恋爱观和价值观,即使在自我探索的过程中,也经历过犹豫和挣扎,但是最后依然能做到保持人格精神的高贵性和独立性。这些女性作家笔下的"女性形象"以及女性命运探讨虽对女性文学的发展以及女性问题的思考具有极其重要的意义,但也有一

---

[1] [英]罗瑟琳·科渥德:《妇女小说是女性主义的小说吗?》,见张京媛主编:《当代女性主义文学批评》,北京:北京大学出版社,1992年版,第85页。

[2] 周怡:《从艾丽丝·门罗看加拿大文学——罗伯特·撒克教授访谈录》,载于《外国文学研究》,2013年第4期,第5页。

定的局限性，正如伍尔夫在《一间自己的房子》中所指出的："我们必须接受这样一个事实，即所有这些出色的小说，《维莱特》《爱玛》《呼啸山庄》《米德尔马契》，都是足不出户的女子写出的，她们的生活经验，仅限于一位体面的牧师家庭日常发生的那些；而且这些小说，还都是在这个体面家庭的共用的起居室里写出的，写书的女子，身无分文，一次只能买上几叠纸……"[1]在这个意义上，门罗笔下的女性形象则显得更接地气、更真实。

　　门罗笔下的女性形象有着不同的外貌、不同的年龄、不同的经历、不同的身份和职业。有女儿、情人、妻子、母亲、姨妈、外婆，有诗人、教师、富家女、推销员、女仆、普通家庭妇女，涉及社会的各个层面。同时，她笔下的女性不仅止步于探索爱情和经历后的成长，关注的也不仅仅是政治身份或者家庭地位的绝对平等对话和爱，她们面对的是爱情、婚姻、疾病、衰老和死亡，要处理的是母女关系、父女关系、朋友关系、男女关系、婚姻关系、生死关系等各种社会关系。女性所要面对的以婚姻为核心的各种关系的复杂性才是门罗所要表达的重点。她们虽然有些也是小知识分子的形象（这多少和她母亲以及本人都上过大学并且做过教师的经历有关），是老师或者诗人，但是她们往往没有表现出强烈的精神觉醒意识，人格也并不是完全独立且完整，性格不坚强，甚至行动也不果决，与之相对，她们会在无爱的婚姻中选择继续忍受，也会选择逃离，但是逃离之后又会主动逃回来；会在婚姻中出轨，也会和出轨的男人在一起。"逃离的本质在于人对现实的不满，反映的是逃离主体内在的诉求。较之于逃离的结果，门罗更为关注的是逃离的状态和逃离的过程。在门罗笔下，逃离是女性的自我救赎之路，是女性确证自我主体性的重要环节，同时也是女性的一种生存方式，彰显的是女性的生存智慧和生存哲学。"[2]总之，门罗笔下的女性不仅是知识女性，更是普通又平凡的小镇女性。正基于此，张磊指出门罗

---

[1] [英]吴尔夫：《普通读者——吴尔夫文集》，马爱新译，北京：人民文学出版社，2013年，第78页。

[2] 赵小琪主编：《诺贝尔文学奖作品导读》，武汉：武汉大学出版社，2020年，第298页。

"要做的恰恰是挑战简单化的、粗暴的女权主义。在她看来，女性的自我追求与母性之间不应该是简单的对立、矛盾关系。一个真正、现实、有道德感的女人必须也应该努力在两者之间做到平衡"[1]。

《亲爱的生活》创作背景整体是在第二次世界大战之后，时值欧美女权主义发展的第二阶段，这一阶段妇女获得了选举权，但是实际上，女性在社会身份、政治权利以及家庭地位等方面确实存在着和男性种种不平等现实。例如在《亲爱的生活》开篇《漂流到日本》，作为诗人的格丽塔，不得不一直忍受丈夫、母亲以及丈夫的同事对她使用"女诗人"的称号，而在那个时代女性的境遇是"不知道如何解释一个女人在当时如果有任何严肃的想法，更别提雄心抱负，甚至只是读一本真正的书，都会让人感到可疑，怀疑这与你的孩子得了肺炎有关系，而在某次办公室聚会上发表的一次政治评论可能会导致你的丈夫得不到晋升。评论的是哪一个政党无关紧要，要紧的是一个女人尽管信口开河"（第 3-4 页）。在《庇护所》中道恩姨妈将自己的人生全部奉献给了贾斯珀姨夫，"惟夫是从"——"一个女人最重要的工作就是为她的男人提供一个庇护所""一个女人必须尽全部精力，才能营造这样一个庇护所"（第 106 页）；"如果你是女性，现身任何东西都会让你变得荒谬可笑"（第 119 页）。《骄傲》中则展现了即使是一份会计工作，在"当时人们还不太能接受女人做这个工作。即使到了战争结束时还是这样，那时女人做会计已经有一段时间了，人们仍然相信，真正可靠的工作需要男人来做"（第 130 页）。《多莉》中"我刚开始教书的时候他们告诉我过去，就在不久的过去，女人从来不教数学，她们的智力不足以教数学"（第 229 页）。就此，目前国内外对其作品的女性主义分析的文章和论述虽逐渐增多，但是都很难跳脱"主义"怪圈。实际上，门罗虽然在文本中描写了女性所受到的种种不平等待遇甚至是歧视，但其创作意图并不是渲染女性所受到男权社会的压迫，并以此来进行反抗，争取女性的独立，她仅仅是

---

[1] 张磊：《崛起的女性声音：艾丽丝·门罗小说研究》，北京：中国财富出版社，2014年，第 184 页。

把当时女性的地位、境遇、选择、命运如实地反映出来，她只是冷静地做一个记录者、旁观者。

美国女性主义理论家伊莱恩·肖瓦尔特在《迈向女性主义的诗学》（1979）一文中提出"女性批评学"（gynocritics）概念，这一概念本身假定了女性写作存在的合理性。她认为女性主义文学批评其研究对象应该包括："女性创造力的精神动力学；女性语言的语言学特征及问题；女性个体或集体的文学职业发展轨迹；文学史；当然还包括对特定作家与作品的研究。"[1] 很明显门罗的女性书写，不可避免会吸引一些文学批评家从女性主义的角度进行解读。但是女性主义文学批评的核心便是反抗男权中心那种写作方式以及父权制意识形态，即"西方文明由男性书写，以男性的标准和视角记载，女性在此过程中无法发声"[2] 的现实。正如美国的女性主义理论家桑德拉·吉尔伯特和苏珊·古芭所指出的：一部文学作品除它表面的文字意义之外，在深层次还体现了一种权威，这种权威体现在父权制的西方文化中——"文本的作者便是一位父亲，一位祖先，一位生殖者，一个审美的父权家长，他的笔就和他的阴茎一样，是一种体现出创造力的工具"[3]。而门罗在文本中并不打算突出展现这种菲勒斯中心主义，或者声讨男性特权，所以，学者不能简单地对门罗作品进行女性主义批评。肖淑芬曾通俗简略地指出女性主义写作应该具备五个要素："就作者而言，必须是女性写作；就话语而言，自然是女性话语为主体话语；就题材而言，要以反映妇女的生活为文本的主旋律；就主旨而言，必然是旨在消灭两性间的不平等关系；就反响而言，定要引起广大女性读者的摆脱妇女屈从地位的思想与心理的共鸣。"[4] 从这几个角度就可以看出虽然门罗的写作和前三个要素相吻合，

---

[1] Elaine Showalter. "Towards a Feminist Poetics" from K.M. Newton: *Twentieth-Century Literary Theory*. London: Palgrave,1997: 216.
[2] 刘岩等：《性别》（外国文学研究核心话题系列丛书），北京：外语教学与研究出版社，2019年，第118页。
[3] [美]桑德拉·吉尔伯特、苏珊·古芭：《阁楼上的疯女人：女性作家与19世纪文学想象》，杨莉馨译，上海：上海人民出版社，2015年，第8页。
[4] 肖淑芬：《庐隐：中国现代文学史上第一位女权主义作家》，载于《扬州大学学报（人文社科版）》，2006年第6期，第22页。

但是后两个更为关键的要素却使门罗止步于激进的女权主义作家大门之前。因为她的写作的主旨不是简单直接地消除男女两性的不平等关系，而是让人们正视并尊重男女两性的天然不同，并在此基础上尊重个体的选择。同时，她想要引起的反响也并非号召广大女性起来反抗，而是让女性大胆地遵从内心，反抗或者不反抗都可以，最终归宿是追求自己想要的幸福，回归生活，热爱生活。

门罗笔下描写了很多陷入婚姻困境的妻子角色（如《庇护所》中的道恩姨妈、《多莉》中的数学老师、《离开马弗里》的利亚），也有很多陷入母女困境的母亲角色（如《漂流到日本》的诗人格丽塔和女儿凯蒂的关系，《声音》和《亲爱的生活》中"我"和母亲的关系），写她们内心的挣扎和渴望，写她们生活的琐碎和日常，写她们在妻子、母亲、家务、工作（教师、作家）以及自我需求之间如何取得平衡。门罗在采访中谈道："真正将我彻底击溃的绝不是家务或孩子，让我困惑的是一些对于女性的歧视性评价。这些评价让写作这件事变得古怪且不得体，甚至刻意被忽略。"[1]但是，门罗并没有因此就认为女性生活得有多艰难，实际上"我也交了一些朋友，她们也是女性，喜欢开玩笑，以及偷偷读书。我们在一起生活得很愉快"[2]。在《漂流到日本》中格丽塔知道丈夫对她"不加干涉、宽厚包容的态度于她而言是件幸事"（第3页）。《庇护所》中的道恩姨妈实际上要比同龄的人甚至是年龄比她小的妹妹还要"年轻得多，青春得多，整洁得多，而且经常露出灿烂的笑容"（第105页）。姨妈的一言不发不是真正懦弱的表现，她巨大的包容力是因为在她的内心：有时候沉默是为了让这个世界更适合生活。

《骄傲》中"我"虽然身为一名男性并有一份体面的会计工作，但是实

---

[1] [加]黛博拉·特雷斯曼（Deborah Treisman）：《专访门罗：我从不自认是女权主义者》，有毛僧编译，载于《纽约客》，2013年10月14日，https://weixin.tesoon.com/index.php?m=info&c=show&id=86806。

[2] [加]黛博拉·特雷斯曼（Deborah Treisman）：《专访门罗：我从不自认是女权主义者》，有毛僧编译，载于《纽约客》，2013年10月14日，https://weixin.tesoon.com/index.php?m=info&c=show&id=86806。

际上他内心却自卑、孤僻、敏感、脆弱而封闭。相比之下，他在同样身为孤儿的奥奈达面前，是更需要被爱护、被照顾的那一方。《火车》中艾琳一直等待着男朋友杰克逊战争后归来就结婚，可她不知道等待她的是杰克逊弃车而逃，但是即使是这样，门罗并没有描写艾琳受到多大的伤害，相反，她后来又重新组建了家庭。并且她一直在等待着杰克逊，即使是杰克逊再次出现她面前，她也会立马原谅他，因为"没有什么能长久地挫败她"（第200页）。门罗在笔下会描写这些将自己奉献给男性的女性，不是为了号召女性觉醒起来争取自己平等的地位，或者看清男权主义的压迫，实际上说起"女权主义"这个词，"人们当时甚至不用女权主义这个词""女权主义不合时宜"（第3页）。因而，门罗只是紧紧贴着当时女性的真实存在状态和心理去描写，也许她们在生活中遭遇到歧视，或者是不公正的待遇，她们也并没有极力去寻求解放和平等。女性只是凭着生活本能去面对所有发生在她们身上的一切。

从这一点，可以看出当时女权主义文学批评最根本问题是，女权主义提出了很多先锋的理论观点，但是"都没有把批判男权中心的触角深入社会阶级斗争层面，消解男权中心的策略大都停留在语言、文化层面，因而带有相当大的乌托邦色彩，很难与现实的妇女解放斗争真正结合在一起"[1]。门罗看到女权主义以及女性文学批评的局限性，所以她谨慎避开"女权主义"这场"热闹"的女性文学潮流，而只是安静地、数十年如一日地坚持从一个女人的角度讲述一个个真实的故事。让女性自己在生活的洪流中，去经历、去感受、去成长，这是门罗通过创作最想要向女性传达的。据此有论者指出："门罗对女性主义概念的认知显然有别于通常意义上的女性主义。门罗的目标读者也从未局限于女性。事实上，她并不在乎读者的性别和年龄。她更为关注的是读者能否从作品中得到启迪和收获。"[2]而门罗在

---

[1] 朱力元主编：《当代西方文艺理论》（第3版），上海：华东师范大学出版社，2014年，第301页。
[2] 赵小琪主编：《诺贝尔文学奖作品导读》，武汉：武汉大学出版社，2020年，第297页。

被问及希望自己的小说对读者产生何种影响,特别是女性读者时,她坦诚道:"我希望我的故事可以打动别人,我不在乎他们是男人、女人还是孩子。我希望我的故事关乎一段生活,它唤起读者的感受不是判断这个故事是否是真实的,而是让他们体悟到一种写作所带来的奖励。这种奖励不是说故事一定会有一个大团圆的结局,而是说故事中所有触动你的细节,这些细节让你在读完作品后感到成为了一个不同的人。"[1]这正是门罗对女性主义的超越之处。

2.2.2 成熟包容的真实女性气质

门罗笔下的女性气质是成熟的、脆弱的、敏感的,同时也是强大的,具有巨大包容力的。她对女性的探索和挖掘可以说是女性史诗式的,完整地表现女性一生的成长与蜕变。她让平凡的女性在经历生活偶然的"捉弄"和伤痛后,内化而成全新的自我。在这一点,门罗把生活中的真实女性书写了出来,她"一直强调女性天然的'女性气质'(femininity),并将其视为女性重要的力量之源"[2]。

她笔下的男女两性之间依然存在着许多显性的女性歧视问题(如《漂流到日本》《庇护所》《科莉》等),但是这种现实问题,门罗作为书写者只是客观呈现,不做任何主观评价。书中的女性对种种男女不平等的现象,处理方式是因人而异、复杂多变的:有像《漂流到日本》那种为了自己"女诗人"的身份去解释自己的女性身份,但是并不是以此为戈戟去挥舞着战斗,而是逐渐平静地接受了这种事实;有像《庇护所》姨妈完全为了姨夫而亦步亦趋,可以说完全没有任何作为女性主体的权利和自由,但是,她却是生活中看上去最年轻、最快乐的女性。这些自愿回到"父权制牢笼"下的女性在女权主义者看来是失败的典型,但是在门罗的笔下,这种女性

---

[1] [加]爱丽丝·门罗、[瑞典]斯蒂劳·阿斯伯格:《爱丽丝·门罗:在她自己的文字里》,吴永熹、江楠、柏琳译,载于《名作欣赏》,2014年第1期,第51页。
[2] 周怡:《艾丽丝·门罗:其人·其作·其思》,广州:花城出版社,2014年,第218页。

在生活中是常见的，可理解的，门罗并没有贬低或者褒扬任何一种女性的抉择和生活方式，她尊重每一个女性的选择，这就是门罗的用心良苦之处：门罗并不希望用纯粹完美的、乌托邦式美好未来的女性人物形象去麻痹、安慰读者。女性在生活中，大部分都不是女英雄，而是平凡、脆弱，甚至充满了妥协，这就表明了女性的成长从来不是一蹴而就的，推翻父权的压制也不是一劳永逸的，生活没有那么简单，事情永远没有那么明确。门罗小说中的家庭主妇似乎总会在"女性"和"母性"两种身份之间不断权衡、进而作出选择和妥协，"正是这种具有典型加拿大经验的'妥协性'帮助化解了'家庭'与'职业'之间的矛盾"[1]。这是门罗对女性从事艺术创作之路的思考，是对当时激进的欧美女权主义行为的有意规避，同时也是她对现实生活中的女性在面对家庭、人生、社会等困境时提供的有益参考，这也彰显了门罗与其他感伤小说家或者浪漫主义小说家的不同。

　　门罗的很多作品描写了女性并且真实经历了女性主义的三个阶段，很多评论家就此认为门罗是位女性主义作家，但正如学者吴永熹表示："虽然门罗的作品充满女性色彩，那是因为她所写作的时代恰逢女性主义发展。但门罗作品中的男女关系并非僵硬的对立，而更像是一种真实的描写。"[2]门罗描写恋爱婚姻中男女两性都有同样的情感苦恼，女性如《漂流到日本》中的格丽塔，尽管还爱着自己的丈夫，但是在情欲面前依然会选择在火车上和年轻的格雷格发生性关系，会在心里狂热地爱着另一个有妇之夫"哈里斯"；《砂砾》中的"母亲"竟义无反顾地抛弃富有的生活和丈夫离婚而选择和一个并不成熟的话剧男演员结婚；《多莉》中七十多岁的老年妇女依然会因为吃自己丈夫前女友的醋而选择离家出走；《离开马弗里》中利亚和牧师的儿子私奔，当人们以为她就过上幸福的生活时，她却和另一个牧师出轨了……男性如《骄傲》中的兔唇会计师在爱情面前自卑、敏感而不敢

---

[1] 周怡：《艾丽丝·门罗：其人·其作·其思》，广州：花城出版社，2014年，第220页。
[2] 宋宇晟编辑：《学者谈门罗：非女性主义作家 读其作品不能着急》，中国新闻网，2014年1月12日，https://www.chinanews.com.cn/cul/2014/01-12/5725778.shtml。

踏入婚姻，最终和奥奈达形成了永远进入不了婚姻的朋友关系；《火车》中，因为家庭和战争的影响，杰克逊形成了无法面对熟悉的环境和人的性格障碍，所以他不断地逃离任何可能的亲密的关系，和贝尔只能做朋友，和艾琳永远没有勇气再见面；《庇护所》中贾斯珀姨夫尽管在所有人看来都是一个专制蛮横的"男权主义者"，但是实际上他用自己教书挣的钱攒够了学医的费用，他"曾经在暴风雪中去农舍，在厨房里为妇人接生，为病人切除阑尾""推动了医院大楼的建设却拒绝以自己的名字命名"、对作为侄女的"我"并没有提出任何关于规矩或者女孩应不应该做什么的问题"，甚至还考虑到如果"我"真的感兴趣就打算给我买辆"新自行车"（第107页）。"他在诊所里总是那么随和"，就连女护士都"对他甚至没有特别的尊重"（第108页），他也不在乎。由此，可以看出，门罗所描写的是在"围城内外"男女两性所面临的同样的困境和抉择，她的小说中，男女两性之间有矛盾有不平等性，但是这只是一种普遍存在的社会情况。正如作家格非所言："门罗笔下的女性有自尊，但并非气势汹汹、充满政治性。她的小说中没有男女对比，而更像是描写一种普遍处境，男女之间可以开展对话，因此不应从女性主义对其进行解读。"[1]

2.3 本章小结

本章主要以"围城内外"为主题探讨艾丽丝·门罗女性书写的人物形象之维。无疑，在门罗笔下，形形色色的女性人物形象是其塑造的核心。从女孩到女人的蜕变，意味着女性从女儿到妻子、母亲的社会身份的转变。婚姻、爱情、自由与人生始终是门罗笔下女性要面对的问题。本章以门罗封笔之作《亲爱的生活》这部短篇小说作为主要分析对象，首先对门罗笔下的女性人物群像进行梳理可以发现她集中塑造了三类女性：少年女性的瞭望，中年女性的抉择，老年女性的取舍。在此基础上总结门罗对传统女

---

[1] 宋宇晟编辑：《学者谈门罗：非女性主义作家 读其作品不能着急》，中国新闻网，2014年1月12日，https://www.chinanews.com.cn/cul/2014/01-12/5725778.shtml.

性主义作家笔下的女性书写及女性形象塑造的超越与发展。

总体上看，可以将门罗笔下的女性人物形象分为三类：第一类是处于童年时期的懵懂好奇的少女形象，第二类是成年时期面对婚恋问题的中年妇人形象，第三类是老年时期不得不思考生死问题的年迈妇人形象。从这三类女性形象可以清晰地看出女性在成长过程中伴随着的心理蜕变历程，女性在面对婚恋这座"围城"时在不同年龄段所作出的不同抉择。

少女时期，女孩对爱情和婚姻是懵懂甚至是无知的，因而她们的态度更多地表现为瞭望。瞭望会有羡慕、渴望的成分在里面，但是也有观望犹疑的态度，所以她们认为婚姻只是一种选择，意味着选择一种生活方式。"围城"一般的受困意识还没有在她们内心生根。当女孩蜕变成女人，走进婚姻，组建家庭，成为家庭主妇，这样的女性似乎是"围城"里的"金丝雀"。但是门罗却花了大量篇幅，写出女性的"犹疑""逃离"与"越轨"，像《漂流到日本》的格丽塔敢于冲破婚姻制度的道德束缚，和陌生男子发生了"越轨"的行为时，她的第一反应不是愧疚，反而是释放以及前所未有的轻松感。

门罗本人完整地经历了女权主义发展的三个阶段，作为作家，她是一名女性，她笔下塑造的核心人物也是女性，写作的目的也是表达女性的声音，所以门罗总是很容易被贴上女性主义作家这个标签。但是门罗从来没有在公开场合声称自己是一名女性主义作家，这和她同时代的加拿大女作家玛格丽特·阿特伍德很不同。笔者想要澄清的是，门罗的创作事实上既和传统女性主义作家的女性书写不同，也和其他男性作家笔下的女性形象不同。

平凡的小镇里，她们不过是同样平凡普通的女性人物，平凡的婚姻与人生，充满了琐碎的日常和不同的困境，她们要面对的是爱情、婚姻、疾病、衰老和死亡，要处理的是母女关系、父女关系、朋友关系、男女关系、婚姻关系、生死关系等。这些关系很琐碎、很平凡，但这就是普通人的一生。从中可以看女性主义作家的根本问题——尽管提出了很多先锋理念，号召女性反抗男权，为自己而战，但是这些基本停留在语言层面而颇具乌托邦色彩，现实生活中的平凡女性，她们要面临的琐碎日常和要处理的各种社会关系，女性在"逃离"家庭之后的困惑依然不会消失，她们依然要面临该怎么办的问题。同时，女性在面对不平等对待时所展现的无奈和妥协，成熟和包容，这些显然才更为真实，更贴近现实女性生活，也更加值得女性主义者及批评家思考女性的出路：女性问题并非一蹴而就、振臂高呼"女权"就能解决的。在这个层面上，"门罗式"的女性书写愈加真实可贵。

总之，门罗试图通过"女性群像"的塑造对女性身份与命运进行重新思考与探讨，从女性作为他者被建构到女性作为主体自立，这是一段漫长的过程。两性只有在尊重差异的基础上，尊重女性的多元化选择，进而挖掘出更为温和、共生、多元、和谐的两性相处关系，这才有利于实现两性的和谐发展，而这一点正是门罗对女性主义的发展与超越之处。

PART THREE
第三章

性别构型：门罗小说"逃离"叙事的主题之维

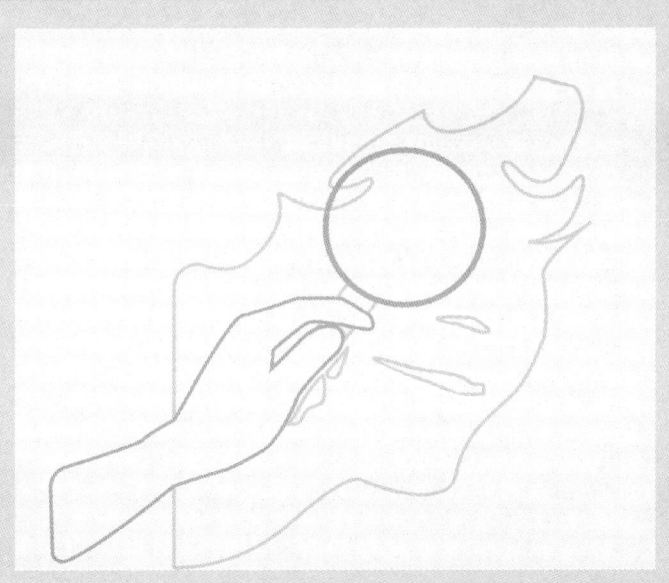

第三章
性别构型：门罗小说"逃离"叙事的主题之维

虽然艾丽丝·门罗从未宣称自己是一位女性主义作家，但纵观目前有关门罗小说的研究，我们依然可以发现，仍然有相当一部分研究者将她的小说作女性主义解读抑或强化其作品中的女性主义倾向。当然，梳理门罗小说中的女性群像，观察门罗对女性隐秘世界的开掘，这样的研究视角自有其合理性。从题材上来讲，门罗的小说聚焦女性的成长主题、欲望表达、婚姻描写和命运探讨，并展示女性之间的情谊和女性对于时间流逝的体悟，这些主题基本符合女性主义关照并讨论的范畴。更重要的是，门罗的小说扭转了被男性话语所刻板化的女性形象。

概括而言，英美派女性主义一直以来致力于发现在文学中被湮没和扭曲的女性形象，而法国派女性主义则积极地在无意识领域恢复女性的私人经验并启发女性自我言说的能力。英美派女性主义意识到，在既往的历史及其言说中，女性只是一个被表现的他者对象而不是一个具有主体性的自我，并且还是按照男性中心价值观的意图或臆想被表现的。追根溯源，这种批评方式当是受到了西蒙·波伏娃的启发和影响。波伏娃在其代表性论著中以五位法国男性作家为例，重新挖掘和探讨他们笔下的女性形象及其书写所体现的男权色彩。其中，法国作家蒙泰朗将女性视作"欲望的面包"，他在自传性质的小说中将女性视作发泄性欲的工具和男性的衬托；劳伦斯表面上描写男女的自然结合，内里凸显的却是"阳具的骄傲"；在戏剧家克洛代尔的诗歌中，女性是"主的婢女"，女人只有绝对的服从才能走向得救的道路；超现实主义代表人物布勒东将女性看作"诗"，她是美的化身并追求永恒的爱，但这只能是对男性而言的；对司汤达而言，女性是他赞美的对象，然而她们身上的纯真、自然、宽容、激情只是他浪漫主义情怀的寄托而已。这些男性作家分别代表了从蔑视女性到赞美女性的不同倾向。但这些不同时期不同风格的作家所编织的女性神话"全都表明，他们都期待着女人的利他主义"，女性始终只是"发挥着他者的作用"[1]。

毋庸置疑，波伏娃犀利的批评成为此后女性主义批判男性作家笔下的

---

[1] [法]波伏娃：《第二性》，陶铁柱译，北京：中国书籍出版社，1998年，第231-289页。

女性形象的滥觞。从这个层面上来讲，门罗的女性书写为被男性言说变成刻板印象的女性形象注入了生气，恢复她们复杂的意识、声音、灵性。门罗创作中期的短篇小说集《逃离》可以算作是这种书写的代表作。早在门罗获得诺贝尔文学奖之前，这本由李文俊翻译，北京十月文艺出版社出版的小说集就已受到国内研究界的热切关注，在一定的时期内，其光辉甚至掩盖了门罗的封笔之作《亲爱的生活》，即"《逃离》是最早在中国出版的门罗小说集，国内认知度较高，更能激发研究者的兴趣，而其他推广和接受程度较低的译著则少人问津"[1]。

门罗的小说集《逃离》由八个短篇小说组成，描绘了不同的女性生活及其逃离经历：《逃离》中的卡拉，十八岁选择从父母家出走，如今又打算逃离丈夫和婚姻；《机缘》中的朱丽叶，放弃攻读博士学位，毅然选择投奔在火车上偶遇的乡村渔夫；《沉寂》中的佩内洛普，从小与母亲朱丽叶相依为命，某一天却突然消失得无影无踪；《激情》中的格蕾丝，在已然订婚的情况下，一念之差与未婚夫的哥哥出逃了一个下午……她们的"逃离"或许是旧的结束，或许是新的开始，又或许意味着另一种回归。逃离前是否具备征兆？逃离中是否有犹疑？对于这些女主人公而言"一次次逃离的闪念，就是这样无法预知，无从招架，或许你早已被它们悄然逆转，或许你早已将它们轻轻遗忘"[2]。概言之，"女性逃离"作为一个显或隐的主题几乎渗透在集子里的每一篇小说中。

在现实生活中，"逃离"本是一种常见的生活现象。每当人们在生活之中陷入困境，逃离的冲动便会自然而然地产生。这种逃离不仅指向物理空间的出走，也可能是心灵空间的逸离。必须要强调的是，"逃离"作为贯穿门罗创作的核心主题同时也衍生至小说集《亲爱的生活》的某些篇章。因此，小说集《亲爱的生活》中的《漂流到日本》和《亚孟森》亦被纳入本

---

[1] 陈英红、文卫平：《艾丽丝·门罗译介与研究述评》，载于《湘潭大学学报》，2018年第3期，第127页。

[2] [加]艾丽丝·门罗：《逃离》，李文俊译，北京：北京十月文艺出版社，2014年，封底页。

章的研究范围。有学者分析门罗小说中居于核心的"逃离"主题时,提出了颇具启发性的观点:

> 逃离现象之所以值得关注,是因为这种现象一旦发生,就会给主体的生存带来深刻的影响,使其生命轨迹发生永久的转向。文学作品中所描绘的逃离,其类型方式不同,表面动机各异,但内在本质却是同一的,即主体逐渐察觉到了现实生活与实在物之间的矛盾与龃龉,并因此意欲通过一定的转变(逃离)来调节与消除这种矛盾。[1]

参照此观点,我们可以认为,"逃离"这一现象勾连着主体眼中的生活和作为实在物的生活,两者之间虽在某些阶段能被主体的幻想架构所消弭,在另一些阶段又能显现出二者之间的差异和鸿沟。也就是说,在这个阶段,当幻想架构无法再框定实在物时,这些实在物——根据拉康的精神分析理论,那些既不能被直接经验感知到,又无法被象征的东西所替代"就像一次极端暴力所带来的创伤性遭遇,这种遭遇往往撼动了我们的整个意义宇宙"[2]——最终主体不可避免地陷入恐慌、厌倦或反思,并导致种种不同维度的逃离。

因此,"逃离"作为门罗小说中的一个结构性在场,不仅仅关乎女性主体内在的生存困境和无意识,同样也折射出主体的外部世界,即与之相关的形形色色的人/男人、事、物及其变迁。然而,回顾目前学界对门罗小说集《逃离》的探讨,研究者着眼于小说中频繁使用的女性视角,自然而然地将作品中的女性形象与男权社会对女性的压迫,女性的反抗和女性追求独立意识的成长主题熔为一炉。虽然门罗的女性塑造在一定程度上超越了男性作家笔下固化的女性形象,然而这种基于女性主义的视角的解读方式亦容易造成"本质主义"以及"理论先行"的弊病。且不说"女性视角"

---

[1] 丁心怡:《作为存在性事件的逃离——从事件理论视角解读艾丽斯·门罗的小说〈逃离〉》,载于《当代外国文学》,2020 年第 1 期,第 112 页。
[2] [斯洛文尼亚]齐泽克:《事件》,王师译,上海:上海文艺出版社,2016 年,第 140 页。

与"女性主义"并不能够简单地画等号,这种研究方式在一定程度上也损害了人物本身的复杂性。

此外,作家创作的有机整体性意味着"小狗只能'发展变化'为大狗,而一头驴也绝无可能由一只蝴蝶'发展变化'而来。理论上,'从 X 到 Y 的发展变化'要成立,就必然以 X 和 Y 的同质性为前提"[1]。本章立足于以往论者习惯性围绕门罗的某一部小说集展开割裂性研究的现状[2],以门罗巅峰之作《逃离》中的《逃离》《机缘》《匆匆》《激情》和创作后期代表作《亲爱的生活》中的《漂流到日本》和《亚孟森》为中心,捕捉小说中"逃逸的男性"和"出走的女性"人物身影,展示逃离叙事中的性别构型,以期获得隐藏于文本深处的两性观念。

3.1 凸显"逃离"叙事中的男性话语

门罗小说中形形色色的"逃离"叙事不仅仅关乎女性的生存,门罗也为逃离叙事中的男性话语预留了空间。笼罩在女主人公"大逃离"主题下的男性人物的"小逃离"一直被论者所忽略。本节借用叙事学理论,探寻隐含作者在这些"逃逸的男性"身上设置的复杂标记。

3.1.1 隐含作者的"推测请求"与"冰山之下"的逃离真相

门罗的短篇小说集《逃离》中的三个短篇《机缘》《匆匆》《沉寂》既相互独立又互相关联,共同构成了女主人公朱丽叶的三个阶段的人生。《机缘》写女主人公朱丽叶出生于加拿大的小镇,长大后离开家乡来到大城市多伦多的一所大学深造。如今,21 岁的她已经获得古典文学硕士学位并准备继续攻读博士学位。在撰写博士论文期间,她决定抽出一段时间到温哥华一所学校担任兼职老师,教授拉丁文。在去往温哥华的火车上,朱丽叶

---

[1] 参见段从学:《现代性语境中的何其芳道路》,载于《中国现代文学研究丛刊》,2013 年第 5 期,第 25 页。
[2] 陈英红、文卫平在《艾丽丝·门罗译介与研究述评》中提出,国内有关门罗小说的研究范围较狭窄,对门罗小说进行整体性的艺术观照的研究成果不够丰富。

邂逅了来自温哥华郊区渔村的渔夫埃里克。二人在火车上一番愉快的相处，她对他心生好感。六个月后，当朱丽叶的兼职工作结束时，她恰好收到了埃里克表达思念的来信。于是，朱丽叶逃离了自己的学术生涯去鲸鱼湾投奔埃里克，并心甘情愿成为他的情妇之一。《匆匆》写朱丽叶在鲸鱼湾时被一幅名为《我和村庄》的画作勾起了乡思，于是带着13个月大的女儿——她与埃里克的孩子回到家乡的小镇探望父母。她的母亲此刻已经老年痴呆并且生活不能自理，父亲也辞去了教师的工作当了一名菜农。朱丽叶放弃学业并且未婚生女的事迹早已在这个宗教气氛浓郁的传统小镇引起非议。更糟的是，在与父母团聚期间，她和父母之间的亲情也出现了不同程度的疏离。她觉得家里的一切既熟悉又陌生，朱丽叶与父亲新请的佣人艾琳娜相处不善，后又与母亲的牧师唐恩就信仰问题发生争执，此后她匆匆结束了这次探亲回到了鲸鱼湾。几个月后，她再次返乡参加了母亲的葬礼。《沉寂》写埃里克死于海难，朱丽叶离开鲸鱼湾，在城市里参加工作并独自抚养女儿佩内洛普长大。直到有一天，21岁（又是在这个年龄）的佩内洛普在参加了一次精神平衡中心的课程之后，逃离了朱丽叶。刚开始朱丽叶还能收到女儿的生日卡，五年之后音讯全无。

　　从表面上看来，这三个短篇展示的是朱丽叶和佩内洛普的逃离，因而裹挟在女性逃离这个大框架下的男性的——朱丽叶的父亲山姆——逃离叙事常常被论者忽略。概括而言，山姆的逃离体现在两个方面：其一，他逃离了执教了三十年的公立学校转行做蔬菜销售。其二，在某些时候，他在情感上逃离了由于病症而脾性日渐乖戾的妻子，他似乎把这份游离的情感寄托在勤劳的女佣艾琳娜的身上。山姆说妻子萨拉"永远都是这么一位心脏有毛病的漂亮娇小姐，老得让人伺候着"[1]，说艾琳娜则能够"带来安宁和秩序"，并且"是她，恢复了我对女性的信心"（第89页）。甚至，山姆逃离的结果还指向一个完美的结局：他在妻子病逝后不久扩大了菜园，充

---

[1] [加]艾丽丝·门罗：《匆匆》，见《逃离》，李文俊译，北京：北京十月文艺出版社，2009年，第88页。

分享受新工作的乐趣。并且,他也重新结婚,继妻也是一位教师。[1]小说结尾处还交代,晚年的山姆购买了一辆拖车,待继妻退休后,夫妻二人开启了漫长的冬季旅游。

从某种程度上来讲,比之小说中的其他人物,山姆无疑是幸运的。他的"逃离"为他的命运增添了一抹亮色,在他的衬托下,其他人物的经历多少有些黯淡晦涩。然而,如果重返文本的话,有关山姆的"逃离",门罗绵密的文字呈现了更为复杂的面相。

当朱丽叶刚到家时,她与父亲山姆之间有一段关于父亲辞职缘由的对话。朱丽叶有些怀疑山姆是否甘心舍弃工作了三十年的教职时,父亲斩钉截铁地回答:"绝对舍得,我可是倒足胃口了,我反胃反得连酸水都要溢出来了。"小说紧接着就山姆的辞职缘由填充了一些内容:

> 的确,教书教了那么多年,他却始终未能在任何一所学校里当上校长。她猜想这就是使他倒胃口的原因。他是个出色的教师,他的特立独行和充沛的精力都是有口皆碑的,他教的六年级也是受业的每一位学生一辈子都难以忘怀的一年。可是年复一年,他总是被忽略过去,原因或许正在于此。他的方法可以理解为对上级领导的鄙视。因此你可以想象,有关领导自然会认为他不是当校长的料儿,还是让他做原来的工作危害相对来说会轻上一些。
>
> 他喜爱户外的工作,也善于跟普通人交谈,没准他是能做好销售蔬菜的事业的。(第74页)

值得注意的是,这段表述主要是以朱丽叶的视角所展开的。"她猜想"这样的词句是朱丽叶对父亲"逃离"缘由的猜测。关于对父亲教学水平的赞扬也应和了之前朱丽叶对好友克里斯塔谈论父亲所说的"口碑不错"。但,这并不意味着这段话完全是朱丽叶的内视角,打着重号的句子表明:叙述者的视角和朱丽叶的视角是混合在一起的。朱丽叶可以猜想山姆倒胃口的

---

[1] 小说有交代朱丽叶的母亲萨拉生前也当过一段时间教师,后因身体不适才辞去教职。

原因,但她不可能知道"他教的六年级也是受业的每一位学生一辈子都难以忘怀的一年"这种确切的事实,这显然是叙述者补充的信息。另一处,"没准"二字没有主语,很难辨别是哪一个主体发出的声音,既可能是朱丽叶也可能是叙述者。总的来讲,这段表述混淆了人物和叙述者的视角,在丰富山姆的人物形象的同时,也有意无意地想造成朱丽叶的看法与现实一一对应的效果。

然而,接下来朱丽叶对自己对父母以及对自幼生活在一起的镇上居民的一番看法值得我们注意:"实际的情况是,她看自己——她认为自己以及山姆与萨拉,特别是她自己和山姆——因为有独特的想法,所以比周围的每一个人,都要高出一头,因此,即使他去卖菜,那又有什么关系呢?"(第75页)这段话呈现了朱丽叶的心理活动。我们可以看到,朱丽叶认为自己一家人的文化身份在镇上有着某种优越感。正是基于这种认知,她坚信,他父亲辞职去当菜农也是一种"独特想法"的实践,正如她在下文把自己非婚生女这件事也当作一种"独特想法"的实践相类似,即"特别是现在,回到了家里,她没有结婚这件事给了她一种成就感,一种傻乎乎的幸福感"(第81页)。注意,"傻乎乎"这种形容词到底是来自朱丽叶的自我认知还是叙述者对她这种行为的评价,文本的这个阶段,我们很难辨别。

然而,山姆是否真的像朱丽叶所想象的那样因着一种独特的思想姿态而从容面对转行当农民这件大事?朱丽叶的母亲萨拉在意识清醒的时候对女儿谈到山姆逃离性的转行:"不过你知道他是怎么对待比他低的人的。他会做出各种各样的努力使他们觉得他跟他们没有任何区别,他一定让自己降低到他们的层次。"(第80页)和朱丽叶认为父亲只是在精神上——"独特想法"——比之镇上居民"高人一头"不同,萨拉对镇上的普通居民充满了蔑视,并认为山姆在"阶层"或"地位"上就该属于"上等人"。事实上,朱丽叶作为一名受过高等教育的学者,她看似只是觉得父亲在精神层面上高于镇上居民,她仿佛比她母亲更没有"阶级"的观念,但在后文,当父亲向她讲述艾琳悲惨身世时,她还是暴露了潜藏的阶级歧视——"我希望你不是想让我们卷入那种人的是非堆里去吧"(第87页)。虽然,她也知道这种想法是不可原谅的。差别在于,朱丽叶觉得父亲能够以自己超越性的思想境界调适自己,从而快意于新生活;而萨拉却觉得丈夫实属屈尊纡贵,他的"低三下四"有着隐忍的痛楚。妻子和女儿的看法都与那句混淆了叙述者和朱丽叶视角的话语"他喜爱户外的工作,也善于跟普通人交谈"有着微妙的区别。事实上,山姆从未觉得自己是"上等人",他也并不像自己所说的那么厌恶教师这门职业。他若真的那么想要逃离这份职业,他又怎能成为小说开端处朱丽叶与友人的交谈中"口碑不错"的教师。在父女间这段对话展开之前,小说另一处还揭示,山姆至今保留着昔日学生送给他的礼物——一所让紫燕做窝的小房子(第77页)。

随着朱丽叶的一次外出,她走在一条熟悉路上,文本突然插入一段朱丽叶的"学霸"往事"在她刚获得大学校级拉丁语翻译奖的时候,有人向山姆提了这样的问题,山姆回答说:'恐怕是的吧。'他自己还翻来覆去地讲这个故事"(第81页)。我们可以获知,山姆为女儿离乡深造并获得学业奖金而深感自豪。但,这段话到底是出自朱丽叶对往昔的回忆,还是叙述者突兀的交代?由于叙述者与人物的视角仍旧混淆在一起,我们不知道朱丽叶是否清楚父亲对自己学业的这份自豪感。

直到朱丽叶出于某种炫耀的心理,带着女儿去了一趟镇上的药房。药房店主理查是朱丽叶中学同学,在尚算愉快的聊天过程中,理查突然"很机密似的"告诉朱丽叶:"不过,我得告诉你一件事儿。我认为这不太像话……"(第82页)似乎是在践行海明威的"冰山原则"[1],小说只呈现了前半句话,后半句被叙述者隐去了。直到朱丽叶回家后与父亲的一番谈话才让我们大致猜到理查想要表达的意思:

"你干吗要辞职呢?"她说,"是因为我才泄气的吗?"

---

[1] 海明威在他的纪实性作品《午后之死》中提出了这个理论。他以"冰山"为喻,认为作者只应描写"冰山"露出水面的部分,水下的部分应该通过文本的提示让读者去想象补充。

"唉，得了吧。"山姆笑着说，"别把自己估计得那么高。我没有泄气。我不是被开除的。"

"那好吧。是你自己辞职的。"

"我自己辞掉的。"

"那样做就跟我没有一点关系吗？"

"好吧，"山姆说，"我跟别人争吵了一场。老是有人乱说别人的坏话。"

"说什么？"

"你没有必要知道。"（第83页）

这段父女之间的对话到了最后几乎陷入了争吵，最终由山姆的沉默而结束。小说进行到这里，山姆第一重逃离——逃离固守三十年的教职——的全部真相才浮出水面。山姆转行的动机并非仅仅像他所宣称的那样是出于对教师这个职业的倦怠感，他在朱丽叶的追问之下终于含糊地承认了女儿非婚生子的行为在保守闭塞并充满宗教气息的小镇所引发的非议才是他辞职的显在动因。从山姆最后的沉默中，我们可以推知，他虽然能够为了维护女儿的尊严愤而辞职，但女儿为了情爱放弃学业仍然让他失望且颜面无光。在此之前，他为了减轻朱丽叶的思想负担，还要在女儿面前装作洒脱的样子，故布疑阵地让女儿认为自己只是遵循内心对自由的渴望而逃离枯燥乏味的教职。从这段有些跳跃的对话中[1]，可以读取到山姆这座"冰山"之下可能存在的煎熬和隐忍。小说没有在开头点穿或运用细节暗示山姆转行的真相，反而故意将叙述者的话语与女主人公的视角混淆在一起，有意无意制造一个朱丽叶的猜想符合现实逻辑的假象。直到读者和朱丽叶一起一层一层抽丝剥茧般获知真相，使得这段对话张力十足。从另一个层面上来讲，这样的书写方式还讽刺了朱丽叶和萨拉对山姆"逃离"行为一厢情

---

[1] 在谈到山姆辞职的理由之前，父女两个正在高兴地喝葡萄酒，朱丽叶还讲了一个夫妇住"汽车旅馆"的笑话，然后对话才突然跳跃到所引文段。

愿的猜测。

更讽刺的是，哪怕朱丽叶已经知道了父亲辞职的真实缘由，她仍然拒绝理解父亲的真实处境。朱丽叶义正词严地指责父亲辞职行为的愚蠢，并且在结束与父亲的谈话后，她躺在床上的第一个念头竟是逃回鲸鱼湾。"她僵僵地躺着，既沮丧又气愤，肚子里打着一封写给埃里克的信的腹稿。我不明白自己来这里是干什么的，我根本就不应该来，我现在迫不及待地想要回家。"（第84页）这里对朱丽叶的心理感受的描述，无引导短句，仿佛人物主体意识与叙述者主体意识在势均力敌地竞争。并且，从第三人称转到了第一人称，也即，从间接自由式转向了直接自由式。按照叙述学家的分析，哪怕是叙述同一件事，不同类型转述语——直接引语式、间接引语式、间接自由式、直接自由式——受到的叙述语境的压力在逐渐变小，即"直接自由式中叙述语境压力最小"[1]。因此，转述语类型的转变让朱丽叶的主观意识占据了主导地位。换言之，朱丽叶完全被情绪左右，陷入了自我意识的循环，从而缺乏与外界——小镇上的居民[2]和父亲——的共情能力。亦有学者敏感地发现了这一点，运用德勒兹的"无器官身体"的理论不无尖刻地指出："她已经完全明白了父亲的心思，她该就此与父亲进一步沟通与交流，以解决父女之间业已存在的心理冲突。可是她没有这样做。因为她积极的精神器官已经去功能化了。"[3]

在此基础上，我们有必要重新审视山姆和女佣人艾琳的关系。萨拉病情愈发严重，癔症发作时总是将家里搞得一片狼藉，山姆在外工作分身乏术，曾请过很多佣人照顾病重的妻子。然而，那些佣人都无法应付发病的萨拉，直到艾琳的出现，山姆说："她什么活儿都愿意干。给园子割草啦、

---

[1] 赵毅恒：《当说者被说的时候——比较叙述学导论》，成都：四川文艺出版社，2013年版，第167页。

[2] 朱丽叶以买婴儿药膏为理由去了一趟镇上的药方，但她真正的目的是想向昔日受女孩子欢迎的中学男同学查理炫耀自己未婚生女的浪漫行为，然而，无论是查理还是镇上居民都认为这"不像话"。

[3] 孙芳、康有金：《都是匆匆惹的祸——艾丽斯·门罗〈匆匆〉无器官身体解读》，载于《世界文学评论》，2017年第3期，第60页。

第三章
性别构型：门罗小说"逃离"叙事的主题之维

锄地啦。而且不管干什么都是尽量干好，好像干这活是得到了一个特权似的。这是永远使我惊讶的地方。"（第89页）小说里，艾琳每一次出场，都伴随着她的劳动，不是在熬煮果酱就是在采集鲜果。她不仅照顾萨拉，也协助山姆的蔬菜生意。山姆称艾琳为"仙女"，对她很是感恩，他对着妻女毫不掩饰地赞美她的劳绩并表达对她悲惨身世的同情。然而，从整篇小说看来，正面而具体地呈现山姆与艾琳的日常相处的细节只有一处。在一个清晨，艾琳在院子里采摘蓝莓，山姆在不远处正"用水管将新挖出来的土豆上粘着的泥土冲刷掉"。二人本来各忙各的，山姆突然唱起了一首歌，其中一句歌词是"晚安，艾琳，我会在梦中见到你"，艾琳听到了，非常愤怒地阻止山姆唱下去，理由是这首歌里面有自己的名字。山姆却"装出很吃惊的样子"，仍旧不管不顾地唱：

> 突然间，山姆放大嗓音唱起来了。
> 上周六夜晚我举行婚礼，
> 我跟我太太安顿下来——
> "停住。你给我停住！"艾琳喊着，双目圆睁，满脸通红，"你要是再不停下，我可要出来用水管冲你了。"（第86页）

山姆唱一首歌词中包含"艾琳"这一人名的歌，艾琳生气地阻止他。这一幕是否完全处于朱丽叶的观察范围之内呢？在这段表述之前只交代了朱丽叶在厨房做蛋奶酒。我们当然可以推测，这一幕尽收朱丽叶眼底。因为在这个过程中，艾琳为了运送蓝莓不断地出入厨房。但，"装出"是山姆的意识活动，这很明显来自叙述者的全知视角，朱丽叶不可能洞悉。可以说，引文仍然混淆了叙述者与朱丽叶的视角。并且，这段山姆与女佣之间的言行没有插入一丝朱丽叶的心理感受，我们不知道当时的朱丽叶会如何看待山姆与艾琳的行为。这种关键时刻的"空白"与"停顿"与全文处处弥漫的以朱丽叶为视角的所思所想形成鲜明的对比。这是否是为了给读者呈现出一种完整而客观的效果呢？

直到后文的一个梦境泄露了朱丽叶的潜意识：

> 朱丽叶梦见她又是个小女孩了，还是在这座屋子里，虽然房间里面的布置陈设有些不一样。她从一个不太熟悉的房间的窗子里看出去，看到一道弧形的水在空中闪闪发光。水是从一根橡皮管子里喷出来的。她的父亲背对着她，在给菜园浇水。一个人影在蓝莓树丛间穿过来穿过去，后来看清，原来这人就是艾琳——不过是一个更加稚气的艾琳，身段更灵活些，也更快乐些。她在躲闪水管里喷出来的亮晶晶的水。她躲开，又出现，基本上都能成功，但是在逃开去之前也总会给浇着一小会儿。这个游戏的原意是打趣性质的，但是躲在窗后窥视的朱丽叶却觉得挺恶心。她父亲一直背对着她，不过她相信——她多少还是看到了一些——他把水管在身子前面压得低低的，他转动着的仅仅是那只喷嘴。（第91-92页）

朱丽叶的梦境——作为窥视者的自己、浇水的父亲、采集蓝莓的艾琳——很显然与白天自己在厨房所观察的山姆与艾琳在院子里干活的场景大致对应。

但二者也有着微妙的差别。白天的现实场景中，山姆所唱的歌曲乃至艾琳对歌词的反应在梦境中被隐匿了。事实上，山姆故意唱的这首歌并非仅仅用于和艾琳开玩笑，他同时也借用这首歌自嘲现实处境。这首写于19世纪的美国民谣名为《艾琳，晚安》，部分歌词翻译如下：

> 上个星期六晚上我成亲了，我和妻子定居了下来
> 但我和妻子分开了，我将要再一次在闹市散步
> 艾琳晚安，艾琳晚安，艾琳晚安，艾琳晚安，我在梦中遇见你
> 有时我住在乡下，有时我住在小镇里
> 有时候我还会有一些傻瓜的行为想要跳进河里淹死自己
> 艾琳晚安，艾琳晚安，艾琳晚安，艾琳晚安，我在梦里遇见你

这首伤感的蓝调布鲁斯的歌词惊人地指涉了现实生活中的山姆、萨拉和艾琳的关系。甚至,现实中的山姆作为一名送菜农民也和歌词中的"我"一样穿梭于乡村与小镇之间。加点的歌词更是辛酸地道尽了山姆此刻的心态,然而他生命中最重要的亲人——女儿和妻子却不能理解他,他感到无比失望。直到勤劳女佣艾琳的出现,让他恢复了对女性的信心。进一步言之,联想到女佣的名字与希腊神话中的和平女神"艾琳"重名,再加上山姆对其的赞扬"她是带来安宁和秩序的人",我们可以认为这些都是隐含的作者设置的文本标记,也即隐含作者暗示了艾琳高尚的道德品质,叙述者对此不作评价。

显而易见的是,在厨房观察的朱丽叶没有领悟到歌词背后的指涉意义。于是,这首歌成为了隐含作者对隐含读者发出的"推测请求"。然而,回到人物自身,朱丽叶却无视山姆对艾琳的感恩之心,也对艾琳的悲惨身世无动于衷,只是固执地认为父亲与女佣存在暧昧关系,并在梦境中更进一步将这种关系肮脏化。

梦中,山姆利用手中的喷水向艾琳浇水取乐——现实中则是艾琳威胁要用水管冲山姆。现实中的艾琳看上去很反感山姆开玩笑似的歌唱,然而在梦境中似乎对这样的嬉戏感到快乐。联系到上文书写现实场景时所呈现出的"客观"效果,梦境作为朱丽叶的内聚焦书写是否在提示她脑补的父亲与女佣"双向奔赴"的私情并没有现实依据?

其次,在梦中,在窗前窥视着的朱丽叶对山姆与艾琳打趣性质的游戏"觉得挺恶心"。恶心的缘由是什么?梦境没有直接显示出来,却颇为蹊跷地提到了父亲背对着朱丽叶压低水管直接转动喷嘴的行为。如果借用弗洛伊德的精神分析,似乎也很容易解释梦中这一现象。"背对"意味着偷偷摸摸,水管的喷嘴为男性生殖器的象征,喷出来的"闪闪发光""亮晶晶"的水隐喻精液,从而山姆与艾琳之间的浇水游戏自然而然就带上了情欲的禁忌意味。或许是作为女儿的朱丽叶想到重病的母亲,为父亲与女佣之间不伦的关系感到恶心。小说写道,醒来后的朱丽叶觉得这个梦"可耻""俗气",

甚至为自己能做这种发泄性质的梦而觉得自身"卑劣"。很显然，清醒后的朱丽叶已经从梦境中抽离开来并开始自我审视，这也是理性的复苏。

但，这是朱丽叶完全清醒后的一种认知，或者说对梦的所有认知中的一种。在此之前，小说这样写道"这个梦里充满了说不清道不明的恐怖。倒不是那种吓得你险些魂不附体的恐怖，却是能从你血管最狭窄处穿过去的那一种"。甚至，当朱丽叶刚醒来时"那种感觉仍然滞留不去"（第92页）。为什么朱丽叶会对梦境产生"恐怖"的感觉？并且这种恐怖还不是通常意义上的那种"魂不附体"的感受，而是"说不清道不明"。从梦的具体内容再到这种"恐怖"的情绪的产生，这中间很明显存在逻辑上的断裂，无论是朱丽叶还是叙述者都仿佛没有能力对这种断裂作出解释。目前，回顾学界对这个梦境的阐释基本上还停留在朱丽叶认定山姆与艾琳存在不伦之情的意识投射上面，很少有研究者去关注女主人公的"恐惧"及其生成机制。

重返文本，比照现实场景和梦中场景，人物出现的年龄差异和场景形态的改变一直为论者所忽略。首先，朱丽叶梦中的自己是一个小女孩，可以认为，她在梦中抛离了情人和母亲的身份回到了遥远的过去，然而家中的一切却让儿童时代的她觉得不熟悉。很显然，在朱丽叶还是小女孩的时代，山姆仍是一名教师，那时候家里的院子还没有被开辟成田地。然而，这个梦却将多年以后出现的菜园、蓝莓嫁接到了遥远的过去。其次，梦境中的艾琳和梦者一样抛离了母亲的身份而显得"更加稚气""身段灵活"和"快乐"。联系到在这之前，山姆曾向朱丽叶诉说艾琳悲惨的身世，艾琳虽然比朱丽叶还年轻，但她饱经风霜，已是两个孩子的母亲。然而，梦境中的艾琳无论是面容和气质都仿佛回到了她未遭受创伤的阶段。通过以上的分析，我们可以将这个梦境空间看作一个过去和现在，纯真与污秽相交错的混杂空间。这个混杂空间让幼年时代的朱丽叶觉得陌生，母亲萨拉则在梦境中彻底缺席。这是否意味着朱丽叶记忆之中熟悉的家园，其乐融融的一家三口，尤其是记忆中幼年的女儿和当教师的父亲就"黑洞、冰期和上帝的问题"的谈天说地的美好回忆都是一场幻觉，一段不可靠的记忆？难道真实的情况是，在很久以前的过去，山姆和艾琳充满情欲性质的游戏才是唯一的真实？这种对存在的怀疑所引发的虚无感受蕴含着一种无法被明晰化的、晦涩的恐惧。

心理学家认为，梦总是从中间开始，展开中充满了难以解释的错落断裂，最后没有结尾就结束，哪怕有"结尾"，也是无结论的不结之结。[1]并且"梦无特定目的，无本质，因为梦的种类如此之多"[2]。据此我们可以认为，作为生理现象本身的梦，因为直接诉诸经验而无法达到某种设计的意义传达。事实上，梦的形成机制在学界至今也没有定论。因此，以上对朱丽叶的梦进行的精神分析仅仅是以梦的语言再述文本作为研究对象。我们通过文本对读，比照现实场景与梦境的差异，试图寻找梦境中潜藏的时间机制来弥合梦境和梦者情绪所存在的逻辑断裂，然而"梦是主体分裂后的产物：在梦中，梦者并不认为自己在做梦，在梦的世界中，'我'实际上并不做梦"[3]。清醒后的朱丽叶会对梦境有一些模糊的情绪感知，但为了营造梦叙述的神秘意境，无论是叙述者还是人物本身都看似无能力为梦境提供任何阐释。这种"神秘"和"模糊"所造成的费解正是隐含的作者对隐含读者提出的"推测请求"。

质言之，通过比照现实和梦境，我们可以从梦境隐匿之处看到朱丽叶由于"无器官的身体"[4]而无法听懂父亲的歌声。并且，梦境不仅泄露了朱丽叶对父亲出轨的怀疑，更通过梦境中充满性意味的梦象强化了这段不伦之恋的肮脏和污秽。更重要的是，梦境设置的时间混杂引发了朱丽叶对存在的恐惧。可以说，女主人公强烈的自我意识在梦境中面临崩塌的危险。

然而，这是梦境中另一个主体所体认的一种模糊的意识。年轻的朱丽叶只是带着孩子匆匆地结束了这场探亲之旅，回到了鲸鱼湾——她自以为

---

[1] Bert O. States. *Dream and Storytelling*. NY: Cornell University Press, 1933: 75.
[2] Ludwig Wittgenstein *Lectures and Conversation on Aesthetics, Psychology andReligious Belief*. Berkeley: University of California Press, 2007: 65.
[3] 赵毅衡：《广义叙述学》，成都：四川大学出版社，2013年，第54页。
[4] 按照德勒兹的观点，"无器官的身体"不是指身体没有器官，而是指精神器官在欲望的驱动下丧失其功能。参见夏光：《德鲁兹和伽塔里的精神分析学》，载于《国外社会科学》，2007年第3期，第63-94页。

是的家。[1]值得一提是,山姆在萨拉死后娶了一位女教师,艾琳这个人物从小说中消失了。山姆被迫逃离了教师的生涯,他不堪妻子病中的折腾而将情感转向勤劳的女佣,这种感情上的逸离从后设的视角看来也只是出于一种感恩的心理。欣慰的是,多年以后的朱丽叶似乎有所醒悟,她从一封当年从父母家寄给埃里克的一封信中重新检视了自己、父亲和母亲三人之间的复杂的亲情纠葛,并反省了自身对"家"的误解:

> 朱丽叶读着这封旧信时,一个劲儿地倒吸冷气,所有人在发现自我虚构的那些留存下来、让人尴尬的痕迹时,都会是这样的。与记忆的痛苦相对照,她不由得要为自己巧妙的美化手法而惊诧不置了。接下去她寻思,当时必定是发生了一些变化,具体的情况她就记不得了。是关于家在何方的观念上的变化。不是指和埃里克在鲸鱼湾的家,而是更早的年代的家,在她整整一生之前那个时代的家。(第99页)

概括而言,《匆匆》这篇小说对于山姆的逃离叙述很少进入山姆内在的心理世界,而常常使用混淆了叙述者与女性人物(朱丽叶和萨拉)来观察山姆。在一些文学作品中,这种外视角的呈现方式往往给人物打上极强的观察者个人的烙印,从而损失人物本身的丰饶性。然而,门罗的这篇杰出的小说却能通过厘清叙述者视角与人物视角的混淆与分裂之处,把握隐含的作者对隐含的读者提出的"推测请求",以勤劳的女佣艾琳作为参照,嘲讽了女性的偏狭——朱丽叶和萨拉都常常沉溺于虚幻的浪漫以及孤芳自赏式的傲慢——并给予了男性更多的话语空间。

3.1.2 "镜像"的启示作用:温情与冷酷的悖论

同样主要以女性视角来书写男性逃离的还体现在门罗最后的小说集

---

[1] 上文提到,当朱丽叶思念埃里克,想逃离父母家回到鲸鱼湾的"家"时候,下篇《沉寂》中却暗示,正是在朱丽叶探望父母的时间里,埃里克与女雕塑家偷情。对"偷情"时间点的揭示,是隐含的作者对昔日的朱丽叶有关"家"的混乱认知的讽刺。

《亲爱的生活》中的《亚孟森》。并且,这篇小说也是门罗在接受《纽约客》采访时表示"最偏爱"和"最花费心血"的一篇。小说以第一人称视角讲述女主人公"我"(薇薇安)作为一名刚毕业的女大学生从多伦多到亚孟森的一所疗养院,给一些患肺结核的孩子上课。授课期间,"我"被这里唯一的男医生也是我的雇主阿利斯特吸引并答应了他的求婚。正当"我"满怀憧憬地迎接新的生活时,阿利斯特却在与"我"登记结婚的当天逃离,而"我"作为一名被抛弃的新娘独自坐着火车回到了多伦多。"我"对阿利斯特的"临时悔婚"感到震惊茫然,当阿利斯特把我送上火车候车室并离开后,"我"还在幻想他会回来"告诉我所有这一切都是一个玩笑,或者一个试验,就像在某些中世纪的戏剧里那样"[1]。直到多年以后,"我"与阿利斯特在多伦多的街头偶遇,"似乎我们仍然能够走出人群,转瞬之间我们就可以又在一起。但同样可以肯定的是,我们会沿着刚才的方向继续走下去"(第61页)。

目前学界关于小说中的男主人公阿利斯特的分析基本上遵循作者的自我解读。在《纽约客》的访谈中,门罗说:"《亚孟森》中,女主人公的第一次是与一个自私得无可救药的男人发生的——这正是她受到吸引的类型。他是一个值得去追求的奖赏,一直都是,虽然最后她变得更实际些,将他储存在自己的幻想中。"门罗这段解读被学界牢牢抓住,论者热衷于从文本中寻找能印证男主人公"自私得无可救药"的事件。因此,阿利斯特性格中强烈的掌控欲、轻浮浪荡、轻视承诺、反复无常和自私冷漠的一面被强化。而与之形成鲜明对比的是,女主人公有敏锐的观察力,对教学有自己的想法,对孩子富有同情心,而且在面对被玩弄、被抛弃的命运似乎毫无怨恨,用隐忍的方式维持了作为女性的尊严。并在多年以后还怀有爱的信念"关于爱,其实一切都没有改变"(第61页)。论者采用女性主义的视域,打捞隐现于作品中的关于女性的成长焦虑、职业焦虑、身份焦虑的

---

[1] [加]艾丽丝·门罗:《亚孟森》,见《亲爱的生活》,姚媛译,北京:北京十月文艺出版社,2014年,第59页。

细节，将小说视作是一篇揭示男权中心主义的典型文本。[1]问题在于，如果小说的主题真的如此简单，门罗为何会认为它是整本集子写作起来"最花费心血"的一篇。更重要的是，门罗虽然在道德上否定了男主人公，但她为什么又说男主人公是"值得去追求"的"奖赏"？而且"一直都是"。想要解答这个问题，我们不能仅从阿利斯特"逃离"的结果出发来倒推医生的形象，而应当从文本的细枝末节处拼凑出一个更为复杂的男性形象，以此为出发点，重新理解他最后的"逃离"。

作者在对这篇小说进行介绍时，并没有提到文中的另一个重要人物——女中学生玛丽。实际上，整篇小说对玛丽的刻画占据了很大的篇幅。玛丽是疗养院厨师的女儿，小说里正面出场了四次。第一次，是女主人公刚到疗养院，在更衣间与玛丽相遇相识，玛丽向"我"提到了因肺结核而死去的好友安娜贝尔和"红毛"（就是接下来出场的医生阿利斯特）。第二次，"我"在镇上闲逛，偶遇正在打雪仗的玛丽。玛丽领着"我"从小路返回疗养院，路上再次讲到"红毛"和安娜贝尔。临别之际，玛丽赠"我"一张自己参演的歌剧票，"我"答应玛丽会在情人节那天去学校看她的表演。第三次，玛丽闯入医生的家中，打断了"我"与医生的约会。其实医生也买了玛丽的票，但"我"与医生为了约会双双爽约。因此，玛丽专程跑来表演给我们看。然而，她热情洋溢的演唱被医生冷酷而粗暴地制止了，医生不顾玛丽眼中的泪水强行送她回去。第四次，"我"刚刚经历了医生的"逃离"，正失魂落魄地坐在火车上，恰巧遇见了正在上车的刚打完篮球赛的玛丽，玛丽向"我"打招呼并谈论比赛结果。这一次，玛丽"没有一句话提到阿利斯特"（第60页）。

整篇小说严格依照第一人称限制视角，以回溯的视角展示了"我"到了亚孟森以后的所见所闻，情感节制，运用了相当多的白描手法。然而，如果联系到玛丽对"红毛"的讲述，"我"其实知道这个看上去言辞刻薄的

---

[1] 参见沈芸：《艾丽丝·门罗小说〈亚孟森〉中的女性书写》，载于《安徽文学》，2017年第6期，第60页。

医生也有温情的一面。首先，医生有一颗仁爱之心，这表现在他对那些得了肺结核的孩子的态度上。他不仅尽心尽责地治疗孩子们的病，同时也不忘抚慰他们的精神和灵魂。玛丽说："红毛会带我和安娜贝尔去乘雪橇，有时候也带其他孩子去。"（第41页）玛丽和好友安娜贝尔是同年同月同日生，在她们过十一岁生日时，"红毛带我们到湖上去划船。他教我游泳。嗯，教我。但他得一直托住安娜贝尔，她没法真的学游泳"。直到两个女孩过12岁生日的时候，安娜贝尔的肺病已经很严重了。"他带我们开车兜风，我们把一块块蛋糕从车窗扔出去喂海鸥。它们像疯了似的互相争抢，尖声鸣叫。我们笑疯了，他不得不把车停下，抱住安娜贝尔，这样她就不会大出血了。"（第42页）直到安娜贝尔病逝，玛丽还提到，她计划和红毛给死者的墓碑做一个标志。

以上是玛丽的前两次正面出场向"我"讲述的关于医生的往事。值得注意的是，医生的仁爱之心在"我"到亚孟森后也能感受到。在"我"的地理课堂上，医生刚下手术台就到了教室。刚开始，他看起来"有些疲惫，沉默寡言"（第37页），但他仍然硬撑着参与孩子们的"报地名"游戏。他用滑稽的动作把孩子们逗得大笑。并且，他还能巧妙地控制课堂，不让孩子们因为过于激动而加重病情。事后，"我"才得知，当天上午有个孩子没能撑过手术。

玛丽的讲述再加上"我"的观察，可以拼凑出医生的日常生活就是和死亡打交道，无论是安娜贝尔的死还是手术台上无名孩子的死，未来医生还会承受更多孩子的死亡。医生在给"我"的"工作指示"中有一条是"在压力和厌烦之间保持平衡是件富有挑战的事，厌烦是住院治疗的灾难"（第35页）。这条针对学生的教学建议也可看作是医生的自我剖白。

文中以回溯的视角交代过"我"到亚孟森的时间是二战的最后一年。在那一年的亚孟森，男人们要么上了战场，要么在伐木场干活援战。在这个寒冷的疗养院里除了一群患肺病的孩子就只剩下几个女护士。小说出现的人物中，医生是唯一的男人，也是妇孺敬畏和依靠的对象。玛丽也曾对"我"提到，"红毛"曾经为了保护大家，在疗养院用枪打死了一头熊。

从这个层面上来讲，玛丽在医生家的第三次出场，医生对玛丽冷酷的态度似乎是有迹可循的。他的职业让他必须承受源源不断的死亡，他必须迅速抽离，不让自己沉溺于某一位病人的死亡阴影之中。更重要的是，他要以"冷酷"来对抗病人死亡而带来的无力感和愧疚感。这让他送完玛丽返回家中时，把玛丽好心送来的节日礼物"所有饼干，所有那些红心，都扔到了外面的雪地上，喂冬天的鸟"（第53页）。这是一个很精彩的细节，昭示着人物心理意识的变化。医生曾经和安娜贝尔、玛丽一起用生日蛋糕喂海鸥，一边是"笑疯了"，一边是"不可控制的大出血"，快乐夹杂着死亡的阴影，那时候的医生的内心一定是激荡的。而现在，他已经变得足够冷酷，不动声色地去践踏玛丽的真心。用护士的话来讲："只要他愿意，能把人骂得体无完肤。"（第35页）

医生用"冷酷"来掩盖"无能为力"，这也就解释了他为何向"我"求婚，而到了最后关头又临阵脱逃的原因。医生一方面想要尝试爱一个人，一方面又觉得结婚就意味着要为对方的幸福负责，而他显然对此没有信心，就像他无法对病人的生死负责一样。他与女主人公的分手时说："他说他无法把这件事情做到底。"（第57页）这句话是否可以看作他间接承认了自己的"爱无能"？

当"我"被医生抛弃，独自坐在回多伦多的火车上时，玛丽最后一次出场。她和一些中学生在火车上遇见了"我"，她"重重"地坐到"我"身边，用"显而易见的欢快语调大声说"告诉"我"，她和她的队友们刚输掉了一场比赛。她再也没有提到医生。联想到她情人节在医生家遭受的冷遇，"我"不禁感叹："她不会已经忘了。只是把那个场景收拾起来，放到一边，和她过去的自我一起放进壁橱。又或许她是那种真的可以对羞辱毫不在意的人。"然而，小说接下来突然插入一句"此我"的视角："现在我很感激她，即使当时我无法感受到这一点。"（第60页）

用玛丽输掉比赛的事件映照"我"爱情的失败，然而，"我"显然不具备玛丽的乐观心态。其次，和前三次不同，这次玛丽绝口不谈"红毛"了。

医生与她的种种回忆，无论是愉快还是悲伤，她似乎都已经放下了。然而，如果足够重视加点句子中的"现在"和"当时"的两个时间阶段，玛丽最后的出场还有更大的阐释空间。

按照叙述学的观点，在文学作品中，凡是自我叙述，即第一人称叙述，就必然存在"二我差"的问题。何为"二我差"？有学者正确地指出，不管是在第一人称的虚构小说中，还是在自传中："一个叙述者'此我'讲述自己作为人物的往昔，既可以用'昔我'的语言，也可以用'此我'的语言；既可以表现'昔我'的意识、经验、判断，也可以用'此我'的意识、经验、判断，这种语言或意识的差别，就是'二我差'。"[1]

事实上，从整篇小说看来，出现明显的"二我差"的表述是很少的，只有在提示时代背景和地理位置的时候会加上一点回溯性的"此我"视角。而大部分内容都尽量保留着当时的叙述者"昔我"的视角。当然，存在一些表述，"昔我"和"此我"混淆在一起，似乎很难明确地辨认出是哪一个主体发出的洞见。最明显的一处是，当年长的护士们得知医生要与"我"结婚的消息时，她们开始对"我"表现得热情起来，而在这之前，护士与"我"之间都是很疏离的。面对这种情况，"我"的反应是"我没能想到这些年长的女人正留神注视这段亲密关系将如何发展，如果医生决定抛弃我，她们随时准备变得正义凛然，毫无偏失"（第 54 页）。这段"我"对年长护士心理意识的推测很难辨别到底是出自"昔我"还是"此我"。"我没能想到"到底是指当天的"我"没能想到，然而过几天"我"还是能够想到，还是指多年后成熟的"此我"才能够想到？这些从文本中都无法得到确切的答案。因此，加点的句子作为小说中很少见的明确的体现"二我差"部分，值得重新审视。句中两个表示时间"现在"和"当时"，分开了"此我"和"昔我"，使得叙述与故事本身有了一种间距。表面上看来，玛丽突然在火车上出现，她与"我"的交谈，无意中让"我"不得不放弃跳下火车找

---

[1] 赵毅衡：《论二我差："自我叙述"的共同特征》，载于《江西师范大学学报》，2014 年第 4 期，第 69 页。

医生问个明白的决心,这在当时的"我"看来是无所谓感激的。而现在的成熟的"此我"很感激她,不仅仅是因为如果没有她,"我"可能会因为"死缠烂打"而遭受来自医生或护士的羞辱,更重要的是,这个饱经风霜的"此我"通过一遍遍回想,终于明白:玛丽与医生之间的关系,"我"和医生的关系,这两段关系互为镜像!

质言之,通过玛丽,"我"了解到一个充满仁爱之心和勇士风范的"红毛",再通过"我"和医生的日常相处,"我"也真切地感受到医生对孩子们的关怀。从年轻时候的"昔我"到多年后成熟的"此我",漫长的岁月,一遍遍回想,"此我"已经理解了医生冷酷外表之下的无力感。而在医生粗暴地赶走玛丽的夜晚,"我"虽然感到震惊,但也为自己在医生心目中更具分量而暗自得意:"但某种意义上,他是为了我才这么做的。这样他和我在一起的时间才不会被剥夺。这个想法取悦了我。"(第52页)值得注意的是,这只是"昔我"的想法,而多年以后的"此我"早已明白,家中发生的一切只是后来医生送"我"上火车并彻底抛弃"我"的一场预演而已。然而,正如玛丽能够以乐观的心态面对球赛的输赢,她的绝口不提医生,说明她并没有沉溺在那个夜晚的羞辱中,这其实已经给予了"我"一定的启示,只是"昔我"还未曾顿悟。直到通过一遍遍地回想,这个开朗而充满生命力的女孩最终疗愈了"我"在爱情中的创伤,让"我"仍然相信爱,"关于爱,其实一切都没有变"。因此,成熟的"此我"对玛丽充满感激。不可否认,医生对待感情的态度有着恶劣的一面,但由于玛丽的中介和镜像作用,"此我"早已懂得了医生选择"逃离"的内在根源。因此,多年以后"我"和医生在多伦多的街头相遇时,"此我"一眼洞穿了他冷酷、强势外表下的虚弱无力,"只有一瞬间我看到那目光一闪而过,他的一只眼睛睁大了。左眼,一直是左眼,和我记忆中一样。眼神看上去还是充满了不安、警觉和疑惑"(第61页)。

综上所述,《匆匆》和《亚孟森》虽然出自不同的小说集,但都不约而同地运用了女性人物的视角来探讨"男性逃离"的主题。在以往的研究中,论者对门罗笔下的男性形象——包括但也不限于山姆和阿利斯特——多有批判，出现这种简化的思维模式的根源在于先验地把"文本不直接进入男性的心理的外视角"视作一种女性主义的生存策略，从而无形中掩盖了小说本身传递的更为丰富的内涵。厘清文本中的女性人物和叙述者的混淆视角、隐含作者的推测请求和女主人公的"二我差"，可以观察到这些处于"外视角"视域之下的男性具有复杂而丰饶的人性空间可供开掘。并且，也可以从这种"女性介入性叙事"中反观女性自身的存在。从朱丽叶到薇薇安，我们可以看到女性叙事话语对于男性逃离所呈现出的视角盲区、价值混乱和最终的彻悟。

3.2 "出走女性"的浪漫爱情和欲望介体

门罗的小说集《逃离》自出版以后获得巨大反响，不仅获得加拿大吉勒文学奖，还入选《纽约时报》年度图书。门罗本人就这部小说集 2004 年的再版接受了一次访谈，在被问及女性选择逃离当下生活的根本原因时，门罗回答是："肯定是男人的原因。"她进一步指出："爱上另一个人依然是最能有效地改变你的人生。让你充满激情，热血沸腾，对生活充满希望。爱情是生活里非常重要的一部分。"迄今为止，有关小说集《逃离》的研究似乎也笼罩在作者这一思路之下，论者虽然观察到小说整体情节上的反浪漫主义倾向，但仍然将女性的"逃离抉择"视作充溢着浪漫主义气息的举措。换言之，论者常常以主体性、自发性、叛逆性为表征的"浪漫主义"来解释门罗式女主角的"逃离"。问题在于，以多年以后作家本人的言说为绝对之是，是否会对隐含作者复杂的文本标记造成一定程度的遮蔽？本节以《机缘》《激情》《漂流到日本》为中心，借用法国哲学家勒内·基拉尔提出的"三角欲望"理论，对"出走女性"[1]看上去很强烈的自我意识作出剖析，试图重估门罗小说中"出走女性"的"浪漫"与"欲望"。

---

[1] 本节的"出走女性"指的门罗小说中逃离眼前的生活，逃离婚姻，逃离家庭的女主人公们，因为"逃离女性"的命名不符合中国的用语习惯，因此统一用"出走女性"来代指这类人。

3.2.1 "三角欲望"视域下的"浪漫谎言"

法国哲学家勒内·基拉尔在其代表性论著《浪漫的谎言与小说的真实》中提出了著名的"三角欲望"理论,为本节的剖析提供一个可供参考的理论视角。基拉尔认为,在以"人的社会"取代"神的社会"的现代社会,主体不会自发地对客体产生欲望,主体欲望的产生总是需要通过一个中介环节,这个中介被称为介体。于是这种本来应该由主体以直线的形式指向客体的欲望,由于介体的存在而转变为"三角"的模式。而这种源自介体的,以模仿为原动力的欲望也被他称之为"形而上的欲望"。在他看来,优秀的小说家明确揭示"介体"的作用,而"浪漫主义"的写作则以"人的自主性"掩饰"介体"的作用。基拉尔还把介体分为"内中介"和"外中介"两种模式。他以众多西方经典文本为主要阐释对象,深入地阐发了人物之间这种形而上学的欲望机制。

比如在塞万提斯的《堂吉诃德》中,堂吉诃德(主体)渴望成为游侠骑士(客体),是因为骑士小说里游侠骑士阿马迪斯(介体)的榜样引导作用,以至于他"抛却了个人的基本特性,不再选择自己的欲望客体,而由阿马迪斯替他选择"[1],因此,堂吉诃德最终成为三角欲望的牺牲品。同样的,在福楼拜的《包法利夫人》中,位于外省的女主人公爱玛读了太多来自巴黎的浪漫主义小说,将文学与生活混为一谈。她的欲望是从这些小说中的女主人公那里转借而来的,从而摧毁了她的自发性。然而,无论是堂吉诃德崇拜的阿马迪斯,还是包法利夫人憧憬的浪漫巴黎,由于介体与主体之间距离较大,"堂吉诃德与传说中的阿马迪斯不可能有任何接触,爱玛·包法利永远不可能追求到'理想'的化身所追求的东西,她永远不可能和这些化身竞争,她永远到不了巴黎"[2],于是,堂吉诃德与爱玛的欲望介体被基拉尔称之为外介体或外中介。并且,由于这两部外中介小说的主

---

[1] [法]勒内·基拉尔:《浪漫的谎言与小说的真实》,罗芃译,北京:生活·读书·新知三联出版社,2021年,第10页。

[2] [法]勒内·基拉尔:《浪漫的谎言与小说的真实》,罗芃译,北京:生活·读书·新知三联出版社,2021年,第16页。

人公都诚实而公开地宣布了自身欲望的"景仰模式",因此这种欲望模式对主人公产生的心灵毒害的作用是有限的。甚至相比爱玛,堂吉诃德由于与介体的距离更加遥远还是"最幸福的一个",因为堂吉诃德与其介体之间能够完全免于模仿竞争。

而从司汤达的《红与黑》到普鲁斯特的《追忆似水年华》再到陀思妥耶夫斯基的《永恒的丈夫》,主人公(主体)的模仿对象已经从遥不可及的外中介转为身边的内中介——他们往往是小说中的一个人物,这些内中介在小说中成为主人公追逐客体的竞争对手,他们"把神秘的光投射到客体上,给客体蒙上一层虚幻的色彩",从而使得主人公的欲望客体变得更有吸引力。相比《堂吉诃德》和《包法利夫人》,这三部小说的介体已经从"天国"降临到"人世",他们与主体(主人公)之间距离较近,基拉尔将这种介体称之为内介体或内中介。在他看来,由于主体与介体之间,混杂着羡慕、嫉恨的欲望之争,并且主体还要以"自发性"为幌子千方百计地掩饰内中介的存在,因此,这些内中介对主体而言就成为一个毒害其心灵的,浸透着怨恨情绪的"邪恶的标志"[1]。而真正的客体则在这种形而上的欲望机制下被推到后场直至消失不见。追逐客体最终可悲地变成了追逐介体。基拉尔以《红与黑》中的开篇情节举例,市长雷纳尔先生和权势、财力仅次于他的瓦勒诺先生对于连的争夺恰好构成了欲望的三角。雷纳尔(主体)想要雇佣于连(客体)担任自己儿子的家庭教师,其实他并不疼爱儿子亦不尊重知识,他只是断定瓦勒诺(介体)也想雇佣于连,他愈是想象竞争者有雇佣于连的欲望,于连在他眼里就身价倍增。可以说,雷纳尔是在模仿他想象出来的欲望,因此,基拉尔将他命名为"虚荣人",也即"介体在这里是虚荣挑起的竞争者,也无妨说是虚荣自己找来的竞争者;然后,虚荣又希望竞争者失败"[2]。小说接下来围绕主人公于连的爱情展开情节,这

---

[2] [法]勒内·基拉尔:《浪漫的谎言与小说的真实》,罗芃译,北京:生活·读书·新知三联出版社,2021年,第15页。

个欲望三角还会反复再现。

基拉尔认为，在进入现代化社会中，主体的模仿对象从外中介转为内中介，介体与主体之间的差距越来越小，发挥的作用越来越大，从而导致主体的个性解体。基拉尔之所以批判浪漫主义，乃是因为浪漫派否定了介体的存在和影响作用，以欲望是发自本心的幻觉掩盖欲望的真实形成过程。由此，他所援引的西方经典都以揭示介体的方式证实了"浪漫的谎言"。借用这一理论，我们可以更方便地观察门罗小说中"出走女性"的欲望与浪漫的悖论。

3.2.2 重估浪漫：探寻"出走女性"的欲望介体

《机缘》中的朱丽叶痴迷于书中的世界，命运在为她开启火车上那一段致命的邂逅之前，文学艺术在一定程度上构成她认识世界的外中介。刚上火车时，她喜欢眺望车窗外的风景"她觉得自己在某种程度上有点像哪本俄罗斯小说里的一个年轻女子，这姑娘正离家进入到一片不熟悉、让人惊恐、使人兴奋的景色当中"[1]。她对风景的观赏欲望是从俄罗斯小说里女主人公那里转借而来的。从这个意义上来讲，俄罗斯小说构成了她欲望的外中介。其次，朱丽叶对异性的喜好也受到介体的影响：

> 朱丽叶对于男人所有比较愉快的经验都是幻想式的。一两个电影明星啦，那位曼妙的男高音歌唱家啦——不是歌剧里真正的那个没有心肝的男主人公——她是从《唐璜》的一张老唱片里听到的。
>
> 还有亨利五世，那是她从莎士比亚剧本里读到的，也是从劳伦斯·奥立弗的电影中看到的。（第56页）

朱丽叶不仅对异性的认知都是通过文学艺术的中介作用，而且，她还乐于将这些中介作为屏障以隔绝现实生活中存在的负面元素。即"这是可笑和悲惨的，可是谁又需要知道这些？在实际生活中总免不了有屈辱性和

---

[1] [加]艾丽丝·门罗：《机缘》，见《逃离》，李文俊译，北京：北京十月文艺出版社，2009年，第44页。

让人失望的事，她总是设法把它们尽快从自己头脑里驱赶出去"。当她的老师建议她"去体验一下真正的生活"，她母亲"希望她多结点人缘"，她父亲"希望她能融入社会"（第57页）时，她对此非常抵触。在她的观念里，文学艺术的世界就是她的"社会"。

直到火车上那位试图与她搭讪却被她冷漠拒绝的男士卧轨自杀，充满血腥之气的铁轨才让她开始正视眼前的现实世界。火车上发生的死亡事件也成为她和埃里克相识相爱的一个契机。有学者用德勒兹的哲学术语"生成"来解释朱丽叶的转变，"激情振奋的朱丽叶，已经不再是先前那个因冷漠而致一人寻短见的朱丽叶了。生成使朱丽叶成为了另一个'我'。离开方才的'我'正是她无意识中某种渴望逃逸的压抑将她碎片化之后带来的结果"[1]。

在此基础上，朱丽叶在六个月后因埃里克的一封邀请信而奔赴鲸鱼湾，她的行为可以看作是主体对客体形而下的追求，她的欲望追逐是直线式的，几乎没有受到介体的影响。从这个层面上来讲，朱丽叶逃离学术生涯，去追求浪漫爱情仿佛是自发的。迄今为止，论者对朱丽叶的"逃离"行为亦不乏谴责姿态"追求虚无缥缈的浪漫，又过于沉溺；没有信仰，又过于偏激"[2]。然而，如果联想到门罗在访谈中提出的"女性欲望充满了不确定性"，这种看似无介体的"浪漫爱情"还是相当可疑的。

当朱丽叶怀着对浪漫爱情的憧憬来到埃里克的住处时，她却吃了一个闭门羹，没有见到日思夜想的心上人，却见到一位言语之间对自己颇有敌意的女仆艾罗。艾罗向朱丽叶暗示埃里克一直过着很浪荡的生活，"有一段时间内他同时有克里斯塔和桑塔拉"，艾罗还强调克里斯塔是一位女雕塑家。在得知埃里克有着不止一个的情妇时，朱丽叶觉得"被失望和羞辱弄

---

[1] 康有金、潘怡泓：《生成的孽缘——解读艾丽斯·门罗小说〈机缘〉》，载于《世界文学评论》，2017年第12辑，第65页。
[2] 孙芳、康有金：《都是匆匆惹的祸——艾丽斯·门罗〈匆匆〉无器官身体解读》，载于《世界文学评论》，2017年第3期，62页。

昏了头"(第62页)。然而,这个清醒理智的念头只存在一瞬间,很快她就开始充满妒意地想象埃里克的情妇们:

> 她又敌意地想起克里斯塔。埃里克有女人。他自然是有的啦。朱丽叶眼前出现了一个更年轻、更有诱惑力的艾罗,宽阔的臀部,瓷实的肩膀,长长的头发——全都是金色的没有一丝白发——乳房毫不掩饰地在一件松垂的衬衫下颠动。同样地咄咄逼人——在克里斯塔那里,则是性的方面了——而没有一点点优雅的风度。(第65页)

在这段内心活动中,朱丽叶把艾罗也想象成自己的情敌之一,并且,她恶意地将这两个女性的气质作了一个颠倒。现实中白发苍苍的艾罗在她的想象中变得年轻且充满诱惑力,而克里斯塔在现实中本来是一位女艺术家,在她的想象中却毫无艺术家气质,只具备肤浅的性魅力。从这一刻开始,朱丽叶对埃里克的浪漫激情不再是自发的了,一个新的三角欲望逐渐生成。主体是朱丽叶,客体是埃里克,内中介是埃里克的情妇们。正如司汤达的《红与黑》中,当元帅夫人对于连产生好感时,玛蒂尔德对于连的欲望立刻死灰复燃,甚至变得更加强烈。

朱丽叶在清醒的时候,也知道"埃里克并不是那么重要。他是个自己可以与之调情的人"。并且她原本也只是打算在鲸鱼湾短暂停留"在某一天早晨,她会一走了之的"(第67页)。然而,由内中介引发的模仿欲望和模仿竞争终究吞噬了她,让她丢弃了作为"光辉的宝藏"的外中介——她一直以来痴迷的古典文学——彻底沦为了司汤达笔下的"虚荣人"。她对客体(埃里克)的欲望在与情敌(内中介)无休止的争夺中愈加强烈。并且,她与情敌克里斯塔还互为中介。克里斯塔嘲笑朱丽叶"那无非是一个潜藏的竞争对手心中惯常会兴起的醋波微澜的一种反应"(第69页)。

总的来讲,朱丽叶的身上体现了外中介向内中介过渡的过程,在这个过程之中,她的自主性在一点一点地丧失,几乎所有强烈的欲望都是由他者产生，主体的欲望力量直指虚荣。值得注意的是，朱丽叶的虚荣心并非仅仅体现在这个时期三角欲望的结构中，叙述者其实早有暗示："那样的经历还少吗？在高中舞会上想在一大堆吵吵嚷嚷没人要的女生中脱颖而出，在与大学男同学的约会中，尽管心里厌烦却又冒冒失失地表现得格外活泼，其实她不怎么喜欢他们，他们也不怎么喜欢她。"（第57页）

朱丽叶的这段心理活动出现在火车上，那时候她与埃里克初相遇，她自身还沉浸在古典文学的世界里。在高中舞会上的表现正是她想要努力驱赶的"在实际生活中免不了有屈辱性和令人失望的事情"。讽刺的是，少女时代的朱丽叶还能识别自己的虚荣心，她明白她并非发自内心地喜欢客体（男同学），而是在模仿内中介（吵吵嚷嚷没人要的女生）的欲望。现如今，当这个学生阶段的三角复活在鲸鱼湾后，朱丽叶却已经失去了自我反思的能力。概言之，叙述者一面让人物执迷不悟，一方面又不动声色地戳穿了女主人公"浪漫爱情"掩饰下的欲望介体。

进一步言之，导致朱丽叶沉溺于虚幻浪漫的内在根源是什么呢？笔者认为，上文所述的虚荣心只能算这种"根源"的外在表现。或许，德国哲学家马克斯·舍勒的怨恨哲学可以给我们一个可以参考的视角。舍勒在其经典性论著《道德建构中的怨恨与羞感》中，令人信服地指出，浪漫的心灵类型在某种程度上浸透着怨恨"该类心灵所特有的、对过去历史上某一国度的渴念，并非基于该时代自身特有的价值，而是基于一种内在的逃离和贬低自身时代和现实的意向"[1]。借助舍勒的理论，我们可以认为，首先，朱丽叶自小沉迷于古典文学的世界，并非发自内心的直线式对于古希腊文字这一客体的追逐，而是为了贬低、对抗她所生活的那个闭塞的，对女性歧视的小镇（这也可以解释《匆匆》中她会把自己非婚生女的事情作为一种报复在镇上炫耀）。其次，朱丽叶放弃学术生涯投入渔夫的怀抱，并非仅仅源自对埃里克的爱欲，她不自觉地又在对抗那些对她作为学者却又是"女

---

[1] [德]参见马克思·舍勒：《道德意识中的怨恨与羞感》，林克等译，北京：北京师范大学出版社，2014年，第44页。

性"这样的身份感到惋惜的教授。最后,即是上文所分析的,她并非对埃里克有多深刻的情感,然而,作为"情敌"的内介体们又再次点燃了她内心的怨恨。概言之,朱丽叶的一生都在追逐浪漫,而这"浪漫"本身是建立在对当下处境的怨恨情绪上的。在某一些时刻,朱丽叶也会有所顿悟,但大多时候她只会不断地置换那并不重要的客体。比较而言,《激情》中的女主人公格雷斯对此有所超越。

《逃离》小说集的另一个短篇《激情》也探讨了被浪漫爱情掩藏的欲望介体。女主人公格雷斯与未婚夫的哥哥尼尔在一个下午"出逃",对于格雷斯而言,她对尼尔怀有的激情是自发的。当她与尼尔坐在风驰电掣的汽车里时,小说直接点出了她对尼尔形而下的欲望——"身内除了涌流着欲念以外什么都没有"[1]。然而,格雷斯的激情虽然存在这样直线的时刻,但这不是本质的。正如堂吉诃德的欲望介体是骑士小说,包法利夫人的欲望介体是来自巴黎的浪漫小说,格雷斯的欲望介体则是托尔斯泰的《安娜·卡列尼娜》。

格雷斯在特拉弗斯太太的引导下如同"嗜读症"患者一般沉浸于文学的海洋:

> 格雷斯一分钟也没睡。她光是读书,几乎一动也不动,短裤下面的光腿因为出汗都跟皮革黏在一起。她浑然不觉,也许是因为读书读得太愉快了吧。连特拉弗斯太太的进进出出她都经常视而不见,直到不得不搭车赶回去上班了才把书放下。(第132页)

当特拉弗斯太太与格雷斯谈到二人都阅读过的小说《安娜·卡列尼娜》时,特拉弗斯太太表示自己最初喜欢书中的吉提,接着又喜欢安娜,老了以后开始喜欢多莉。注意,特拉弗斯太太在提到自己曾喜欢过安娜时,她的"此我"对"昔我"的评价是:"哦,多可怕,居然会认可安娜。"《激情》没有直接写格雷丝对这部小说的看法,但当她听完特拉弗斯太太的阅读感

---

[1] [加]艾丽丝·门罗:《激情》,见《逃离》,李文俊译,北京:北京十月文艺出版社,2009年,第141页。

受后,她的回答是:"我恐怕是从来不受别人看法的影响的。"(第132页)我们可以推测,格雷丝对特拉弗斯太太的某些看法是不认同的。然而,联系后文格雷斯的"逃离"行径,她很明显受到了安娜这一浪漫型人物的感召。托尔斯泰小说中的安娜是一个上流社会的贵妇人,年轻漂亮,追求个性解放和爱情自由,而她的丈夫却是一个性情冷漠的"官僚机器"。婚姻生活让安娜感到痛苦和厌倦,她因此出轨了年轻英俊的军官沃伦斯基。同样的,格雷斯与未婚夫没有共同语言,而未婚夫的哥哥尼尔在她眼中却别具魅力,她的"出逃"与安娜的"出轨"互为镜像。

《激情》的超越之处在于,叙述者没有让格雷斯像堂吉诃德或包法利夫人一样成为三角欲望的牺牲品。格雷斯在与尼尔的相处中很快就从一种"激情"的状态中走了出来,并获得了一定的人生感悟。她没有让安娜的欲望替代自己的欲望,也没有让尼尔的虚无主义精神吞噬自己,而是趁着尼尔在车上睡着的时候,一个人在湖边冷静地剖析自己对尼尔的浪漫激情和欲望:"她原以为那是接触的关系。嘴唇、舌头、皮肤、身体,还有骨骼上的碰撞。是燃烧。是激情。可是对于他们来说却完全不是这么一回事。就她此刻对他的所知,对他所了解的深度而言,那根本就是一场儿戏。"(第148页)

格雷斯意识到"浪漫逃离"表象下的虚幻,她受安娜这一外介体的影响,爱上的是想象中的尼尔,却对真实的尼尔一无所知。更重要的是,在认清尼尔的虚无主义的人生观后,她也没有陷入一种消极性质的惶惑中,而是干脆利落地和自己不爱的未婚夫斩断关系,借助男方的经济补偿跳出了贫困刻板的原生家庭,开始了新的生活。从激情到反激情,格雷斯的"逃离"姿态最终建立在了真实的基点上。无怪乎有的学者将格雷斯视作女性的典范——"格雷斯极力抵制莫里带有男性偏见的凝视,在和尼尔的出逃中体验到欢愉的快感,但也意识到没有方向和目的的逃离只是虚无与妄想,在顿悟之中获得了主体认识"[1]。

---

[1] 王岚、黄川:《他者的欲望和欢愉——门罗小说〈激情〉中的"新现实主义"书写》,载于《英语研究》,2022年第13辑,第110页。

门罗小说中占据重要地位的"出走女性"还包括小说集《亲爱的生活》中的首篇《漂流到日本》中的女主人公格丽塔。格丽塔不仅是一位妻子和母亲，还是一位诗人。这样的身份意味着她比常人需要更多的浪漫和激情来培养自己的诗情。而实用主义者的丈夫与她殊少共同语言，因为"她像躲避瘟疫一样避开所有有用的东西"[1]。当丈夫在学习商务实践时，她却在阅读《失乐园》；当她婆婆向她讲述当年背着尚在襁褓中的丈夫逃出苏维埃统治下的捷克斯洛伐克的苦难经历时，她答曰"我读过这样的故事"。可以说，格丽塔刻意地借助文学艺术这一外中介来标识自己的灵魂，然而，她的诗人身份与她的其他身份相排斥，常常造成主体的矛盾和痛苦。

小说开篇就是一场发生在火车站的送别。格丽塔带着女儿凯蒂与丈夫告别，因为她答应去多伦多帮外出度假的朋友看守房子。随后读者发现，"看房子"只是一个幌子，事实上，格丽塔只想借着这个机会逃离疲惫的婚姻，去见一个不确定的情人哈里斯。她曾经在一个诗歌杂志的聚会上邂逅了哈里斯，后者和她似乎是"同道中人"。她觉得，哈里斯对她说的话语带着某种诗意，这一点让她着迷。聚会结束后，哈里斯送她回家，二人虽然什么都没发生，她却对他魂牵梦绕好几个月。机会来了，现在她要去多伦多了，于是她给哈里斯写了一封信，附上了自己火车到达的日期和时间。

然而，火车上发生的一场"艳遇"似乎冲淡了格丽塔对哈里斯的期待。在火车上，格丽塔遇见了年轻帅气的儿童剧演员格雷格。格雷格组织格丽塔的女儿凯蒂和火车上其他孩子玩游戏，并表演儿童剧给孩子们看。格雷格毫无保留的演出让格丽塔第一次反躬自省："我就有所保留，大多时候都是。对凯蒂小心翼翼，对彼得小心翼翼。"（第17页）值得注意的是，在这之前，格丽塔对自己的丈夫和孩子都颇有几分厌倦，然而，透过格雷格这一他者，她逐渐意识到自己的自私。换言之，作为一个诗人，格丽塔让缥缈的诗情占据了自己大部分思绪，从而无法在对待丈夫和孩子方面做到毫

---

[1] [加]艾丽丝·门罗：《漂流到日本》，见《亲爱的生活》，姚媛译，北京：北京十月文艺出版社，2014年，第2页。

第三章
性别构型：门罗小说"逃离"叙事的主题之维

无保留。她的"小心翼翼"是为了维持幻想和现实之间的那条界限，以保持自己的精神世界的"清冷"属性。

待凯蒂睡着后，格丽塔与格雷格聊天，并喝起了茴香酒，谈天说地好不快活。最后，为了避免凯蒂看到，两人去了格雷格的车厢"滚在了一起"。完事后格丽塔返回自己的车厢，而格雷格马上要下车了，对双方来说，这是一次疯狂而安全的"艳遇"。格丽塔觉得自己"轻松愉快，像一个角斗士"。可是等到格丽塔返回自己的车厢时，却发现凯蒂不见了。格丽塔几乎崩溃，发疯一样地寻找自己的女儿，最后在车厢的连接处找到了凯蒂。格丽塔抱着失而复得的女儿心有余悸，并感到无比内疚。晚上，格丽塔守着女儿，心潮起伏，再次反躬自省：

> 不仅仅是因为家务事。其他各种想法也将孩子从她心里挤了出去。甚至在她对多伦多的那个男人产生毫无益处、令人疲倦、白痴一般的迷恋之前，她也有其他事情要做，比如她似乎大半辈子一直在脑子里做写诗这件事。她突然发现这是另一种背叛——对凯蒂，对彼得，对生活。（第 25 页）

格丽塔的这段心理活动被研究界屡屡引证，借以证明"晚期的门罗越来越明确地表达了对女性主义某些激进观念的质疑"[1]。亦有一些学者认为，这段表述是门罗笔下叛逆的"出走女性"成长、成熟的标志。然而，研究者们都忽略的一个点是，为什么格丽塔的后悔、愧疚和反思不包含刚刚结束的"一场艳遇"？按照正常的逻辑，是格丽塔和格雷格的放浪行径导致了孩子的疏于看管。因此，格丽塔的婚外情才应该构成对丈夫、孩子的背叛。为何格丽塔却绝口不提，而将其置换为"写诗这件事"？

在我看来，这些断裂之处都可看作小说的隐含作者对隐含读者提出的"推测要求"。参照基拉尔的观点，格丽塔对于火车上的一夜情并不后悔亦

---

[1] 陈英红、文卫平：《艾丽斯·门罗译介与研究述评》，载于《湘潭大学学报》，2018 年第 3 期，第 128 页。

不愧疚，是因为二人之间的欲望是自发的，直线似的"形而下的欲望"。格雷格不懂得诗歌，他与格丽塔的交往不存在介体，属于自然而然的两性吸引。而格丽塔经过了这场"艳遇"也意识到生活本身的丰富性并非一定要借助某个幻想式的外介体来加以标识。毫不夸张地说，格丽塔通过格雷格这座桥梁开始直线式地追逐真实的生活，因此她才会在事后觉得自己像一个勇敢的角斗士。

小说结尾处，格丽塔带着女儿下了火车，她赫然发现哈里斯在站台等候她。她的心经历了"震惊"到"翻腾"，直到"极度的平静"。有学者这样解释格丽塔的"平静"，即"因为她心里的欲望被先前发生的事故打退了，但并没有消失。它们只是藏匿起来，等待着合适的时候再度现身"[1]。此种观点强调了女性欲望的不确定性和爆发性。面对小说这一开放式结局，笔者倾向于认为，经历了火车上的种种，格丽塔已然明白了自己对哈里斯的欲望所具备的模仿性质——她喜欢的不是哈里斯，而是某种模糊的"诗情"——她会坚定地选择真实的生活。换言之，火车上一夜情让格丽塔已经意识到，自己沉溺的那个虚幻的文艺世界充当了她追逐哈里斯的欲望介体。

笔者之所以对格丽塔的抉择作如此推测，是因为这种抉择本身符合小说隐含作者的态度。也就是说，这篇小说的叙述者与很多门罗小说的叙述者一样，对于人物不作任何道德判断，甚至，很多时候直接以人物的观察视角覆盖叙述者的视角。然而，和门罗其他小说有着相似的手法，《漂流到日本》的隐含的作者也借助叙述者一些不动声色的"闲笔"，给文本打上了独特的"推测请求"的标记。小说开篇对女主人公婆婆的刻画可以算作隐藏在文本中的一个草灰蛇线的修辞形式。上文已经提到，格丽塔对婆婆从前的苦难经历只愿意借助文学艺术这一外介体来达到"共情"。但，如果重审小说对格丽塔婆婆的刻画，即会发现她丈夫的母亲的存在恰恰与女主人公形成潜在的对话。格丽塔的婆婆带着儿子（格丽塔的丈夫彼得）流亡，

---

[1] 张悦然：《门罗的晚期风格》，载于《文艺争鸣》，2020 年第 4 期，第 88 页。

格丽塔的公公却没有逃出来,死于疗养院。婆婆在异国他乡辛勤工作,学习语言,独自抚养儿子长大,供儿子上大学,最终把儿子培养成为优秀的工程师。并且,婆婆还在儿子与格丽塔结婚后,"识趣"地搬出去住,对于儿子和媳妇的小家庭"不注意,不打扰,不建议,虽然在每一项家务技巧和本领方面,她都远胜儿媳"。综合来看,通过小说恰到好处的留白,我们可以推测,在公公死后,婆婆在逃亡中没有选择抛弃孩子来换取新的生活,婆婆在抚养孩子的漫长的岁月中也并未去追求浪漫的爱情,乃至在儿子婚后还果断地与儿子媳妇保持了可贵的界限感。在整个过程中,婆婆内心隐忍的痛苦和感伤被一个玩笑泄露出来。也即,当婆婆在儿子婚后搬到一间很小且没有卧室的公寓独自居住时,格丽塔逗她,开玩笑说,这样的话,自己丈夫彼得就不能回家和妈妈一起住了。文本显示,婆婆对此"玩笑"的反应是"但她似乎吃了一惊。玩笑让她痛苦"(第 2 页)。婆婆的吃惊与痛苦,格丽塔是绝不可能感知的,这是隐含作者的一个文本标记。也即,婆婆作为一个寡妇和母亲,劳苦半生之后还要孤独地度过晚年,她的"痛苦"在儿媳玩笑似的"轻情"面前是如此"沉重"。概括而言,正如《匆匆》中的艾琳之于朱丽叶,《激情》中的特拉弗斯太太之于格雷斯,《漂流到日本》中的婆婆之于格丽塔,前者作为扎根于生活的强者,后者作为本质上被介体所控制的"浪漫主义者",随着叙事的嬗变,后者的自我反思在逐渐加强。笔者认为,当刚经历一场艳遇后的格丽塔一把抱起两节火车车厢界限处的孩子时,她也能够在面对哈里斯时从自身沉溺的虚幻世界跨入真实的人生,她自己设置的诗歌与生活的界限将烟消云散。当然,这并不意味着前者的消失,而是前者也能够融入生活的洪流之中。

综上所述,本节选取《机缘》中的朱丽叶,《激情》中格雷斯的,《漂流到日本》中的格丽塔,以基拉尔的"三角欲望"理论为参照,揭示了三位"出走女性"的欲望介体,从而戳穿了"浪漫的谎言"。

3.3 本章小结

2016年4月8日在西班牙上映的电影《胡丽叶塔》改编自门罗小说《机缘》《匆匆》《沉寂》。同年，这部电影的编剧兼导演佩德罗·阿莫多瓦还获得了第69届戛纳电影节金棕榈奖提名。虽然从小说到电影必然存在改动，但，佩德罗·阿莫多瓦作为门罗的"铁粉"，他对电影的构思与门罗的小说可谓背道而驰。首先，他对小说中女主人公的父亲进行了"简化"和"丑化"。电影中不仅隐去了山姆曾经的教师身份，还让他囚禁了生病的妻子。并且，影片还"坐实"了山姆和女佣的不伦之情。阿莫多瓦为了凸显饱受男权社会摧残的女性形象，不惜曲解小说中的山姆。其次，阿莫多瓦在影片中对小说中的朱丽叶进行了"纯化"和"美化"。比如，影片中，女主人公一见到躺在床上的病重的母亲，就立即带着孩子和母亲躺在一张床上，母女三代人很温馨地一床睡觉。而小说中的朱丽叶不仅不和母亲睡一起，半夜母亲发病也是艾琳和父亲在照顾，睡梦中的朱丽叶听到声响后又自顾自地睡去。再比如，影片用了相当多的镜头语言刻画埃里克死后，女主人公的愧疚和痛苦。然而，在小说中，朱丽叶很快就走出了阴影，独自抚养女儿的同时也交往过很多个男朋友。阿莫多瓦为了凸显女主人公的深情和专一，把小说里的这些情节都隐去了。

笔者认为，阿莫多瓦的改动本身就代表着他对门罗小说的误读。从门罗小说的研究现状看来，阿莫多瓦的电影叙事也符合大多数论者对门罗小说中"逃逸的男性"和"浪漫的出走女性"的刻板印象。这些误读有意无意、或多或少地加剧了两性对立。针对这些问题，本章通过细读门罗的部分小说，重审其逃离叙事中的性别构型，发掘隐含作者的文本标记，试图纠正长久以来门罗小说被广泛误读的"泛性别叙事"，即男性和女性并不能天然构成两个壁垒分明的集体，门罗通过凸显"逃离叙事"中的男性话语和揭示"出走女性"的欲望介体，弥合了两性之间亘古以来的思想沟壑。

超性别书写：门罗女性书写的两性关系之维

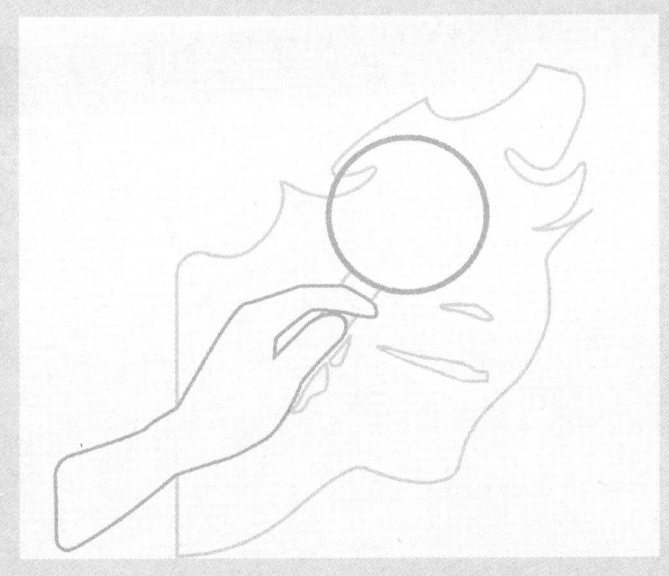

第四章
超性别书写：门罗女性书写的两性关系之维

艾丽丝·门罗在《亲爱的生活》有限的篇幅内，字字珠玑，不仅探讨了"围城内外"的女性生存境遇，实际上门罗也用很多篇章直接以男性的视角展开，描写了他们的心理感受和人生抉择。这一点和她早期的短篇小说创作有着很大的不同。早期很多篇章大多是以女性的视角展开，描写女性困境和出路，在《亲爱的生活》中，门罗在此基础上，还深入探讨了两性之间的微妙相处关系。这种"门罗式"的女性书写方式有别于传统的女权主义的书写方式，也与她同时代的其他女性作家书写不同，她的创作在某种程度上是对女权主义的超越，是只属于她自身的独特表达，是一种"艾丽丝·门罗式"的女性书写。首先，门罗对传统的二元对立的男女两性关系进行了质疑，在她的笔下，读者找不到纯然阳刚的男性形象，即使是战争中的士兵，也一样会脆弱而敏感，同样女性的形象也不像传统叙事那样忠贞、娴静、温婉，完全奉献于家庭。总之，门罗实际上是要探讨两性之间的界限并非截然区分，或者一成不变，两性之间的性别意识其实是相互流动而不断变化的。其次，门罗对传统的、二元对立的价值观提出反思和质疑，她笔下的男女两性无法用单纯的好与坏等惯常的道德标准去评判，因为人性的复杂性、生活的复杂性，个体的选择看似自由实则是有限的，在二战后的社会环境以及多元的价值取向下，截然相反、二元对立的价值观和思维方式是值得人们质疑的。在此基础上，门罗把二元对立的两性关系融入于生活中，在平凡的生活下，两性之间紧张对峙的关系趋于缓和甚至消解，就此，门罗指出了两性之间一种理想的状态——"双性同体"。

4.1 性别意识的双向流动

精神分析学家西格蒙德·弗洛伊德（Sigismund Freud）在《女性气质》的论述中，指出："人们通常对一个人所做的本能性区分就是男性或女性，如果不符合这一性别判断要求就是一种病态的存在。"[1]这种单一的性别规

---

[1] [奥地利]弗洛伊德：《弗洛伊德谈自我意识》，石磊译，北京：中国商业出版社，2011年，第219页。

范，男性气质特征和女性气质特征的截然对立式绝非"门罗式"的书写：门罗笔下的女性，是脆弱的又是强大的，是女性又可能兼具男性的特质，是一种具有"双性同体"（androgyny）特质的多元存在。男性在她的笔下也绝无传统叙事中"高大全"般的理想完美形象，同样他们会矛盾、逃避、自卑、脆弱、缺乏安全感，甚至很多时候会流露出女性气质的一面。正是在这个基础上，门罗在后期的小说中，男女两性的关系不再是紧张的、截然对立的，而是尽管仍有矛盾，但是可以展开对话。她不主张刻意压抑女性自身的"女性气质"或者故意追求"男性化"的女性，其实两性之间并没有截然分明的性别壁垒，二者可以相互对话、共同交流。

4.1.1 像"角斗士"一样的勇敢女性

首先，门罗极力塑造了一批大胆挑战传统的女性人物形象。处于孩童时期的小女孩在天真、可爱、烂漫的性格维度之外，她还刻画了一些充满了暴力甚至阴暗面的女孩形象。在成年女性的身上，门罗着力描写她们为了自己的感情一次次执着地在婚姻中"逃离""探索"，甚至像个"角斗士"一样勇敢地争取自己的幸福。其次，门罗还把笔触深入到以女性为核心的母女关系中，在紧张矛盾的母女关系甚至是缺失的母亲形象的书写下，传达出相较于男性而言，女性成长、独立的道路更为艰难，所以女性挣脱和蜕变的空间也更为广阔。

例如在《砂砾》中主人公"我"面对姐姐"卡萝"自杀溺水的行为却丝毫没有害怕惊慌，甚至因为太过"淡定"而眼睁睁看着姐姐沉入水底，也错过了在最关键的时刻去告诉爸爸妈妈的机会，这些行为无疑间接导致了姐姐的死。《庇护所》中我并没有像普通女孩子那样被保守的性别身份所限制，"我"可以选择学骑车，也可以在饭桌上和贾斯珀姨夫公开讨论对工作、音乐、生活的看法，发表自己的见解。在《亲爱的生活》中妈妈给"我"梳的辫子是"长而臃肿的香肠似的发卷"、实际上"我每天都会在上学的路上把这些头发弄乱"（第269页）。"我"更喜欢帮爸爸做力气活，不喜欢待

第四章
超性别书写：门罗女性书写的两性关系之维

在屋子里帮妈妈做家务。所以我的话语之中就会"充满了怨恨和好斗的情绪。这就叫'顶嘴'。我伤害了她的感情……"（第284页）。《夜晚》中，"我"会在很小的时候发出"我不像真正的我了"（第257页）这样的颇为早熟的言论。"我"不断地失眠，而失眠的原因是"我"在心里一直有个挥之不去的想法，"我"越要把那个想法赶走，它越要回来。不是为了报复，也没有痛恨。正如"我"所说："没有原因，只有那个极度冰冷深刻的想法，与其说是冲动，不如说是沉思，就是这样的东西支配了我。我甚至想都不该去想，但我想到了。那个想法就在那里，在我的心里挥之不去。那个想法是掐死妹妹，那个正在我下铺熟睡，那个我在这个世界上最爱的人。"（第258页）而我这样做的原因"不是出于忌妒、恶毒或者愤怒，而是因为疯狂，在黑夜中，疯狂就躺在我身边。也不是那种残暴的疯狂，而是某种近乎玩笑的东西。一种似乎长久以来一直等在那里的懒洋洋的、开玩笑的、半迟钝的暗示"（第258页）。在这里，门罗采用一种内聚焦的方式直接用一大段文字呈现"我"的内心活动，这样一来"不仅在形式上消除了叙述者与读者的不平等关系，因此使作品的真实感大大得到加强，而且也在小说中造成了一些空白，给读者的想象提供了更多的活动余地"[1]。

读者透过一系列门罗笔下的小女孩人物形象及内心活动描写可以看到，门罗笔下的女孩一反天真、无邪、活泼、可爱的孩童形象，她们是疯狂、冲动、阴暗、暴力的。孩童天生破坏性及施暴性倾向在这里展露无遗，而大人们却毫无察觉。孩童潜意识里所蕴含的破坏力欲望是巨大的，因而会随时产生疯狂暴力的想法，这种想法产生的根源，门罗认为："不是出于报复，或任何正常的原因，只是因为你心里想到了什么。"（第258页）也就是说女孩心中的暴力倾向是出于心理暗流世界的涌动，完全自由，就像本能一样无法克制，无法排遣。然而，在理性情感中，妹妹又是这个世界上"我"最爱的人，在潜意识（恨）和伦理情感（爱）的相互博弈中，导致"我"开始整宿整宿地失眠。门罗在这里真正想表达的是"我相信孩子

---
[1] 徐岱：《小说叙事学》，北京：商务印书馆，2010年，第229页。

的天性里有种非常纯粹的无情,我想表达出来。至于说那种感觉……你就是不能忍受那人碰你,或者是跟这人在一起,你就是不能忍受,一种强烈的摆脱的需要,要避免受到影响"[1]。

  同样,门罗笔下的成年女性身上,读者也能看到那股强烈摆脱现实的冲动。在《漂流到日本》一文中,格丽塔在做家务以及在女儿睡着的时刻,无不疯狂地想念着情人哈里斯,她想大声说出他的名字甚至忍不住哭出来。在丈夫因公出差的期间,她主动大胆地策划了与他见面的机会。这种冲动在一列火车上和一个陌生人发生性关系之后得到释放:"她感到虚弱、震惊,但又轻松愉快,像一个角斗士,她后然想出了这个形象,还为此微笑了——刚在竞技场进行了一场角逐。"(第 20 页)"力比多"(libido)的释放,让格丽塔获得了前所未有的满足感和愉悦感,这是一直以来为了婚姻、家庭、女儿不断自我压抑的解脱,一种最直接而简单的自我满足方式。"角斗士"是一种勇猛的、主动的、征服欲特别强的典型男性气质象征,日常柔弱、压抑自我的格丽塔在此时想到自己是一个角斗士,正是她自我形象中男性气质一面的暗示与替代性满足。

  对于母女关系的紧张描写主要体现在《声音》一文中,小说中"妈妈"的行为和说话方式和小镇上所有人都格格不入,这使得"我"和家人总是感到尴尬。妈妈给我精心梳理的辫子,与当时同学之间流行的发型很不同,所以"我"总是会叛逆地在上学的路上故意把它们弄乱。在日常生活中,妈妈总是不停地忙碌,甚至没有时间对"我"失望,也没有时间去想:"为什么我从没有从镇上的学校带合适的朋友或者任何朋友回家,或者为什么我躲避主日学校的朗诵,要知道,以前我会紧紧抓住这样的机会。为什么我回家时头上的发卷被扯了下来——事实上我进学校之前就已经干了这件亵渎的事,因为没有人梳她给我梳的发型。或者究竟为什么我学会抹去了曾经拥有的背诵诗歌的惊人记忆,拒绝再用这样的技艺去炫耀。"(第 268

---

[1] [加]爱丽丝·门罗,[美]莉莎·迪克勒·栗野:《点燃创作的火焰》,张小意译,载于《上海文学》,2014 年第 1 期,第 86 页。

页)"我"内心其实非常渴望母亲的关注与爱,但是忙碌的母亲似乎和我的渴求之间无法达到平衡,"我"在爱而不得的情况之下,逐渐和母亲之间形成一种紧张的关系。"我"讨厌妈妈叫我名字的声调,总是因为各种事情和妈妈顶嘴。但事实上,"我"并非一直闷闷不乐、争吵不休,反而会渴望好好打扮一番,然后陪妈妈去跳舞。门罗刻画这种矛盾的女儿心态和紧张的母女关系,道出了女性在成长过程中与母亲之间关系的复杂性。

除此之外,门罗还写了很多缺失的母性形象。在《科莉》中,母亲因为得了脊髓灰质炎死去,科莉从小便失去了母爱,还不幸遗传到了和母亲同样的病而变成了残疾。《骄傲》中富家女奥奈达甚至没有一句交代母亲的去处,奥奈达的父亲死去后,她认为自己在世上从此只身一人。小说中,母亲这一形象频繁地以不在场的方式"缺失",是门罗对母女关系的一种隐喻性表达。门罗有意识地消解传统作家笔下所描写的那种因其无私奉献而具有伟大性和神圣性的母亲形象:任劳任怨,温柔贤惠,勤俭持家,对子女有无限的包容和爱。即使小说中那些在场的母亲,也由于其强烈的"自爱"(或曰以自我为中心)精神或者"紧张的母女关系"而最终导致母爱的神圣性"大打折扣",就像门罗在采访中说到自己的母亲和自己成为母亲面临母女关系时的感受:"她不会喜欢我的东西。我认为她不会喜欢——性和粗话。如果她还健在,为了能发表自己的作品,我会不得不和家里大吵一架,甚至断绝关系……我现在想到母亲的时候,感觉很温柔,可我有这种感觉的时间并不长,年轻时我们之间是冷酷的。我不知道如果我女儿写到我,我会有什么感觉,成为孩子作品中的某个人物,这种经历一定让人感到恐怖。"[1]

4.1.2 逃离中回避的脆弱无能的男性

值得指出的是,在《亲爱的生活》中,门罗也在部分小说中直接以男

---

[1] 耿庆源编辑:《诺奖女作家门罗:拥有好习惯 没什么可以打败你》,中国新闻网,2013年10月14日,https://www.chinanews.com.cn/cul/2013/10-14/5376869.shtml?wm=3049。

性的视角展开叙述或者在叙述的过程中直接插入男性叙事者的声音。小说中着力塑造的并不是高大、勇猛、充满阳刚之气、令女性崇拜的典型男性气质人物形象，相反，他们是脆弱、敏感而自卑的，甚至很多时候表现得很无能，在婚姻和爱情面前是被动而没有安全感的，在生活中也无法处理好正常的人际关系。在《砂砾》中，"我"的爸爸得知妻子喜欢上了一个剧场演员而要离婚时，爸爸的表现是："爸爸哭了，一整天都在家里跟着妈妈，不让她走出自己的视线，拒绝相信她。"（第 87 页）爸爸无法面对妈妈的离去，软弱地展现出无法接受这一切。实际上很多人早就预见了这个情况，甚至连作为孩子的姐姐都知道了这件事情，但是由于爸爸在爱情中软弱的天性使他看不到也不愿意看到这一切。因而，当这一切发生时，他表现得无法接受，进而把发生的这一切归为自己"迟钝和保守"。爸爸的忧伤和心碎与妈妈的"也许是这辈子第一次，真正有了活力"（第 87 页）形成鲜明对比。《骄傲》中兔唇会计师因为先天的缺陷，而无法克服心理障碍，所以基本上没有任何朋友，即使邻居，他们也基本上无甚交流。当奥奈达闯入他的生活并且在他生病期间对他无微不至的照顾，使他流露出孩子气的幼稚面："有时候我如果有力气，就会像个六岁的孩子一样抱怨……我会自私地毫无缘由地叫她的名字，就是为了确认她在身旁，让自己安心。"（第 137 页）门罗为读者们揭示了看似伟岸、阳刚的男性其实在生活里一样充满了矛盾、脆弱的心理，进而表现出其软弱无能的一面。这种男性人物形象的真实直观展示，实际上暗示了门罗在"双性同体"的书写背后，表达了男性在人生的某个时刻一样是脆弱的、敏感的，在生活面前一样会表现出茫然无措。

在紧张的母女关系的对比下，门罗对相对缓和的父女关系进行了书写。比如《漂流到日本》中尽管彼得和妻子格丽塔勉强维持着貌合神离的婚姻，但是相比较于"我"把大部分的注意力放在别处，而不是放在孩子身上，以及有策略性地表现温柔的行为，身为父亲的彼得对女儿的爱则是全部的温柔："他对凯蒂绽开灿烂的笑容，笑容里没有一丝疑虑，仿佛他相信她在他眼里一直是个奇迹,而他在她眼里也是,永远如此。"(第 1 页)当火车开动的时候,凯蒂发现爸爸并不会和她们一起走的时候,凯蒂非常伤心,因为她对父亲强烈的爱和依赖让她感觉到自己被抛弃了。所以当下了火车后,发现一个陌生的男性来接她和妈妈,并且搂住妈妈亲了一口后,出于对自己"父亲"的爱和合法身份的维护,她挣脱了妈妈的手,跑开了,以示反感和厌恶。《夜晚》中"我"因为不可遏制地想要掐死自己的妹妹这一疯狂的想法而不断地失眠,在"我"这种失眠的症状变得越来越严重而整宿都不能入睡时,是父亲的出现,以及他对"我"的理解和开导,告诉"我"这是一件正常的事情,使"我"不再把有这样疯狂想法的自己看成是残忍的异类而获得心理解脱。"我"明白疯狂的想法和暴力的冲动本来是不可理解的,并且是正常的,当明白了这些之后,"我"就能睡着了,再也没有失眠过。父亲充当了"我"的灵魂导师,人生成长路上的引路人。门罗笔下的父亲是体贴、细心和温柔的,他总是在恰当时刻耐心地帮助孩子顺利解决成长过程中的烦恼,这是对传统叙事中那种威严、严厉,让人"不寒而栗""敬而远之"的父亲形象的一种有意背离。

最后需要强调的是,门罗描写了很多女性的困境以及女性遇到的歧视性评价,但是门罗并没有就此展开对男性的激烈声讨,实际上门罗在文本中也描写了男性在生活中往往承受着更多的压力。在写作这件事,门罗认为在当时的时代,女性在社会上反而更容易被理解、接受,而男性却要承受更多的压力。在《漂流到日本》中格丽塔一方面对自己"女诗人"的身份感到气愤,另一方面,她也明白作为一名"女诗人"的好处,正如门罗在现实生活中清醒地认知到:"我成长时期的加拿大,女性写作比男性要轻松。伟大的、重要的作家一定是男人,但如果一个女人写短篇小说,她冒的损害名誉的风险要比男人小得多,因为短篇小说不是男人的领地。"[1]当记者采访门罗时问道:"从女人的角度讲述一个真实的故事,对你来说困难

---

[1] [加]爱丽丝·门罗,[瑞典]斯蒂劳·阿斯伯格:《爱丽丝·门罗:在她自己的文字里》,吴永熹、江楠、柏琳译,载于《名作欣赏》,2014 年第 1 期,第 51 页。

吗？"门罗回答说："你要知道，我的成长环境是很特别的：如果有人阅读，常常是女人；如果有人接受教育，也常常是女人，像学校老师这样的角色也不会把女人排斥在外。我成长的世界中，阅读和写作对女性反而是更开放的，男人常常去做农夫或其他的工作。"[1]所以，门罗深知在当时的社会中，女性有女性的挣扎，男性也有男性的不易，她从来不是简单地进行男性批判，门罗只是就问题说问题——"我倒认为当个男人也的确不容易，想一想要是我在那早年失败的岁月里，不得不养活一家人，那会是什么样子。"[2]门罗还会在叙事中让男性对故事中人物的成长与蜕变起着直接的作用。例如《亲爱的生活》中写到因为有爸爸辛勤的工作和乐观的天性，家里母亲即使患上帕金森综合征，"我"依然过得很快乐——"生意不在了，妈妈健康也不在，在小说里这样是不行的。但奇怪的是我不记得那段时间我不快乐，家里并没有被特别绝望的情绪环绕"（第287页）。

　　由此可以看出，门罗小说中男女两性气质之间不是稳定不变、存在固定标准的性别特征表现。相反，被动与主动，理性与感性，脆弱与强大，阳刚与阴柔，从来不是截然分明甚至对立的存在，而是作为"双性同体"在人物的内心深处来回流动，不断变化。这就是门罗所要展示的人生哲学：男性不必然是纯阳刚的，女性也不尽然是纯柔弱的，性别意识的流动从来都是双向的。男女两性的矛盾与冲突也不仅仅是父权制单方面的压抑，女性本身的内在需求与冲动是恒动的、变化的，所以女性要面对的是自我的内在关系、夫妻关系、母女关系以及情人关系等。女性要学会在一次次的选择中不断成长，这种成长是用一生来完成对自己的不断建构与自我超越，而不是一次浅尝辄止、一劳永逸地"逃离"就能解决的。门罗对两性关系的探讨有意识地跳出单一的女性自我言说视角，以女性书写作为切入点，更方便展开对性别、语言、身份等诸多社会问题的思索，以及对两性认知身份的探讨和追求。

---

[1] [加]爱丽丝·门罗，[瑞典]斯蒂劳·阿斯伯格：《爱丽丝·门罗：在她自己的文字里》，吴永熹、江楠、柏琳译，载于《名作欣赏》，2014年第1期，第52页。

[2] Deborah Treisman. On "Dear Life": *An Interview with Alice Munro*. 2012-11-20. https://www.newyorker.com/books/page-turner/on-dear-life-an-interview-with-alice-munro.

4.2 性别关系上的"双性同体"

在艾丽丝·门罗前期的代表性小说如《女孩和女人们的生活》《逃离》《爱的进程》中，门罗一直有意识地用一种女性视角来描写两性的关系，女性成长的过程，终其一生对浪漫的执着，面对情感困境时的压抑隐忍以及做出的种种反抗、挣扎和努力，前期小说中透露的两性关系"暗流"汇聚在《亲爱的生活》中慢慢随着平淡的生活汩汩流去，两性关系从紧张对立到趋于缓和，在性别意识的双向流动中，门罗看到了"双性同体"存在的可能。

4.2.1 从紧张到缓和的两性关系

两性关系是人类所有社会关系中最基本的关系之一，"它贯穿于人类历史的全过程，同人类历史相始终"[1]。因而，在经典文学作品书写中总能看到作家对两性关系的探讨与思考，从艾丽丝·门罗的短篇小说书写中可以看出其对男女两性关系的思考，在创作的前后时期是有转变的。在早期的代表作品中，门罗对男女两性关系的书写是紧张的、对立的。如《公开的秘密》中年轻美丽的莫琳，有着"玫瑰般的皮肤和红褐色的头发""高大健康的身体"[2]，但却嫁给了一个比自己年长十几岁并且婚后不久便中风的小镇律师，他的"头下垂，入神时脸部松弛""衣服上总沾着若隐若现的烟灰和面包屑"（第 143 页）。可就是这样一个男人，莫琳也没有嫌弃而是不离不弃地照顾他。婚后，尽管莫琳过上了比较富裕的生活，但是她的精神却时刻是紧张的、痛苦的，因为一次意外流产导致了莫琳的不育，自那以后，她和丈夫的亲密关系也结束了。她必须忍受着丈夫的冷落，甚至是他在语

---

[1] 刘思谦：《"娜拉"言说：中国现代女作家心路纪程》，开封：河南大学出版社，2007 年，第 2 页。

[2] [加]艾丽丝·门罗：《公开的秘密》，邢楠、陈笑黎译，南京：译林出版社，2013 年，第 140 页。以下引自《公开的秘密》一书的内容均出自此版本，随文仅标出页码。

言以及身体上的双重虐待和压抑。"每逢这样的时刻,她觉得是那样的空虚、无力。她要咬紧牙关,她并不想愤怒地吼叫,但忍不住发出了生病似的呜咽,听起来像一只被揍了的小狗。"(第 161 页)丈夫的反复摧残使得莫琳身心俱疲,好在,在门罗的笔下,女性的一切经历都是最好的成长见证。此事之后,莫琳"她比往常要镇定。她照了照浴室的镜子,挑了挑眉毛,动了动嘴唇和下巴,让脸上的表情恢复原样。受够了,她仿佛在说"(第 161 页)。一句"受够了"使得这段婚姻关系最终也只是名存实亡,斯蒂芬律师看似以一种绝对压倒性的力量征服着、控制着莫琳,实际上,自惭形秽、逐渐衰老的身体,日益暗淡的男性魅力早都迫使他从自带光环的"男性神坛"走下来,仰仗着女性的包容而维持着那可怜的自尊心。这一切便导致了越来越紧张的男女两性关系,所以当莫琳最终受够了斯蒂芬的压抑、折磨、摧残之后,她要做的就是彻底反抗,等待着新生,正如小说的结尾"莫琳是个年轻女人,她还有未来在等她"(第 164 页)。

同样地,在《逃离》中女主人公卡拉不顾父母的反对,毅然和家庭决裂,选择和一个马术学校的老师克拉克走在一起,怀揣着天真、美好和浪漫的幻想,以为自己将迎来幸福的生活,就像卡拉在留给父母的信上写到的那样:"我一直感到需要过一种更为真实的生活,我知道在这一点上我是永远无法得到你们的理解的。"[1]但是实际上,在和克拉克真正生活在一起后,卡拉才发现他是一个懒惰、自私、狭隘、偏执、脾气火暴的男人,就像当时她的父母已经看穿的那样,克拉克是"失败者一个""一盲流游民"[2]。克拉克一直在伤着卡拉的心,卡拉的情感细腻和克拉克的粗鲁直白形成了鲜明的对立,两人的关系也越来越紧张,在这段如芒刺在背的两性关系中,卡拉越来越感受到:"她像是肺里面什么地方扎进了一根致命的针,浅一些呼吸时可以不感受到疼。可是,每当她需要深深吸进去一口气时,她便能感

---

[1] [加]艾丽丝·门罗:《逃离》,李文俊译,北京:北京十月文艺出版社,2009 年,第 33 页。
[2] [加]艾丽丝·门罗:《公开的秘密》,刑楠、陈笑黎译,南京:译林出版社,2013 年,第 28 页。

觉出那根刺依然存在。"[1]最后，卡拉毅然选择在朋友西尔维娅的帮助下再次逃离出走。在《蓝花楹旅店》里，盖尔和威尔同居了一段时间之后，威尔逐渐习惯，在两性关系上他逐渐占据了"上风"，他的一句"你的鞋带开了"的语调让盖尔"充满了绝望，仿佛是在提醒她：他们已经跨越到了一个昏暗的国度，在那里他对她无比失望、极度蔑视……他们最终会度过充满绝望的日日夜夜"（第 173 页）。在这段关系，盖尔始终迁就追寻，但是二者却一直因误解而擦肩而过，仿佛命运本身的对立在阻隔着彼此。

与此不同，在《亲爱的生活》一书中，男女两性关系开始趋于平和，虽然二者之间的矛盾、隔阂、误解等依然存在，但是男女主人公的处理态度却明显发生了变化。例如在《漂流到日本》中，女性和诗人身份的双重叠加，对格丽塔而言，是双倍压力，她花了很长时间"把彼得训练得不再使用这个词"（第 3 页）。丈夫彼得也从来不和她谈任何有关诗的内容，就是看电影"他从来都不愿意在散场后多谈。他会说不错，或者很好，或者还行。他认为多说没有意义"（第 3 页）。相反，他对一座桥梁却不会认为这样交谈没有意义。很显然，格丽塔和彼得之间没有较为深入的精神交流的话语。格丽塔是个诗人，她的情感是丰富敏感且时时需要有人能交流的，在社会话语空间上，她得不到认可，她希望回到家的避风港得到慰藉，可是丈夫完全是一个工科式思维头脑的工程师，格丽塔总是能捕捉到在二人的感情之间，有种"难以付诸言辞，也许永远也不能付诸言辞的东西，如果格丽塔提到这种东西，他会说，别犯傻"（第 1 页）。沟通无效的情况下，格丽塔没有选择"逃离"，而是选择逐渐平和接受，她逐渐意识到"这种不加干涉，宽厚包容的态度于她是件幸事"（第 3 页），而在此之外，她可以更加专注于自己的精神世界和诗歌创作。《亚孟森》中，正当老师薇薇安满心欢喜地和医生阿利斯特驱车去亨茨维尔结婚的半途，阿利斯特却没有任何缘由地突然告知薇薇安不想结婚了，薇薇安在惊愕伤心之余，并没有去

---

[1] [加]艾丽丝·门罗：《公开的秘密》，刑楠、陈笑黎译，南京：译林出版社，2013 年，第 47 页。

纠缠，反而很平静地接受了这个事实，自己坐上回去的火车走了。《庇护所》中贾斯珀姨妈把自己的生活全部献给了丈夫，"她的生活就是完全围着那个男人转""菜单要由他定，广播和电视节目要由他来选。即使他坐在隔壁坐诊，或者在出诊，一切也必须时刻准备着得到他的许可"（第 105 页）。在这样一个专横、霸道的男人面前，姨妈总会"习惯于忍住不开口"（第 105 页）。任何人都可能会觉得姨妈是不会生活得太幸福的，但是，实际上，"她一旦说话，那话语总是那么令人愉快……很难认为她是我妈妈的姐姐，因为她看上去比妈妈年轻得多，青春得多，整洁得多，而且经常露出灿烂的笑容"（第 105 页）。试想，如果姨妈真的是像大家觉得那样备受丈夫欺压，没有一点自尊的话，能这样干净整洁、笑容满面而又富有活力吗？答案不言自明，所以在旁观者看起来的不幸并不是真正的不幸，只有个体自我的真实感知才是最真实、最可靠的。

这样完全奉献于男性的女性在门罗笔下并不少见，她们平凡、脆弱，没有鲜明的自我主体性，生活的很多时候都需要依靠男性才能获得满足感。即使很多时候，感到窒息、压抑，但是很快她们又以更强大的适应能力平和地接受了这一切，这是门罗对女性"逃离"之后该何去何从的思考。女性的命运从来不是冲动地"逃离"这样一蹴而就就能改变的，在生活面前，一个完全绝对舒适自我的环境是不存在的，生活面前，人人都要学会和他者、和自我的内在需求之间和平相处。男女两性的隔阂和矛盾是永远不可能消除的，既然消除不可能，二者便会在生活中自然学会接受、学会改变，两性关系最终便会逐渐趋于平和。这是生活的真谛，也是男女两性关系走向缓和的必然趋势。

4.2.2　对伍尔夫、西苏的超越性

英国女性主义作家弗吉尼亚·伍尔夫（Virginia Woolf）在《一间自己的房子》中认为女性写作的理想应该是"双性同体的"（androgynous，又译为"男女双性""雌雄同体"），"对任何写作者来说，想到自己的性别都是

灾难性的。成为一个十足的男人和女人是灾难性的"。所以，女作家的楷模应是"女化男性或男化女性"[1]。"双性同体"（androgyny）[2]作为生物学术语并不是伍尔夫独创，"但她却是第一个将'双性同体'理论运用到文学创作与批评当中的理论家"[3]。与伍尔夫对理想写作状态与人格概念的强调相比，门罗的"双性同体"是直接道出性别的差异从来没那么恒定明显，每个人会有"双性意识"流动的瞬间，因而书写本身就是一种"双性同体"的存在。法国女性主义者埃莱娜·西苏（Hélène Cixous）进一步认为女性天然具有比男性更加独特的经历、体验——孕育生命，因而，"从某种意义上，'妇女是双性的'；男人——人人皆知——则泰然自若地保持着荣耀的男性崇拜的单性的观点"[4]。门罗继承了她既强调一致性又不排斥差异的"双性写作"观，同时摒弃了她把这种双性的理想型架构在母性书写经验上的做法。伍尔夫和西苏"双性同体"性别构型是门罗所继承并批判性借鉴的主要理论依据，在扎根于现实生活的基础上创造的文学经典。《亲爱的生活》则为我们证实了"双性同体"气质存在的可能性以及现实性。

伍尔夫将"双性同体"看作作家创作以及文学批评最完美的机制，她曾明确提出"双性共体"的创作思想，指出："在我们之中，每个人都有两个力量支配一切，一个男性的力量，一个女性的力量。在男人的脑子里男性胜过女性，在女人的脑子里女性胜过男性。最正常，最适意的境况就是这两个力量在一起和谐地生活，精神合作的时候。……只有在这种融洽的时候，脑子才变得肥沃而能充分运用所有的官能。也许一个纯男性的脑子和一个纯女性的脑子都一样地不能创作。"[5]伍尔夫将这种雌雄同体的思维方式、"中和的品质"视作超越女性主义本身的最佳范式。美国女性主义批

---

[1] 王先霈、王又平主编：《文学批评术语词典》，上海：上海译文出版社，1999年，第620页。
[2] androgyne一词起源于希腊神话，由andro和gyn两个词组合构成，andro是男人、雄性的意思，gyne是女人、雌性的意思，两个词拼合在一起意为男女、雌雄同为一体，即兼具男女两性气质或者精神的人。
[3] 王欢：《伍尔夫之女性主义研究》，哈尔滨：哈尔滨工程大学出版社，2018年，第90页。
[4] 张京媛主编：《当代女性主义文学批评》，北京：北京大学出版社，1992年，第199页。
[5] [英]弗吉尼亚·伍尔夫：《一间自己的房子》，王还译，北京：三联书店，1989年，第120页。

判家伊莱恩·肖瓦尔特（Elaine Showalter）将这种"双性同体"看成是对女性主义立场的妥协，是"帮助她逃避自己痛苦的女性经历，使她可以窒息并且压抑自己的愤怒与雄心的神话"[1]。伍尔夫试图以一种能够综合男性视角与女性视角来建立这一种全新的、和谐的书写方式，但是这种构想最终沦为一种幻想，充满了浓厚的乌托邦色彩。正如美国女性主义批评家托莉·莫娃（Toril Moi）所言："将对中和与整体性的强调看做是妇女写作的理想，这完全可以被批评为父权制的，或者更准确地说，阴茎崇拜的建构。"[2]也许伍尔夫正是意识到自己的理想根本无法成为现实，在艺术与本真之间不断自我拉扯中，无法从中取得平衡的她决绝地选择走向河水的深处，结束了自己的一生。在门罗的作品中，读者能看到即将步入老年的会计师一样会流露出孩子气、脆弱需要照顾的一面；无法面对早已出轨妻子的离去忍不住哭泣、患得患失的爸爸；一次火车旅途中意外出轨的妻子会产生自己像个勇猛的"角斗士"一样进行一场决斗的想法；父母相继离去，依然能独自挤牛奶，做农活儿养活自己的坚强女性利亚。门罗认为任何个体都是一种"双性同体"气质的流动，男女两性的差别依然存在，但是性别表现与气质却不是固定不变的。

与伍尔夫相比，法国的女性主义学者埃莱娜·西苏更强调母性书写经验的"双性特征"。西苏认为女作家的写作不一定是含有女性气质的，也有可能是地道的男性写作；相反，男性作家也是如此。真正的女性写作不是"中性""无性"或者趋同的"双性"，而是一种有差异的"双性"。西苏所强调的"双性同体"建立在对传统男女二元对立论的基础上，认为性别是复杂、多变、多元的，是一种"既不排斥另一性别也不排除差距，而且还要凸显差异"[3]的性别观念。在《美杜莎的笑声》中，西苏指出：

---

[1] Elaine Showalter. *A Literature of Their Own: British Women Novelists From Brontë to Lessing*. Princeton: Princeton University Press, 1978: 263-264.
[2] Toril Moi. *Sexual/Textual Politics: Feminist Literary Theory*. New York: Routledge, 1995: 66.
[3] 转引自罗婷：《女性主义文学批评在西方与中国》，北京：中国社会科学出版社，2004年，第127页。

第四章
超性别书写：门罗女性书写的两性关系之维

  与这种自我抹杀和吞并类型的双性相对，我提出另一种双性……在这种双性同体上，一切未被禁锢在菲勒斯中心主义表现论的虚假戏剧中的主体都建立了他和她的性爱世界。双性即：每个人在自身中找到（repérage en soi）两性的存在，这种存在依据男女个人，其明显与坚决的程度是多种多样的，既不排除差别也不排除其中一性。[1]

  西苏借鉴解构主义的基本观点，对传统的男女二元论进行了质疑，同时她又不排除男女两性的差异，"其目的是要打破传统的性别等级秩序，建立一种新型的两性关系，在这种理想的境界中，两性'和而不同'，每个人都以自己独特的方式来体现其充满活力的存在"[2]。在此基础上，西苏认为"女性写作"（Women's Writing，又译"女性书写"）实质上是一种"双性写作"（Bisexual Writing）。她说："妇女从未真正的脱离'母亲的身份'，在她的内心至少总有一点那么善良的母亲的乳汁，她是用白色的墨汁写作的。"[3]西苏认为母亲是一个包含着男性气质和女性气质在内的"双性同体"的形象，母亲不是作为父亲的对立面出现的，其包容一切而又创造一切的特性使之完成了对男性的超越，从而使得女性（母性）这一形象具备了双性特征。因而，女性的写作是一种真正的"双性写作"。

  与之相对，门罗其实并没有对"双性写作"这一概念做过多阐释，相反，她认为文学创作更像是一个人的"私密旅行"（Private Travel），在创作的时候也没有"先入为主"的女性意识主导，她一直在用一种令自己感到满意、舒适和愉悦的方式去创作，而不是为了践行某种"女性写作"理念，所以门罗的女性书写，在风格上具有很强烈的个性特色。因此，读者能够在门罗的小说中看到，她不是为了打破传统的性别壁垒而试图重新建造一

---

[1] 张京媛主编：《当代女性主义文学批评》，北京：北京大学出版社，1992年，第198-199页。
[2] 转引自罗婷：《女性主义文学批评在西方与中国》，北京：中国社会科学出版社，2004年，第128页。
[3] 张京媛主编：《当代女性主义文学批评》，北京：北京大学出版社，1992年，第195-196页。

种新的两性关系。她只是把两性关系还原于真实的现实生活中，进而思考两性之间性别意识的流动，以及互相共存的可能。同时，在门罗的笔下，母亲的形象和角色很多时候都是缺失的，这和西苏对女性因"母性"的身份而具备"双性"经验的强调很不同，母性身份以及母女关系在门罗笔下更多的是一种难以承受的压力。纵观门罗的短篇小说，读者总能看到一个雄心勃勃但是永远不合现实，让女儿感到尴尬的母亲形象，在现实生活中，门罗和她母亲之间的关系也总是很紧张。面对母亲的帕金森综合征又喜欢表达的性格，门罗在采访中说道："她常让我觉得尴尬。我爱她，但在某种程度上可能并不想和她待在一起，我不想站出来帮她讲出那些她想说的话。"[1]

此外，在门罗自己身为母亲之后，作为一个家庭妇女，她要"看着时间表，要照顾孩子，还要做晚饭"，忙碌的母亲身份使得门罗的很多创作是在孩子上学的时候、睡着的时候或者是自己等烤炉的间隔中完成的。所以，读者在门罗的小说中会看到大量的对生活细节的详尽描写，比如在《火车》中描写利亚是怎么挤牛奶，怎么做饭养活自己；《亚孟森》中护士们讨论黄油和馅饼的做法；《砂砾》中描写那些系在孩子脖子里的围巾；《多莉》中闪闪发亮的干净的玻璃罐；《声音》中妈妈的黑色天鹅绒裙子；《庇护所》中"闪亮的银勺""深色的地板""晾衣绳上的床单和纺织品"；《亲爱的生活》中得了帕金森综合征的妈妈依然坚持做家务等。门罗既写出了这些家庭妇女在家务活动中的能干，也写出了她们的辛劳，其中也必然包含了日复一日的重复感带来的疲倦和厌烦，以及她们内心对激情、爱、自由等欲望的憧憬和冲动，这些因素交织在一起，就出现了门罗小说中描写的婚内出轨，母女之间紧张甚至对峙的关系，以及由此带来的生活的种种善变和可能性。这种真实的生存境遇才是门罗作为一名女性、家庭妇女、母亲一直想书写的。所以说，门罗的"女性书写"来源于自身经验、切身体会以

---

[1] [加]爱丽丝·门罗，[瑞典]斯蒂劳·阿斯伯格：《爱丽丝·门罗：在她自己的文字里》，吴永熹、江楠、柏琳译，载于《名作欣赏》，2014年第1期，第51页。

第四章
超性别书写：门罗女性书写的两性关系之维

及立足小镇多年的生存经验，她笔下的母亲不是西苏笔下具有伟大的包容力和创造力的理想化女性形象，而是有着各种琐碎的生活烦恼和心理压力的女性形象。

归纳而言，门罗笔下的女性看似柔弱，在婚姻的围城内是"他者"的从属地位，实则她们也会像男人一样强大有力，成为生活的主导者；男性看似拥有强权，在家庭中处于主导地位，但是揭开"菲勒斯中心主义"（Phallocentrism）的虚假面具，男性则往往脆弱不堪，甚至变成依赖女性的被动者。这样门罗就将女性从他者的从属地位拉回了具有一定主体性的位置，让那些"至尊"的男性从"神坛"走下来，表现出被动、柔弱的一面。在这个意义上，我们可以说，正因为"双性同体"并行不悖地存在，才将男女两性身上的混合特质更好地展现出来，而不是陷入一方抹杀另一方，或一方追逐另一方无休止的二元循环中。性别在差异流动中才能表现出其魅力，门罗的这种消解固化性别气质的思想正是她对女性主义的超越与发展之处。

4.3 生活中谱出两性关系的"和谐音"

《亲爱的生活》是艾丽丝·门罗在 2013 年获得诺贝尔文学奖前夕出版的最后一部小说集，正是此书的出版，才让她决定宣布从此封笔。这部被公认为"最丰富、最完美、最个性的集大成之作"的短篇小说集是门罗对以女性为核心的"人之存在"问题的最后思考与表达，更是一本关于人生的智慧之书，小说没有掺杂任何说教性质，每一个读者置身其中，其收获和感悟均取决于读者自己。翻开《亲爱的生活》，读者可以感受到在这趟"生活之旅"中，所有的事情似乎都没有按照我们固有思维所希望、期待的那样发生。两性关系中，男性固然有种种缺点，但是门罗并没有一味盲目地批判；女性的生存现实固然复杂，但是门罗让女性从经历中关注自身的感受，追寻自己的理想人生与未来幸福。男女两性的关系绝不是非此即彼的截然对立，二者终究会在生活中逐渐接受自我、接受他者，并形成一种相对和谐的关系。人生的终曲中，我们终将原谅自我、原谅他人、原谅这个世界。门罗把自己所有的才华用于书写真实的生活本身，以及那些通过反思自我可以到达的理想彼岸。她对平凡人物的聚焦，对平凡人生的书写，对平凡生活的洞见，无不彰显着她对男女两性关系的和谐倡导——回归生活，回归存在之家。正如蔡芳指出："如果把人生比作长长的画卷，那么门罗的小说就是一个个提炼凝缩的耐人寻味的篇章。再跌宕的情节在她的笔下，也只是缓缓道来，发生得那么突然那么不可思议，又那么自然洞悉人性。笔墨所及都是生活中的普通人物。刚到故事高潮，就已是小说尾声，戛然而止，留下无穷想象空间。仿佛在预示着，小说虽然已经结束，但生活正如火如荼，才刚刚拉开序幕。"[1]

4.3.1 原谅他人，接受自己

门罗的很多作品基本上描写的是加拿大某一个平凡小镇中各种平凡人物的普通生活，但是读者只要细心研读并思考，就会发现在凡人凡事的平淡生活中，时常隐藏着不平凡的事情扰乱他们的正常生活秩序。平淡生活的善变性，看似毫无征兆、没有缘由，但其实又暗含着某种必然性，这种对生活的描写方式不仅可以放在某一个平凡人的生活中，还可以放在加拿大的民族文化中乃至第二次世界大战后整个世界性语境中进行解读。施秀娟认为："门罗的短篇小说写小镇故事，勾勒小镇人物看似平常主旨却非常深刻。她写出了生活的矛盾，暴露了人性的问题，反映了加拿大社会伦理和家庭伦理。"[2] 这正是门罗女性书写的意义所在：平凡的生活，放之四海，大体相似，但平凡生活中的善变却各有各的不同。同时，虽然生活充满了善变和种种波折，人类对命运的选择充满了无奈，但是普通人的日子永远会进行下去。正如批评家指出："门罗便善于发现此类普通生活中的事件，

---

[1] 蔡芳：《云之端：剑桥游学随笔集》，青岛：中国海洋大学出版社，2015年，第223页。
[2] 施秀娟：《中外文学风景》，桂林：广西师范大学出版社，2020年，第82页。

这样的写作符合我对文学和人生的理解，因此说，门罗是一个真实的普通人。"[1]

《亲爱的生活》中通过 14 篇短篇小说来展开对普通家庭的生活描写，从这 14 篇文本中，读者除了通过一些具体的时间点可知这是在二战前后的时代背景，其他几乎没有任何可以推敲的时间点，分散的情节似乎也没有很明显的直接联系，这种小说特色不仅来源于门罗叙事方式的有意为之，同时也和她的叙事内容有很大的关联。正如张磊指出："这正是门罗高明之处，她并不是要'故意'整合一个简单、明晰的情节，而是要像一个客观的'局外人'一样，将同一时间点下发生的情节一股脑地、原原本本抛出来，让读者也积极地'参与'到文本的构建之中，挖掘出这些分支情节之间内在、深刻的逻辑联系。"[2]

门罗小说中故事所发生的地点基本上集中于"门罗小镇"，以及在这些小镇中形形色色的家庭中各式各样平凡人物的平凡琐事。叙事的内容基本上不涉及宏大且严肃的时政要闻，或者天下大事，而只是围绕着家庭内外的生活进行展开：夫妻关系、家庭事务以及由此而展开的生活奇妙旅途。在这场旅途中，门罗不是"导游"，她更像是一个"售票员"或者"放映员"，她只是负责给你打开一扇生活之门、人生之窗：母女关系、父女关系、中年人问题、老年人问题、孩童问题、生死问题等日常生活的各个方面依次展现在面前。门罗也不喜欢描写特别重要的、伟大的人物，她关心的几乎全是普通人物：学生、医生、教师、会计、士兵、诗人、工程师、建筑师以及家庭主妇。即使涉及人物彼此之间的紧张关系，也不会让他们最终发生不可调和的冲突。故事中所发生的一切像是现实生活般如此平凡真实，却又充满艺术张力。正如学者周怡指出："从很大程度上而言，门罗的作品之所以有如此吸引人的魅力，也正是因为她的故事深深扎根于生活，具有

---

[1] 宋宇晟：《学者谈门罗：非女性主义作家 读其作品不能着急》，中国新闻网，2014 年 1 月 12 日，https://www.chinanews.com.cn/cul/2014/01-12/5725778.shtml。
[2] 张磊：《崛起的女性声音：艾丽丝·门罗小说研究》，北京：中国财富出版社，2014 年，第 187 页。

鲜明的地方色彩和浓郁的生活气息。"[1]

在普通的个体生活中，总会发生一些事情，也许我们一时无法理解自己与他人，也不想原谅自己与他人。像《砂砾》中我眼睁睁看着姐姐的溺水死亡而没有及时告知大人，导致我成长的过程中总是受到噩梦困扰，无法释怀，一再探究追问自己是否对姐姐的死负有很大的责任，也一再追寻卡萝之死的真相。但"我"寻找真相的意义也不过是为了最后能坦然地接受自己，实现和自己的和解。就像继父尼尔的处世哲学："就是无论发生什么都欣然接受。一切都是礼物。我们给予，我们接受。"（第88页）当"我"一再向他追问卡萝之死的真相时，他告诉"我"这一切不要紧，他认为："重要的是开心。""试试看，你可以的……这和环境没关系。你无法相信这种感觉有多好。接受一切，然后悲剧就消失了。或者至少，悲剧变得不那么沉重了，而你就在那里，在这个世界无拘无束地前进。"（第101页）同样地，在《离开马弗里》一文中，曾经那么不谙世事、胆怯的利亚最终却做出离家出走私奔的举动，甚至还爆出通奸、酗酒等各种丑闻，雷觉得这所有的事情会发生在一个曾经在自己面前胆怯害羞的小女孩身上非常不可思议，但是他也明白："谁对谁错？"这些事情并没有人在乎，重要的是"那个女孩已经长大，像其他所有人一样学会了沾沾自喜，讨价还价。"（第79页）或者像《夜晚》中还是少年的我多次抑制不住想掐死自己最爱的妹妹的冲动，并且因为这种想法无法克制而长久地失眠，当爸爸得知后，告诉"我"不用担心，"有时候人们会有那样的想法"（第163页），我才明白自己并不是个异类，从此便接受了自己坦然入睡了。抑或者像本书中最后一篇文章《亲爱的生活》中我因为没有参加母亲的葬礼而没有见她最后一面而心生内疚，但是面对这些不可理解与无法原谅的事情，我们所能做的正如书中所说："我们总会说他们无法原谅，或我们永远无法原谅自己，但我们原谅了，我们每次都原谅了。"（第296页）

《亲爱的生活》英文原本的书名为 *Dear Life*（可译为《亲爱的生活》《宝

---

[1] 周怡：《艾丽丝·门罗：其人·其作·其思》，广州：花城出版社，2014年，第11页。

贵的生活》《美好的生活》），来自于小说中的最后一篇，实际上原文题目为 For Dear Life（可译为：拼命、竭尽全力、为了宝贵的生活或者美好的生活），对于这样省略了一个介词而达到一语双关的安排，周怡认为这样："使得整个词语的意义发生了完全的逆转。这种意义的双重性，正是门罗所要表达的哲学观。"[1] 门罗借由这一书写和表达方式使自己在灵魂中实现了与过往的和解、与两性关系的和解、与母亲关系的和解以及与自己的和解。这种和解也预示着门罗对男女两性关系在矛盾的价值观中寻求到的平衡。最终，读者会发现生活是一个圆形流散的过程，对于此，我们能做的是接受生活所安排的一切。因为，这就是亲爱的生活、亲爱的人生。

4.3.2 逃离也是一种人生

门罗笔下的女性不是刻意抱着一定要追求男女平等、推翻父权制的压制统治而选择逃离反抗的，男女两性世界也不像传统女权主义作家笔下描写的那样紧张对立，一方施加压迫，另一方寻求反抗的典型二元对立模式。门罗审慎地避开"男女平等""父权制度""阉割情节"等女权主义的各种旗帜鲜明、具有强烈政治性的口号而不谈，其匠心之处就在于她可以超越传统女权主义"二元论"看到所谓的"男女绝对平等"是不可能实现的，因为男女本身就是不同的。而男女两性气质是流动多变的，男女两性关系也绝不是对抗的，空谈平等与一味对抗都是不现实的，人与人之间关系的复杂性与善变性，只有身临其境、步入婚姻、步入生活的女性才能感受得到。从这个意义上说，门罗的作品是真正意义上的"女性书写"。同时，门罗也没有去预设自己的读者是不是女性，她不在乎去启发任何人，也不在乎去传达任何理念，她认为只要读者在阅读时能获得快乐就足够了："只要她们读我的书时很享受，我就不在乎她们是否要受到启发。与其让人们得到更多启发，不如得到更多愉悦感，这才是我想要的。我想让人们享受我的书，让他们感觉到（这书）从不同角度和他们的生活息息相关，但是那也不是

---

[1] 周怡：《艾丽丝·门罗：其人·其作·其思》，广州：花城出版社，2014年，第163页。

最主要的事情。我试图说明的是,我并不是一个很有政治倾向的人。"[1]

《火车》中等待杰克逊归来的艾琳,期待他实现之前曾对她许下的结婚承诺,最后因为杰克逊的仓皇逃离而落空。多年后,杰克逊无意间看到了艾琳,依然没有选择相认,但是杰克逊知道,无论自己曾经做过什么,艾琳会立马认出他,"无论他发生了怎样的变化。她会原谅他,是的,立即原谅他"(第200页)。即使心理如此明白,杰克逊仍然没办法做到和艾琳相认,而最终选择了再次逃离。《骄傲》中"我"无法接受奥奈达提出的两个人在一块可以"像兄妹"一样的关系居住在一起,其实根本上是无法做到接受先天缺陷的自己。当有人建议"我"现在医学发达了,可以去做相应的整形手术时。"我"知道她是对的,但就是"没法做到走进某个医生的诊所,承认得到自己某样没有的东西,对此我又能怎样解释呢"(第142页)。无法解释,也无法接受这样的自己,使得"我"最终错过了奥奈达。

《多莉》中因为丈夫和前任在家中相认后表现得过分热络,"我"心中醋意大发,便选择离家出走——逃离。当"我"走在路上感觉到"发生在我身上的事情并非不同寻常,我想。在书本里不是,在生活中也不是。应该有,也不一定有,应对这种事的被滥用了的办法。比如像现在这样走路……"(第232页)"我"意识到这样的事情并不只是发生在"我"一个人身上,而"我"能做的实际上是什么也不能做,逃离家庭之后,"我"只能在一个陌生的地方压马路。而周围所有的事物,"所有的店铺和招牌都是一种侮辱,所有的汽车停下和发动的噪音。到处都在宣告,这就是生活。仿佛我们需要它一样,更多的生活"(第233页)。实际上,我们无法逃离真正的生活,因为你我都在生活之中,我们能做到的也许就是坦然接受。意识到这一切的"我"在第二天选择回到了家中。同时,《砂砾》中"我"在成长后一再寻找当年卡萝之死的真相,到底谁应该负真正的责任,当继父告知我接受这一切,内心的悲剧就会消失时,我知道他说得对,可是内

---

[1] [加]爱丽丝·门罗,[瑞典]斯蒂劳·阿斯伯格:《爱丽丝·门罗:在她自己的文字里》,吴永熹、江楠、柏琳译,载于《名作欣赏》,2014年第1期,第52页。

心依然做不到:"我明白他的意思,这么做是对的。但在我心里,卡萝仍然不停地朝水边跑去,跳进水里,仿佛带着胜利的姿态,而我仍然不知所措,等着她向我解释,等着那哗啦一声。"(第 101 页)明白所有的道理,可是"我"还是做不到。这种做不到是门罗在接受之外,所要强调的另一个生活哲学。就像她在采访中谈及《逃离》中女主角卡拉最后为什么逃离之后又选择回来:"然而,当她试图逃离时,她意识到,她就是做不到。离开是明智的,她有一大堆理由这么做,但她就是做不到。怎么会这样?这就是我要写的东西。因为我不知道'怎么会这样',所以我必须得留心,这其中有东西是值得留心的。"[1]正如在生活中永远有很多事情你不知道怎么会这样,但是却真切地发生着。

男女两性之间的关系不仅仅止步于平等与否的问题,门罗想要探讨的要比这个问题更深一层,即在平等与否之外,更重要的是生活本身,更重要的是两性为了个人价值与自由的追求,在生活中所付出的种种努力与各种尝试。相比较前期小说中描写的一直用各种努力试图逃出婚姻围城的做法,在《亲爱的生活》中所展现的是女性面对婚姻困境,她有所感知,也依然可以"逃离",但是却发现自己做不到,或者做到了最终也只是再次回归到"围城"之内;也不再是主观上为了"逃离"而"逃离",而是心中某一个不可明确的想法,或者是生活中发生的不可预期的事情,导致了这一切的发生。婚姻乃至生活围城困境之下,逃离为什么做不到?为什么而逃离?逃离之后命运出路在何方?为什么逃离后又归来?这些才是门罗所关心的终极问题。对于这些问题,门罗认为最关键的是无论作出什么抉择,命运都应该掌握在自己手里:"如同贾米森太太会说的那样——也像她自己满怀希望可能会说的那样——把自己的命运掌握在手里。不再有人会恶狠狠地怒视着她,不再有人以自己恶劣的心绪影响着她,使得她也一天天地

---

[1] [加]爱丽丝·门罗,[美]莉莎·迪克勒·栗野:《点燃创作的火焰》,张小意译,载于《上海文学》,2014 年第 1 期,第 84 页。

愁眉不展。"[1]所以，门罗笔下也有女性在逃离之后会选择再次回归到原来她渴望逃离的那个"围城"之家，只是这次回归不是女性再次甘愿"画地为牢"或者"绝望而返"，而是最终寻找到自己真正想要的生活，明白婚姻与生活、自我与人生二者之间的微妙平衡："现在她明白，她——也就是卡拉必定在夫妻关系上也是能够得到幸福的。她如今唯一希望的就是没准卡拉的出走与感情上的波动能使卡拉的真正感情得以显现，而且认识到她丈夫对她的感情也同样是真实的。"[2]门罗所要探讨的是女性作为一名"女性"，她不断在女儿、妻子、情人、母亲、本真自我之间艰难地选择与取舍，在生活的洪流中，她们要凭借自己的不断探索去寻找令自己满意的生存方式，牢牢地将命运掌握在自己手中。而读者亦可以在脑海中自由解读门罗短篇小说中的女性书写方式及其意义，发掘自己所能看到的、感受到的、想要的女性生活方式和人生意义。也许，这样的读者"再创造"式阅读与启发才是作为作家的艾丽丝·门罗最想看到的。2013年门罗获得诺贝尔文学奖，颁奖者对她的评价是："她的人物不可能或不希望当时、当地就能理解所有事情，而只在经过长时间之后，至多以一种神示般的形式揭示出来。她指出，本质上，我们内心最深处的自己是其他人无法接近的，甚至在逃避着我们自己——除非一切已不得不面对。"[3]正如赵小琪指出，门罗小说中的"逃离叙事"，最终是逃离还是皈依？其实"门罗在文本中并未给予明确的答案。这是门罗对逃离者自主选择的尊重，也是她对读者自由诠释的尊重"[4]。正基于此，刘文对门罗评论道她："以平淡的叙事探讨了人性的复杂，描写了顿悟瞬间、开悟以及精妙的启示。"[5]

---

[1] [加]艾丽丝·门罗：《逃离》，李文俊译，北京：北京十月文艺出版社，2009年，第34页。
[2] [加]艾丽丝·门罗：《逃离》，李文俊译，北京：北京十月文艺出版社，2009年，第45页。
[3] 2013年艾丽丝·门罗诺贝尔文学奖颁奖词，参见http//www.nobelprize.org/nobel prizes/literature/laureates/2013/presentation-speech.html。
[4] 赵小琪主编：《诺贝尔文学奖作品导读》，武汉：武汉大学出版社，2020年，第296页。
[5] 刘文：《神秘、寓言与顿悟：艾丽丝·门罗小说研究》，杭州：浙江大学出版社，2014年，第1页。

4.4 本章小结

本章主要以"超性别"书写为对象分析艾丽丝·门罗女性书写的性别之维。通过对门罗短篇小说男女两性关系的梳理，可以看出，门罗不仅关心女性的生存状况，同样对于男性的形象气质以及男女二性之间的关系也格外关注。读者在小说中看到的男性并不是传统意义上伟岸崇高、处于支配地位的形象，即使描写战士，也主要是体现出他们敏感、怯懦等脆弱的一面。同样，女性的形象也并不是传统意义上那样温柔、贤良、脆弱，具有牺牲和奉献精神，在男女两性关系处于被支配地位。相反，她们很多时候比男性更加果敢坚强、敢于挑战陈规并追求理想人生。由此，门罗实际上是想探讨男女两性的气质、关系、界限并不是传统作家描写的那样截然对立、一成不变。相反，两性之间的性别意识与关系是变动不居、相互流动的。

像"角斗士"一样勇敢追求自己想要生活的女性形象是门罗塑造的核心女性形象之一。尽管在门罗书写的年代，女性的言行举止、人生选择仍然受制于家庭乃至传统规训，但是通过文学书写，门罗创造了更多迥异于传统的女性人物形象。在少女时代，女孩子不仅仅是单纯的代名词，在《砂砾》《庇护所》等小说中能够看到她们阴暗的一面。在《逃离》中可以看到成为妻子时，女性也并非全身心奉献给自己的丈夫，另一方面，她们也为了争取自己的幸福，勇于"逃离"、敢于"探索"，甚至会像个"角斗士"一样勇敢地斗争。成为母亲时，相对父女关系而言，母亲和女儿要处理更加矛盾紧张的母女关系。通过女儿、妻子、母亲这三个女性重要社会身份的探讨，门罗为我们呈现了区别于传统男性作家笔下或"天使"或"妖妇"或"地母"的女性人物群像，同时也区别同时代女性主义作家塑造的带有鲜明的女性主义倾向的"女强人"女性，这样的女性形象展示，无疑为我们探讨独立女性究竟应该是什么样提供有益的思考。

《逃离》中回避的、脆弱无能的男性，是门罗短篇小说中侧重塑造的男性形象。在叙事过程中有时是直接以男性视角，有时是中途加入男性叙事声音，以便更好地与女性叙事视角展开对话。在《砂砾》《骄傲》《漂流到日本》等文本中集中呈现的男性并不是无所不能的英雄人物，相反，他们时常陷入困境不知所措，在家庭中无法处理好婚姻关系，在生活中无法处理好人际关系，这种无能、无力透露出男性身上也会有阴性气质与弱性特征的一面。

　　总之，通过对门罗短篇小说中男女两性形象与气质的塑造可以看出，门罗试图对男女两性二元对立的传统观念质疑。回到门罗所处的年代，二战后的社会环境氛围，多元的价值取向，使得人们对生活中二元对立的价值观不由地发出质疑：在性别上，是否男女两性一定是截然不同乃至对立的？是否男性一定勇敢刚强？是否女性全部都是软弱无力？面对这些问题，门罗并没有直接给出一个固定或者标准的答案，她通过小说书写将两性关系融入现实生活之中，当一切回归到平凡的生活，方可以看出两性之间紧张对立的关系其实自然会日渐缓和甚至趋于消解。

PART FIVE
第五章

对"娜拉困境"的回应:
门罗与张爱玲的对读之维

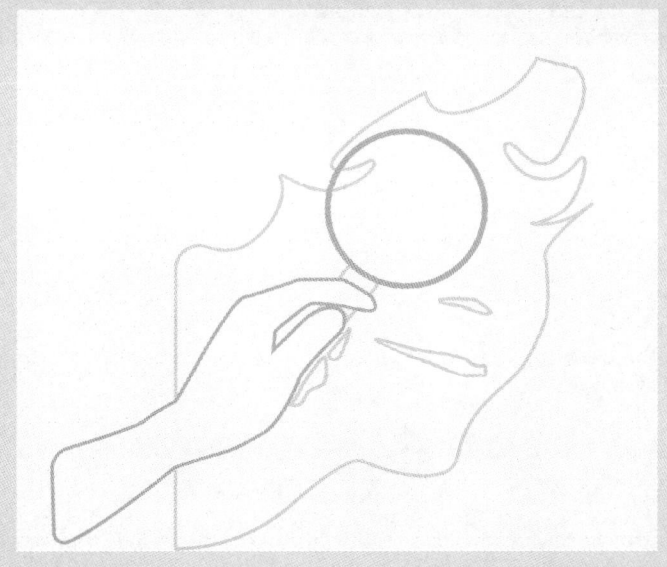

第五章
对"娜拉困境"的回应：门罗与张爱玲的对读之维

"女性的逃离"作为门罗小说的一个核心命题——众所周知，门罗的短篇小说《逃离》是这个主题范围内的代表作——贯穿于她前后期的创作。事实上，受到压抑的女性逃离眼前的生活、家庭、婚姻，极力挣脱现在的社会或伦理身份，这本身就是一个在世界范围内都够引起广泛共鸣的主题。对于现代中国而言，易卜生的话剧《玩偶之家》的译介传播，围绕着"娜拉的出走"这一话题引发国内热烈的讨论，而这成为引导中国妇女自我觉醒的先驱话题之一。笔者认为，"出走"只是"逃离"的另一种说法而已。[1]

5.1 中国式逃离与门罗式回应：从"娜拉出走"谈起

易卜生的《玩偶之家》讲述了女主人公娜拉从爱护、信赖丈夫到与丈夫决裂，认清自己在家庭中"玩偶"般从属于丈夫的地位，最后离家出走的故事。1918年6月15日，《新青年》出版《易卜生专号》，在胡适等人的介绍下，剧中女主人公娜拉一举成为思想解放、妇女解放的楷模，以至于"世界上不知有哪个国家能像中国一样创作了如此众多的娜拉型剧本"[2]。其中，胡适的《终身大事》、熊佛西的《新人的生活》、侯曜的《弃妇》、郭沫若的《卓文君》、欧阳予倩的《泼妇》等都可算作《玩偶之家》的中国化变体。鲁迅是最早对"娜拉"这一充溢着时代激情的富有感召力的形象表现出冷静思考的学者。他看到了被一种劝诱式的浮面热情遮蔽掉的出走的娜拉们可能遭遇的现实窘境：

> 然而娜拉既然醒了，是很不容易回到梦境的，因此只得走；可是走了以后，有时却也免不掉堕落或回来。否则，就得问：她除了觉醒的心以外，还带了什么去？倘只有一条像诸君一样的紫红的绒绳的围巾，那可是无论宽到二尺或三尺，也完全是不中用。

---

[1] 事实上，门罗小说集《逃离》在台湾的译本即为《出走》。
[2] 易新农、陈平原：《〈玩偶之家〉在中国的回响》，载于《中山大学学报》，1984年第2期，第133页。

她还须更富有，提包里有准备，直白地说，就是要有钱。[1]

鲁迅一针见血地指出争取女子经济权的重要性，否则"娜拉出走"的结果将不是"堕落"，就是"回来"。然而，此文更深刻的地方在于，鲁迅也并不认为解决了女子的经济权，娜拉们就真的能获得自由与幸福。"在经济方面得到自由，就不是傀儡了么？也还是傀儡。无非被人所牵的事可以减少，而自己能牵的傀儡可以增多罢了。"鲁迅仿佛在暗示，不仅娜拉们的困境永远无法得到拯救，而且这也是无论男女都存在的普遍意义上的困境。

仿佛是为了印证鲁迅"预言"的准确性，十多年后，南京的一位小学女老师王光珍因为出演了磨风艺社推出的"娜拉"一角，竟然在国民政府的干预下被解除了职务。并且，当局以"一个戏子岂能为人之师"为理由，通报全市小学不得聘用她。同时，该校还有三位女学生也被开除或记过，理由是"行为浪漫"。茅盾对此现象不无沉痛地指出：

> 从前妇女问题初初喧腾于口头的时候，许多人都说妇女的社会地位的真正提高须待妇女们有了独立生活的时候，所谓独立生活，自然指自食其力，不必依靠男子。那时候有些"新女子"开口一个"经济问题是妇女问题的中心"，闭口一个"妇女问题就是经济问题"。她们大抵是太太小姐，她们那时好像并没知道有些——而且许多够不上太太小姐身份的妇女不但自食其力而且还要养活丈夫，然而她们何尝有"地位"。现在似乎更加弄得明白些了，单单是不靠男子来养活，还不够提高妇女的社会地位，还有比纯粹的经济问题更中心的问题在那边呢！[2]

茅盾悲哀地发现，哪怕如今的妇女走出家庭以后拥有和男子一样的择业、就业权，能够凭借自己的劳动在经济上不依附于他人，但这只是一种

---

[1] 鲁迅：《娜拉出走以后怎样》，载于《文艺会刊》，1924 年第 6 期。
[2] 茅盾：《〈娜拉〉的纠纷》，见《茅盾散文集》（卷八），上海：天马书店，1933 年，第 132 页。

浮于表面的变化而已。妇女如果想更进一步，想在家庭关系中获得"独立地位"，想在社会上获得"职业尊重"，这仍是一种痴心妄想。因此，无论是从前还是现在，娜拉出走以后所遇到的困境就不限于经济上的困境。但，这种"比纯粹的经济问题更中心的问题"具体指向哪一个方面呢？

事实上，无论是鲁迅还是茅盾，以及众多的中国化的"娜拉"型的戏剧都是将"娜拉出走"作为一个针对现实的社会问题而提出的。因此，我们可以猜想，"比纯粹的经济问题更中心的问题"是否也暗示娜拉们的自我意识方面呢？由此衍生的问题是，长久以来，我们太热衷于从外部的社会环境来看待娜拉们的困境，太注重她们"出走结果"的"成功与否"，而从未从女性在这个过程中的心路历程、情绪意识抑或审美的角度上来看待这个问题。

到了20世纪40年代，"五四"浪潮已逐渐退去，张爱玲在谈论"娜拉出走"时已经是回忆性质的口气："中国人从《娜拉》一剧中学会了'出走'。无疑地，这潇洒苍凉的手势给予一般中国青年极深的印象。"她以"出走，走到楼上"来揶揄"五四"以来对"出走模式"引导的认识惯例，甚至消解了"出走以后怎样"的问题本身：

> 一样是出走，怎样是走到风地里，接近日月山川，怎样是走到楼上去呢？根据一般的见解，也许做花瓶是上楼，做太太是上楼，做梦是上楼，改编美国的《蝴蝶梦》是上楼，抄书是上楼，收集古钞是上楼（收集现代货币大约就算下楼了），可也不能一概而论，事实的好处就在"例外"之丰富，几乎没有一个例子没有个别分析的必要。其实，即使不过是从后楼走到前楼，换一换空气，打开窗子来，另是一番风景，也不错。但是无论如何，这一点很值得思索一下。[1]

所谓"例外"之丰富，是指当下现实中的普通女人的"出走"事件接

---

[1] 张爱玲：《走！走到楼上去》，载于《杂志》月刊，1944年第1期。

近她笔下热闹的滑稽戏,早已经溢出了"五四"时期的观念意识形态。而且,思索的重点应该放在"出走"后的"换空气"和"看风景"的体验,哪怕这种"出走"只是"从后楼走到前楼"。

最能代表张爱玲这一对抗性思考的小说当是她的短篇《沉香屑·第一炉香》。早有学者敏感地意识到,这篇小说借用了"娜拉出走"的审美范式,然而在叙述的过程中"'新生''堕落'或'回来'都不是女主人公命运自然而然的定论,它们作为一种人物及其命运的外在性评判而被主人公对自我形象的感受所代替"[1]。

这样的评价与学界对门罗笔下的"逃离叙事"的评价形成了潜在的对话。对于门罗的创作而言,逃离是一种对自由和幸福的追求,更是一种证明自己"存在"的方式。因此,"逃离结果"的"成功与否"同样亦不是门罗所考虑的:

> 事实上,她笔下一些逃离的人物,最终又回到了原来的生活里,但这并不意味着'逃离'没有意义,因为他们需要在'逃离'中确认自己到底需要什么。逃离看起来是一种对外面世界的探寻,其实是一种对内在自我的审视。[2]

5.2 对"女性生态主义"的呼应和颠覆

门罗与张爱玲虽然身处不同的文化空间,历经着相异的命运轨迹,但两位女作家有着较强的可比性。门罗短篇小说集《逃离》的最早的中文版译者李文俊在接受《南方周末》访谈时也提到:"她跟张爱玲很像。都是写身边普通人的故事,他们的悲苦,他们的哀伤。张爱玲到香港去避难。恋爱也没谈成、没有真正的感情,和门罗差不多。"总的来讲,两位作家都以短篇小说见长,喜欢关注普通人的日常生活,擅长以女性独有的柔婉视角

---

[1] 乔向东:《反驳与偏离——张爱玲小说对于新文学的反抗》,载于《中国现代文学研究丛刊》,1996年第1期,第57页。

[2] 张悦然:《门罗的晚期风格》,载于《文艺争鸣》,2020年第4期,第34页。

探索人物的生存困境和丰饶的情感世界。其中,门罗的短篇小说《逃离》与张爱玲的《沉香屑·第一炉香》不约而同地涉及"女性逃离"的主题。更有趣的是,这两篇小说中的女主公有着极为相似的"逃离路径",无论是葛薇龙还是卡拉,她们都经历了"逃离原生家庭""逃离两性关系"和"对逃离的逃离"的心路历程。本章节试图重返文本,引入"生态女性主义"视角,比较两个文本中的共通性和相异性,探寻其中折射出的东西方妇女有关生存、情爱、婚姻的生命体验和自我救赎。

5.2.1 "真实的生活":从《逃离》看门罗对生态女性主义的呼应

门罗《逃离》中女主人公卡拉逃离原生家庭的理由倒是接近中国"五四"时期在西洋文学影响下所推崇的"追求个人自由"和"追求浪漫爱情"。然而,这两种追求的奠基性情绪源自作为富家千金的卡拉对母亲和继父中产阶级的生活方式的厌倦:

> 她看不起自己的父母,烦透了他们的房子、他们的后院、他们的相册、他们度假的方式、他们的烹饪路子、他们的"洗手间"、他们的"大得都能走进去人"的壁柜,还有他们为草坪所安装的地下喷水设备。在她留下的简短字条里她用了真实的这样的说法:
> 我一直感到需要过一种更为真实的生活。我知道在这一点上我是永远也无法得到你们的理解的。[1]

卡拉似乎是作为一个"自然人"的存在,她对一切机械文明、都市人工制品有着本能的厌恶。在她看来,"真实的生活"当是指与自然建立一种密切的关系。早在克拉克出现之前,她就无法适应现代教育"她是中学里的所谓差等生,是姑娘们众口一词的恶言取笑对象,可是她倒不怎么在乎"。她之所以答应父母继续上大学,是因为她想要学习兽医,"她唯一真正想做

---

[1] [加]艾丽丝·门罗:《逃离》,李文俊译,北京:北京十月文艺出版社,2009年,第29页。

的，从出生以来唯一真正想做的，就是能够住在乡下和动物打交道"（第25页）。

她能爱上克拉克，并为之逃离自己的原生家庭，一个重要的原因在于克拉克是一位马术师。克拉克的日常生活是和动物打交道，这对于卡拉来说，就是她一直憧憬的接近自然的生活方式，"一天，她走进马厩，见到他在往墙上挂他的马鞍，便顿悟自己是爱上他了"（第25页）。离家后，当她正式与克拉克经营马场时，她也一直热爱劳动，"她喜欢干日常杂活时的那种节奏，喜欢畜棚屋顶底下那宽阔的空间，以及这里的气味"。在卡拉和克拉克的日常生活中，文中几次提到作为现代机械文明产物的电脑如何拉开这对夫妻的距离，"克拉克只要有电脑屏幕可以死死盯着看就不会再为别的事情操心了。但是对她来说，最能排除烦恼的还是上马厩棚去为自己找点儿什么杂活来干干"（第11页）。

克拉克沉迷于电脑却不愿意与卡拉沟通，卡拉就只能通过自然的劳作发泄自己的不满。对卡拉而言，电脑加剧了他们夫妻之间的疏离感。并且，当卡拉第二次逃离时，大巴的终点站是大城市多伦多，她坐在车上，内心充满了对现代都市生活的恐惧："打出租车，去那所她从未见过的房子，独自一人去睡那陌生的床。"她惧怕机械文明，"她真是想象不出来。她会怎样去搭乘地铁或是电车"（第29页）。

另一方面，卡拉与自然有着天然的连接，这主要表现在她与动物所建立的亲密关系上。卡拉喜欢照料马匹，"她轻轻跟它们说话，对于手里没带吃的表示抱歉。她抚摸它们的脖子，蹭蹭它们的鼻子"（第10页）。如果说，卡拉对马儿的喜爱尚属人类对动物的"爱心"这个范畴，那么，叙述者将卡拉与母羊弗洛拉并置处理，显示着两者之间存在着奇异的"镜像"和"共生"关系。

首先，小说对母羊弗洛拉的描述是"去动物化"的。弗洛拉小的时候"像情窦初开的小女孩"，长大后则发生变化：

第五章
对"娜拉困境"的回应:门罗与张爱玲的对读之维

  它好像更加依恋卡拉了,这种依恋使它突然间变得明智,也不那么轻佻了——相反,它似乎多了几分内在的蕴藉,有了能看透一切的智慧。卡拉对待马匹的态度是温和的,同时却也是很严格要求的,有点像母亲的态度,可她与弗洛拉的关系却不是同一回事,弗洛拉一点不让她有优越感。(第11页)

  对弗洛拉的描述,无论是来自卡拉的视角还是叙述者的视角,这已经不是一种单纯意义的"拟人"了,弗洛拉在人格上与卡拉是平等的。甚至,当卡拉为克拉克的冷漠暴躁而不开心时,"从不拴住"的弗洛拉会走过来蹭她,"那双黄绿色眼睛里闪烁着的并不完全是同情,倒更像是闺中密友般嘲讽的神情"(第11页)。对弗洛拉的描述常常溢出卡拉的视角,让它直接"生成"一个陪伴在卡拉身边的有思想的女性友人。

  其次,弗洛拉的突然失踪和神秘性的回归也与卡拉的第二次"逃离风波"互相指涉。并且,回归后的弗洛拉再次"消失"。直到卡拉在树林中发现了弗洛拉的骸骨,种种迹象暗示弗洛拉是被克拉克杀死的。弗洛拉被残酷虐杀的结局也隐喻了回归后的卡拉可能面临的危险境地。换言之,如果克拉克会因为弗洛拉"找只相好的公山羊"的"出走"而杀掉它,那么,在经历了卡拉的"逃离风波"后,克拉克表面上恢复了对卡拉的爱,是否暗地里却把弗洛拉当作了发泄他愤怒的"替罪羊"?进一步言之,他隐藏着的对她的控制欲是否也会在某一天变异成一种暴虐的恨意,让她和弗洛拉"殊途同归"?因此,面对弗洛拉的死,一种兔死狐悲、物伤其类的情感让卡拉感觉"像是肺里什么地方扎进去了一根致命的针"(第38页)。

  质言之,考察女主人公卡拉的逃离叙事,梳理她的生命体验、婚姻困境,乃至她和弗洛拉的镜像关系,种种迹象,都呼应了诞生于20世纪70年代末、80年代初的"生态女性主义"。概括而言,虽然生态女权主义有着不同的流派,但基本上都倡导女性对自然的认同,将人类对于自然的侵略等同于男性对于女性的戕害,并且对科技文明持批判态度。也就是说,该派理论反对现代科学打破了人类对于自然的依赖。针对人类利益高于非人类利益成为了一种思维惯式的现象，生态女权主义认为宇宙万物没有等级之分，人与自然界其他生物之间都应该是平等的关系。其中，文化生态女性主义"从一种反科学、反技术的立场出发，通过复兴以女神、月亮、动物和女性生殖崇拜为中心的古代仪式来颂扬女性与自然的关系"[1]。

5.2.2 "人化自然观"：从《沉香屑》看张爱玲对生态女性主义的颠覆

有趣的是，同样是书写女性的"逃离"故事，张爱玲的《沉香屑·第一炉香》中的女性视角却呈现出对生态女性主义的颠覆色彩。

在《沉香屑·第一炉香》中，在香港求学的葛薇龙从原生家庭"出走"到富裕的姑妈家，是为了求得对方资助以供自己完成高中教育。因为上海传说有战事，两年前，薇龙一家三口避居香港。随着香港一天天物价飞涨，葛家的积蓄已经维持不下去，再加上上海的时局又缓和下来，于是，一家人计划回上海。然而，父母的这个决定对薇龙而言却并非理想的选择，她为自己打算："在这儿书念得好好的，明年夏天就可以毕业了，回上海，换学堂，又要吃亏一年。"[2]但她若是执意一个人留在香港，却无法负担一年的学费和生活费。可以说，薇龙走出家庭投奔姑妈乃是出于很实际的经济上的原因。张爱玲说这篇小说代表"上海人"的道德口味，联系到她对上海人之"通"和"奇异的智慧"[3]的剖析，我们可以认为，薇龙的出走一开始就以"海派市民"的精明算计——为求学费不妨小作牺牲，连佣人的气也受——改造了五四时代"出走"女性富于感召力的"飞扬"形象。必须要强调的是，薇龙从家庭出走，投奔富裕的姑妈，经济性的动机并不能算

---

[1] 金莉：《生态女权主义》，见赵一凡编《西方文论关键词》（第一卷），北京：外语教学与研究出版社，2017年，第481页。
[2] 张爱玲：《沉香屑·第一炉香》，见《张爱玲小说》，杭州：浙江文艺出版社，2002年，第16页。本章引自《沉香屑·第一炉香》的内容均出自此版本，随文仅标注页码。
[3] 参见张爱玲：《到底是上海人》，载于《杂志》，1943年第5期，第55页。

作对"五四"精神的对抗。文本表述得很清楚,薇龙像所有的"新女性"一样,希望依靠姑妈的帮助完成学业后实现"知识改变命运"的人生理想。然而,自她第一次踏入了姑妈在半山上的别墅,这样的人生理想就开始动摇了。小说的开端,在香港山头华贵的住宅区,"极普通的上海女孩子"葛薇龙第一次打量姑妈家的花园:

> 姑母家里的花园不过是一个长方形的草坪,四周绕着矮矮的白石卍字栏杆,栏杆外就是一片荒山。这园子仿佛是乱山中凭空擎出的一只金漆托盘。园子里也有一排修剪得齐齐整整的长青树,疏疏落落两个花床,种着艳丽的英国玫瑰,都是布置谨严,一丝不乱,就像漆盘上淡淡的工笔彩绘。(第 8 页)

在薇龙的视域中,半山上的花园是"金漆托盘",园中的玫瑰是漆盘上的"工笔彩绘",与这个"齐整""谨严"的园中花树形成对比的是栏杆之外的面目模糊的"荒山"。薇龙的眼光仅仅锁定在这幢花园别墅之内。这段出自女主人公视角的景物书写已经为弥漫全文的"人工美取向"奠定了视觉基础。事实上,不独是张爱玲,这种"人工美取向"是整个海派小说所呈现出的一种审美特质,"人工美,一般缺乏'崇高'质素,偏于奇巧。它破坏了乡村诗意,瓦解了古典的浪漫情致。像电影摄制场一旦撤去灯光,转换角度,就会暴露出木搭纸画布景的真相一样,这是人工'虚假'的一面"[1]。

从拮据的原生家庭出走,投奔到富裕的姑妈家,薇龙很快被这个声光电色的物质世界所吸引,以至于大自然的山水风景在她眼中常常扭曲成人工制品。当她下山时,阳光照着山背,金绿的色彩在她眼中如同"雪茄烟盒盖上的商标画"(第 18 页),满山的热带树木被日头烘焙"像雪茄烟丝"(第 18 页)。她与乔琪乔初识的夜晚,二人踏月散步,夜空中的黄色的月亮像"玉色缎子上,刺绣时弹落了一点香灰,烧糊了一片"(第 32 页)。当她

---

[1] 吴福辉:《都市漩流中的海派小说》,上海:复旦大学出版社,2009 年,第 120 页。

在别墅二楼专门拨给自己的狭小房间里观雨时，雨点映照水门汀的光"像足尖舞者银白色的舞裙"（第38页）。她因为淋雨而生病，躺在床上，窗外的天色在她眼中"是金属品冷冷的颜色"（第50页）。当她订完回沪的船票，走在回别墅的路上"天完全黑了，整个世界像一张灰色的圣诞卡片，一切都是影影绰绰的"（第51页）。

以上的这些比喻有着一种颠覆的性质，通常意义上的比喻都是由人工到自然，而在薇龙的观视下却呈现出从自然到人工的转化。有学者据此推测："张爱玲这么喜欢用人工世界形容自然世界且刻意混淆两者的界线，既体现她本人对室内物品的细致持久的特别兴趣，也显示了她对都市环境城市情调的美学理解，更渗透了'归根究底，什么是真的？'的哲理困惑。"[1]

在此基础上，我认为，薇龙的视角所呈现出来的"人化自然观"恰恰是对生态女权主义理念的颠覆。同样是逃离家庭，薇龙对于"新生活"的审美感知挑战了生态女权主义所指认的女性和自然所建立的亲密关系。进一步言之，对于薇龙而言，自然必须以人工化的面目出现或者与都市人工制品交融才能给予她视觉上的安全感，她才能以一种游刃有余的姿态进行观视。在小说的结尾处，薇龙和乔琪乔在年三十的晚上驱车前往湾仔看热闹。她挤在人堆里，满眼是夜市耀眼的货品，如"小花瓶""金丝绒""佛珠""十字架""大凉帽"等，然而，大自然却很突兀地撞进了她的视野：

> 然而在这灯与人与货之外，有那凄清的天与海——无边的荒凉，无边的恐怖。她的未来，也是如此——不能想，想起来只有无边的恐怖。她没有天长地久的计划。只有在这眼前的琐碎的小东西里，她的畏缩不安的心，能得到暂时的休息。（第55页）

此时的薇龙已经经历了第二次逃离和复归，她放弃逃回上海，而选择清醒着沉溺于一份堕落的情爱关系中。"自然人工化"是她的自我保护装置，

---

[1] 许子东：《重读〈日出〉、〈啼笑因缘〉和〈第一炉香〉》，载于《文艺理论研究》，1995年第6期，第35页。

因为只有"眼前的琐碎的小东西"才能让她忘记危机四伏的未来。在她悲观的想象和观察中,"天"和"海"对她而言是无法被符号化或象征化的实在之物,如同她在这段情爱中遭受的创伤。于是,她以自己所看到的方式看到所看的对象,以自己所不看的方式忽视那些不可见之物。

5.3 呼应中的变异与颠覆中的认同

无论是卡拉还是薇龙,二人都怀揣着梦想从原生家庭中逃离,奔向自己选择的"新生活"。然而,这样的"新生活"多多少少溢出了二人的预期。对于卡拉而言,她所追求的"真实的生活"——乡村、自然和浪漫爱情——被丈夫日渐火爆的脾性和自私冷漠所消磨。对于薇龙而言,她的"完成学业"动力逐渐消失,她清醒地沉溺于姑妈家的"淫逸空气",对"交际花"的生活已然上瘾。以生态女权主义作为考察两位女主人公自我意识的一个视角,我们可以看到两位"娜拉"对这个理念的呼应和颠覆。

另一方面,虽然两篇小说对于"生态女性主义"有着相反的呈现,但两篇小说对女主人公最后结局的揭示也有着共通之处。卡拉和薇龙对第一次"逃离"后面临的新生活有着截然不同的审美体验,但二人都对"新生活"尤其是其中的"两性关系"感到失望,并再一次萌生"逃离火坑"的决心。然而,二人的"二次逃离"都以失败告终,她们最后的回归意味着"对逃离的逃离"。学界对导致薇龙的"自甘堕落",对导致卡拉的性格中强烈依附性的外部环境都有过深刻的剖析,从而衍生出对女性的生存悖论乃至病态心理的探究。亦有一些学者开始超越外在的评判性的视角,开始从女性主体的欲望出发,探讨两位女主人公如何与自身的欲望角力的故事:

> 葛薇龙的悲剧之所以成为悲剧,不是她个人"自甘堕落",而是因为她是在奋斗之时的堕落,抗争之后的颓败、飞升之后的下坠,因此才显得格外惊心和悲凉。她始终在与自己的内心作战,

在坚守理想和向现实妥协，在她希望成为和不愿意变成的那个人之间作战……[1]

对于卡拉而言，文本借用协助她逃离的有着启蒙者功能的西尔维娅的信件揭示了女性的幸福与自由之间的悖论。换言之，西尔维娅意识到，自己误认了卡拉的幸福与自由是合二为一的。因此，她希望卡拉可以通过这次戏剧性的出走使得"真正的感情得以显现"。质言之，如果女性的幸福必须以牺牲自由作为代价，这种思想意味着对女性主义的暗讽。并且，叙述者通过刻画西尔维娅这样的知识女性，还讽刺了"启蒙者"对他人廉价的同情心、同理心。然而，放弃逃离的卡拉就真的幸福吗？从文中看来，复归的卡拉似乎"赢回"了丈夫的爱。可是结尾处，弗洛拉的尸体仍然意味着某种不祥之兆，让卡拉在余下的生命中不得不活在抵御下一次"逃离欲望"的诱惑中。

以上的论述实际上都建立在一个基本的前提上，也即无论女主人公是"生态女性主义"的意识化身还是"反生态女性主义"，她们的情爱欲望都是自发的、自主的，符合一切浪漫主义小说中的爱情模式。换言之，历来的研究者都以一种浪漫爱情的立场来看待女主人公的爱恋。然而，如果再次代入生态女性主义的视角，我们就会发现卡拉和薇龙的爱情抑或欲望在某些时刻又与"生态女性主义"呈现出更为复杂的纠葛。

5.3.1 局部的变异：甘当俘虏的"女性动物"

上文已提到，卡拉的"昔我""顿悟"自己爱上克拉克是因为看到后者正在挂马鞍。结合上文，我们当然可以推测，当初的卡拉因为喜欢动物所以会爱上一个帅气的马术师。"挂马鞍"的动作是对克拉克社会身份的指认。然而，作为"此我"的卡拉正在酝酿着第二次逃离，她在这样的心境下回忆当初萌生的爱意，在其后还加了这样两句："现在她认为那只是性这方面

---

[1] 邓如冰：《服饰之战：绚烂下的悲凉——析〈沉香屑·第一炉香〉》，载于《名作欣赏》，2008年第12期，第117页。

的问题。仅仅就是性的问题。"（第 25 页）值得注意的是，这是卡拉的"此我"对"昔我"的一次重新指认。表面上看来，"此我"用性本能来覆盖了"昔我"与克拉克在精神上的契合点。然而，"马鞍"作为供人骑坐的器具，意味着人对马的一种控制。联想到张艺谋早期的电影《菊豆》中也有男性将女性扣押于马鞍之下鞭打的镜头，卡拉的"昔我"在"顿悟"爱意的同时也在无意识中将自己与动物同化，将克拉克认作自己的主人。或许，叙述者怕读者无法领悟到这一点，后文还有两处将克拉克对待马匹的态度与对待卡拉的态度并置在一起：

1. 他对马匹有时会显露出来的柔情——对她也是这样。她把他看作是二人未来生活的设计师，她自己则甘当俘虏，她的顺从既是理所当然的也是心悦诚服的。

2. 要是边上没人，她便会隔着他薄薄的夏季衬衫，亲吻他的肩膀，"要是你还想从我身边跑开，瞧我不抽烂你周身的皮肤，"他对她说，而她就会说："你舍得吗？""什么？""抽烂我全身的皮肤呀？""那是当然。"他现在精神头很高，就像她刚认识他时那样让人难以抗拒。

引文 1 出现在二人相爱之初，引文 2 出现在小说接近尾声的地方，即卡拉历经"二次逃离风波"重新回到克拉克身边以后。然而，跨越了这么长的岁月，卡拉对克拉克的爱，仍然置换出马匹对马主人的"柔情需索"，程度上从"甘当俘虏"发展到"甘于受虐"。哪怕她最后在树林中发现了弗洛拉被克拉克虐杀的尸体，她的如"肺部扎进致命针"的痛苦随着时间的流逝也渐渐能够习惯了，乃至"现在再也不是剧痛了"。（第 38 页）从这个意义上来讲，她不仅丧失了作为女性，同样也丧失了作为一个人的自我意识，并且还出自她"主动地放弃"。对于《逃离》这篇小说而言，并不存在学界通常认为的，卡拉通过第二次逃离来印证"女性自我意识的苏醒"的说法。叙述者（无论隐含与否）自始至终没有给卡拉超越身体的自然属性，超越生物过程必然性的机会。而只是把现实中的这一类"卡拉"的生物过程放在一个短篇里，作了一次完整的展示。在展示的过程中，叙述者似乎已经忘记卡拉最初的设定是出生于现代社会富裕家庭的"女大学生"。这种"展示"不禁让人反思老舍在其经典小说《骆驼祥子》中男主人公祥子被冠以"骆驼"这个沉重符号的根由。同样的，老舍也一直把祥子当作动物，而非现代意义上的"人"来塑造。综合考察祥子的遭遇与困境，有学者一针见血地指出：

> "骆驼祥子"之所以是"骆驼祥子"，并非因为他叫"祥子"，而是因为他是"骆驼"，一个庞大的、温顺的、终有一死的动物。老舍将祥子的理想牢牢地压缩、固定在其身体机能上，将其塑造成"身体个人主义"者的时候，实际上就已经堵死了他超越身体自然属性的文化出口，注定了他的灵魂最终"将随着他的身体一齐烂化在泥土中"。[1]

回顾老舍写作《骆驼祥子》的目标"由车夫的内心状态观察到地狱究竟是什么样的"[2]。正是由于这样的社会批判视角的预设，祥子终于成为了"被老舍放置在文化之城北平这个巨大的文学实验室里的兽类"[3]。参照老舍对祥子的塑造，《逃离》中的卡拉与动物——文中不仅出现了马、羊等哺乳动物，还有各种短暂休憩后又飞走消失的知更鸟、鸽子、乌鸦、水鸥等鸟类[4]——所建立的共生关系在呼应"生态女性主义"理念的同时也在局部出现了变异。质言之，生态女性主义在文化上"以批判父权文化入手分析

---

[1] 段从学：《〈骆驼祥子〉与老舍的"实验主义"写作》，载于《江汉论坛》，2021 年第 2 期，第 71 页。

[2] 老舍：《我怎样写〈骆驼祥子〉》，见《老舍全集》第 17 卷，北京：人民文学出版社 2013 年版，第 466 页。

[3] 段从学：《〈骆驼祥子〉与老舍的"实验主义"写作》，载于《江汉论坛》，2021 年第 2 期，第 72 页。

[4] 这段关于鸟儿们在短暂停留后又迁徙的表述被讽刺性地设定在引文 2 的后面。两相对照，动物都能自由选择逃离寒冷地带，而卡拉不仅不愿意逃离，在面对克拉克"抽烂皮肤"粗暴话语却还觉得后者充满魅力。

了环境问题，提供了既解放女性也解放自然的途径"[1]，《逃离》却写出了作为"自然人"的女性"抵抗逃离诱惑"和"甘当俘虏"的悖论。

5.3.2 "认同"的在场："自然之子"与女性主体形而下的欲望

有趣的是，同样的悖反也出现在《沉香屑·第一炉香》的写作中。上文通过提炼葛薇龙的"自然人工化"的审美视域论证了小说所凸显的"反生态女性主义"倾向，然而，在大面积的"颠覆"之中，却存在一处几乎是"认同"的在场，值得我们高度重视。

薇龙初见乔琪乔，觉得他的脸过于苍白，"和石膏雕像一般"，然而，接下来她观察到："在那黑压压的眉毛与睫毛底下，眼睛像风吹过的早稻田，时而露出稻子下的水的青光，一闪，又暗了下去。"（第31页）值得注意的是，薇龙对乔琪乔外貌的第一印象居然逐渐背离了弥散全文的"自然人工化"的视角。从"石膏"到"稻田"，呈现出从人工到自然的转化。可以说，对于薇龙而言，乔琪乔是吹进这个充溢着都市人工制品的物欲世界里的一股清新的乡村田园之风。

小说接下来对乔琪乔的刻画也有意凸显他"野性"的一面。有一个场景，乔琪乔夜里与薇龙幽会，完事以后：

> 他就从薇龙的阳台上，攀着树桠枝，爬到对过的山崖上……这崎岖的山坡子上，连采樵人也不常来。乔琪乔一步一步试探着走。他怕蛇，带了一根手杖，走一步，便拨开了荒草，用手电筒扫射一下，急忙又捻灭了它。有一种草上生有小刺，纷纷地叮在乔琪乔裤脚上……他撑在一棵柠檬树上……他攀藤附葛，顺着山崖往下爬……爬到离平地一丈来高的地方，便纵身一跳，正落在梁家后院子的草地上。

---

[1] 金莉：《生态女权主义》，见赵一凡编《西方文论关键词》（第一卷），北京：外语教学与研究出版社，2017年，第481页。

这段对乔琪乔运动能力的表述,可以证明他在形象上绝不属于"浮华的舞男似的"虚弱小白脸类型。他凭着一系列熟稔的攀、爬、拨、跳的动作,在荒草、月亮、树木的映衬下恍若"自然之子"。值得注意的是,这段对乔琪乔"野性"气质的书写并非出自薇龙的视角,而是叙述者直接的呈现。在我看来,是为了映衬并连接上文薇龙对乔琪外貌有关稻田的联想,再次强化乔琪身体所具备的自然、原始、野性的一面。

薇龙能被这样的乔琪乔吸引,恰恰跳出了弥漫全文的"自然人工化"的审美取向。虽然小说也暗示,薇龙对乔琪的爱欲的兴起也存在法国哲学家勒内·基拉尔所谓的"介体"的激发作用。[1]但是,小说也不断地强调薇龙对乔琪产生欲望的最初阶段也是自发的,"最初,当然是因为他的吸引力,但是后来,完全是为了他不爱她的缘故"(第43页)。也即乔琪"那小孩似的神气,引起薇龙一种近于母性爱的反应"(第36页),"他引起的她不可理喻的蛮暴的热情"(第34页)。可以说,薇龙对乔琪乔的爱,虽然也受介体的些许影响,但更多的还是属于主体对客体的形而下的追求。从这个意义上来讲,薇龙爱上乔琪乔这种风格的男性在一定程度上可以算作是对生态女性主义的认同。

综合《逃离》与《沉香屑·第一炉香》,必须要强调的是,两个文本对生态女性主义的"变异"与"认同"都只是局部性质,它们的存在不能够消解文本主导意义上的"呼应"与"颠覆",而是构成了补充性和颠覆性的"隐性进程"[2]。从而再次证明了在门罗和张爱玲的小说里,伦理理想在面

---

[1] 小说中提到,薇龙最初对乔琪乔产生好感,有一部分原因在于乔"是她所知道的唯一能够抗拒梁太太的魔力的人"。其次,在她与乔琪共度的夜晚,薇龙的内心活动为"这一点愉快的回忆是她的,谁也不能够抢掉它。梁太太,司徒协,其他一群虎视眈眈的人……"按照勒内·基拉尔在《浪漫的谎言与小说的真实》中所提出的主体、客体、介体的"三角欲望"理论,梁太太和其他的爱慕乔的女性都构成了薇龙的欲望介体,薇龙对乔琪的欲望在竞争者/介体的激发下愈加强烈,与此同时,作为欲望客体的乔琪便越发熠熠夺目。

[2] 申丹发表在《外国文学研究》2013年第5期的《何为叙事的"隐性进程"?如何发现这股叙事暗流?》一文中提出了这个概念。她在文中指出:"在不少叙事作品中,存在双重叙事进程,一个情节运动,也就是批评家们迄今所关注的对象;另一个则隐藏在情节发展后面,与情节进程呈现出不同甚至相反的走向,在主题意义上与情节发展形成一种补充和颠覆性的关系。"她将后者这种隐藏的叙事运动称之为叙事的"隐性进程"。

对人性的复杂和不确定性时是破碎而幻灭的。

5.4 本章小结

"娜拉式出走"作为一个 20 世纪初中国文学关于女性想象的经典范式在引发大众热烈讨论的同时，也催生了大量有关"出走女性"的文艺创作。并且，"娜拉"作为五四时代的精神符号，在 40 年代仍然留下很重的烙印，知识女性仍然言必称"娜拉"。以张爱玲为代表的女性作家始以女性的自我意识、审美体验来重述这个主题。在张爱玲和门罗的书写中，"出走女性"所遭遇到的困境未必全然来自外在环境的催逼，沉沦与否也与女性自身的弱点、无意识的欲望紧密相连。更重要的是，哪怕女性在"出走"以后又回到了原来的生活，也并不意味着"出走"没有意义，出走以后的种种体验所凸显的人性幽微才是更值得探寻的。本章选取两位作家有关女性逃离/出走的典型文本《逃离》和《沉香屑·第一炉香》作文本对读，考察文本中的叙述者、人物的视角对自然和现代人工制品的意识感知，通过论述，我们可以看到，"生态女性主义"理念如何在文本中被呼应、颠覆和局部性的变异、认同的过程。

问题在于，考察两位作家对出走/逃离女性的书写，虽说最终抵达了同样的终点，但又如何理解在这个过程中，两部作品迥异的关于自然/乡村、人工/都市、物质/精神的审美观念所凸显的创作思想呢？

门罗出生于加拿大安大略省休伦县文海姆镇的一个以饲养狐狸和家禽为业的牧场主家庭。由于生活在乡村的环境中，她从小就与自然建立了亲密的联系。2010 年，门罗在接受《纽黑文评论》访谈时说："女人需要一种情感的生活，也许她们比男人更加需要。你也知道，如果女人处于糟糕的关系之中，她们会离开，她们会背叛。"她在论及女性的情感和经济独立权的关联时指出：

对打小很穷的人来说,我是说,也许因为我从小家里很穷,所以难得会考虑钱。我本应该考虑钱的年纪,生活中必要经历的阶段,还是侥幸逃脱了。听起来挺古怪是吧,本来穷人家的姑娘应该更实际点的,有可能我因此知道人一穷二白,也是可以活下来的。我年轻的时候,真的是这样的,现在这个时代,大概不会这样了吧。这可能也是一种现实,我这样想,女人惯常是需要情感生活的,哪怕是糟糕的情感生活。

综合来看,门罗所谓的"古怪"与她的个人经历密不可分。追溯其身世,她家的牲口棚搭建于农田、动物、草地、河流围绕的自然乡村空间,母亲体弱多病,她在读书之余还要协助父亲干农活。她在自传性质的作品《亲爱的生活》里回忆自己少女时期的劳作:"那个时候,有时我得帮爸爸干活,因为弟弟还小。我用水泵打新鲜的水,在一排排畜栏边走来走去,清理它们的饮水罐,然后给里面重新注满水。我喜欢这些工作,工作的重要性和频繁造访的孤独正是我所喜欢的。"[1]

如果将土壤、劳作与生命联系在一起,我们可以推测,在门罗的认知中,生存本身就是一件自然而然的事情,无关乎性别,也与繁盛的物质欲望毫无关系。门罗曾在2004年的访谈中表示:"我热爱乡村,无法自拔。"这种观念反映在《逃离》中,我们可以看到,卡拉的逃离无论从最初的动机还是最终的"逃离失败",在整个过程中,女主人公都不存在生存、经济上的困境。也即热爱劳动的女性在广袤的自然面前并没有生存之忧,导致她们逃离的缘由主要是情感上的厌倦或匮乏。然而,小说也没有简单化地处理这一生存问题,因为克拉克从暴虐到平和的转变确实与经济息息相关。值得注意的是,门罗在其较早期的小说《好女人的爱情》中还表达出对工

---

[1] [加]艾丽丝·门罗:《亲爱的生活》,姚媛译,北京:北京十月文艺出版社,2014年,第284页。

业文明入侵自然生态的忧郁。[1]

而张爱玲对物质和自然的看法与门罗形成了潜在的对话。她在自传性质的散文里坦率地承认："我喜欢钱，因为我没有吃过钱的苦——小苦虽然经验到一些，和人家真吃过苦的比起来实在不算什么——不知道钱的坏处，只知道钱的好处。"[2]自小有着优渥家境的张爱玲，居然是个"拜金主义者"（这是张爱玲在这篇散文里的自称），和门罗比起来，张爱玲的金钱观也同样显得古怪。然而，张爱玲又对物质化的沉湎有着清醒的认知，在她看来，刺激性的享乐犹如浴缸里过浅的热水，"坐在里面，热气上腾，也感到昏濛的愉快，然而终究浅"[3]。对于长大后靠写作维生（这同样是一种劳动）的张爱玲而言，物质的意义是带来精神世界的安稳，可以让她以审美的心境来享受都市文明。"像我们这种生活在都市文化中的人，总是先见海的图画，后看见海"[4]，张爱玲对于自然的体验往往需要借助都市人工制品这一外介体。因此，在《沉香屑·第二炉香》才出现了大量"自然人工化"的视觉效果，但这并不意味着在张的世界里，自然就是一个外在的他者。对于"乡村自然"和"都市人工"之间的"隔"，有学者敏感地意识到"张爱玲喜欢把属于自然的农村景致人物移到都市"[5]。张爱玲常常将二者混杂于一起，以审美的视角加以融合："看不到田园里的茄子，到菜场上去看看也好——那么复杂、油润的紫色。"[6]有人回忆张爱玲：

> 新时代的文明是都市的，并且要以都市的光来照亮农村。张

---

[1] 小说的背景被设置在乡镇。一方面，这里充溢着田园牧歌情调。土地上有"小片小片的韭葱和菠菜般鲜嫩的驴蹄草"，女主人公望着河岸的母牛羡慕其惬意的生活，想象着"它们温和的庞大身躯行走于猿麝香和菊苣之间，那鲜花盛开的草地"。另一方面，叙述者又呈现出人类活动和工业文明对此这纯美大自然的破坏。在洪水的作用下，河流每年把大量东西如"成卷的电线""整段完好的楼梯""弯折的铲子"和卷起沉淀到别处。其中，还包括一根牛髋骨被河水冲击到空中卡在漆树的树枝上。

[2] 张爱玲：《童言无忌》，载于《天地》月刊，1944年第7-8期。

[3] 张爱玲：《我看苏青》，见沈小兰编《张爱玲文集》，合肥：安徽文艺出版社，1992年，第234页。

[4] 张爱玲：《童言无忌》，载于《天地》月刊，1944年第7-8期。

[5] 李今：《海派小说与现代都市文化》，北京：北京大学出版社，2019年，第43页。

[6] 张爱玲：《公寓生活记趣》，载于《流言》，北京：北京十月文艺出版社，2006年，第32页。

爱玲，她是彻底的都市的。春天的早晨她走过大西路，看见马路旁边的柳树与梧桐，非常喜欢，说："这些树种在铺子面前，种在意大利饭店门口，都是人工的东西，看着它发芽抽叶特别感到亲切。"又说："现代文明无论有怎样的缺点，我还是从心底里喜欢它，因为它倒底是我们自己的东西。"她喜欢公寓生活，因为公寓里没有住家的那种沉淀的忧伤。[1]

当自然界的树木移栽到都市里的饭店门口，这样的组合让张爱玲觉得"亲切"。在这个层面上，可以说张氏的审美意味着一种"调和"，将自然与人工、乡村与都市的美熔铸于一体。

---

[1] 胡览乘：《张爱玲与左派》，载于《天地》，1945年第21期，第77页。

边缘性：权利话语下"门罗小镇"的空间之维

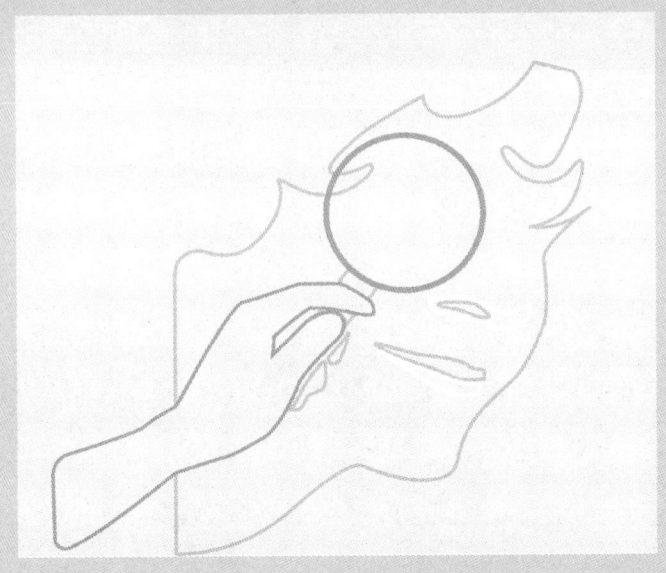

第六章
边缘性：权利话语下"门罗小镇"的空间之维

"门罗是庞大的加拿大女性小说家群体中的一员，是加拿大女性文学传统中有机的一个组成部分。"[1]所以，门罗获得诺贝尔文学奖，带动的是加拿大女性文学乃至加拿大文学的整体繁荣。正如加拿大作家芭芭拉·伦戴尔（Barbara Rendall）在《爱丽丝·门罗："用心去看"》一文中认为，门罗可以和玛格丽特·劳伦斯（Margaret Laurence）、玛丽安·恩格尔（Marian Engel）以及玛格丽特·阿特伍德（Margaret Atwood）一并称为加拿大最杰出的四位女作家，是因为她们对加拿大文学所作出的共同贡献："此前的加拿大文学只不过是英国文学的附庸，土里土气，无足轻重，直到这时，加拿大文学才开始确立自己的独立身份。为这一激动人心的变革锦上添花的是这批新作家中有几位女性作家，她们热衷于为二十世纪的第二次女权运动呐喊助威，她们的写作融合了对女性经验的敏锐探索，和对加拿大社会问题和社会环境的关注。"[2]与此同时，"门罗小镇"也因为门罗的叙述与书写，为加拿大安大略西南小镇打上了特殊的印记，在这个印记背后暗含的是加拿大曾长久地作为英法殖民地国家，这使得其民族心理和民族文学带有一定的"后殖民性"色彩，正如加拿大文学批评家诺思洛普·弗莱（Northrop Frye）在《丛林花园》中谈及20世纪的加拿大"几乎是世界上唯一剩下的一个完全殖民地，不仅在心理上是如此，在经济上也同样如此"[3]。即使在1982年完全意义上取得民族独立后[4]，又因为毗邻美国这一超级大国的地缘性关系，使得"加拿大又成为美国的经济殖民地——其经济和技术几乎完全依赖日趋强大的美国……因此，加拿大文学也带有深深的后殖民主义（post-colonialism）的印痕。加拿大文学的出身卑微，政治和经济上的从属和边缘地位造成了文化心理机制上'他者'（the other）的边缘性

---

[1] 周怡：《艾丽丝·门罗：其人·其作·其思》，广州：花城出版社，2014年，第221页。
[2] [加]芭芭拉·伦戴尔：《爱丽丝·门罗："用心去看"》，林源翻译，载于《东吴学术》，2014年第1期，第90-91页。
[3] Northrop Frye. *The Bush Garden：Essays on the Canadian Imagination*.Toronto: House of Anansi, 1971: iii.
[4] 1982年，英国女王签署《加拿大宪法法案》，该法案的通过不仅意味着加拿大获得立宪、修改宪法的权利，更标志着加拿大取得完全民族独立。

（marginality）"[1]，这使其文学诉求与表达格外关注"边缘"身份与"生存"主题。而门罗笔下写不尽的"门罗小镇"这一地理空间，同样位于加拿大西南边缘位置。小镇中形形色色的人，他们在距离城镇太远但又算不上真正的乡村生活中同样具有一定的边缘属性。而彼时的加拿大女性在传统男权社会中，无论是生活层面还是话语层面也处于相对边缘的位置。门罗正是通过思考这重重的边缘生存体验与书写，来完成对边缘女性身份的建构以及加拿大民族文学的建构。对此，陈晓璐指出："无论是门罗的第一部成名作《快乐影子之舞》，还是最新力作《亲爱的生活》，她的每一部小说都洋溢着厚重的历史情怀和地域意识，也充斥着加拿大文学历来所推崇的民族文学身份的传统意识。"[2]

6.1 "权利话语"下的社会空间及其寓意

门罗笔下的女性描写及身份探讨的主要目的不是争取男女绝对的平等，而是通过描写女性生活思考其背后暗含的权利、性别话语机制，进而追问女性的命运与出路，反思两性之间的关系以及如何使之达到一种和谐的状态。作为历史上曾长期被法国、英国殖民的国家，加拿大的语言、文化乃至民族心理长期以来都带有一定的后殖民色彩，如何在后殖民时代，完成文化乃至精神独立是他们一直反复思考的问题，这也是加拿大民族文学格外关注"生存"（survive）这一主题的原因之一。与此同时，加拿大女性往往也面临着这样一种相似的命运境遇：她们的女性主体地位在本国（男性权利话语占主导）是相对边缘的，女性的边缘性生存体验使得她们迫切渴求摆脱"他者"身份以获得精神独立。因而，门罗笔下书写的女性边缘性生存体验和民族身份的生存境遇似乎天然地具有某种契合性。女性的边缘性生存体验使得她们不断地被边缘化为"他者"，加拿大在"夹缝中"求生的集体意识使得这个国家迫切需要建立独立的话语空间。在这个意义上，

---

[1] 苗福光：《文学生态学：为了濒危的星球》，上海：复旦大学出版社，2015年，第146页。
[2] 陈晓璐：《身份含混、困境逃离和浸染叙事》，福州：福建师范大学，2015年，第1页。

门罗开启了她的女性书写无疑是一种有意为之。正如门罗在美国著名的文学刊物《巴黎评论》(*The Paris Review*)中,谈及女性的生存体验与写作经验时,曾这样说道:"南方作家中使我感兴趣的东西是,这一点我自己也没有真正意识到,我真正热爱的全部南方作家都是女的。我并不真的那么喜欢福克纳,我喜欢尤多拉·韦尔蒂、弗兰纳里·奥康纳、凯瑟琳·安·波特、卡森·麦卡勒斯。我有一种感觉:女性可以写那种怪诞、边缘性的东西。"[1]

6.1.1 民族生存环境的隐喻性表达

加拿大是典型的移民国家,这里曾居住的是以印第安人与因纽特人为代表的原住民。"加拿大"一词源于印第安语"Canada",译为"村庄"或"群落"。17世纪初期加拿大沦为法国殖民地,后被割让给英国(殖民时期,1749—1867)。在加拿大本土,英语和法语作为加拿大两大主体语言,各自独立发展,长久以来难以形成统一的局面。因而,以英、法为代表的殖民文学在加拿大文学中曾长期占统治地位。即使是加拿大独立以后的很长一段时间,加拿大文学在大学课堂中也没有专门开设的课程,更没有确切的定义,而是一直归属在英美文学之列。可以说,加拿大文学从诞生之初就一直受到英、法文学以及高速发展的美国文学的"三面夹击",这是加拿大政治、社会、历史和经济发展在文化上的现实反映,也是加拿大文学从诞生之初就如此渴求文化身份认同的原因。2013年,门罗获得诺贝尔文学奖,这对于经济虽然高速发展,却一直渴望建立具有自身特征的民族文学的加拿大人来说意义非凡,它改变了这个"地图上曾经是一片'哑口无言的地区'"[2],"实现了加拿大人共同的理想,寻求文化身份这一加拿大文学持久而深远的文化情结得以实现。这一历史性的突破改变了加拿大在国际文化

---

[1] 该段引自杨振同先生所译的美国著名的文学期刊《巴黎评论》(总第131期)"小说的艺术"板块中关于爱丽丝·门罗的采访的所有内容均为爱丽丝·门罗口述,珍妮·麦卡洛克、莫纳·辛普森采访与整理而得。

[2] Northrop Frye. *Divisions on a Ground: Essays on Canadian Culture*. Toronto: Anansi Press, 1982: 70.

舞台上的失语症"[1],"我们人口很少,然而我们希望能够产生影响;我们的声音不强,但是我们希望使它让人听见"[2]。门罗曾对于某些评论家把她归为一个地域性作家时谈道:"如果说我是个地域作家的话,那么我所写的这个地域和美国南方有许多共同之处……一个封闭的乡村社区,到处可以看到苏格兰—爱尔兰民族的文化影响。"[3]

作为世界上移民率最高的国家之一,来自不同种族的人在这里交错而居,导致了加拿大的民族信仰、文化传统以及生活方式都存在着多元化的选择。从人口比例看,本土加拿大人实际上只占32%,其他最多的是英属加拿大人、法属加拿大人、华裔加拿大人以及印裔加拿大人和少数原住民。因而,加拿大自始至终都要面临如何在民族统一性和多样性之间维持平衡的问题。同时,国土的大部分疆土被高山横亘,广袤的土地和相对稀少的人口,给早期这里的村落与村落、城镇与城镇之间的往来带来了诸多不便。在这样一片多元混合的多民族文学田野中,开辟出一片具有独特性的加拿大本土民族文学生存发展的土壤,不仅可以彰显本民族意识形态和价值观念,同时也是确立加拿大民族身份的必经之路。正如美国的社会人类学家本尼迪克特·安德森(Benedict Anderson)所言:"民族作为想象的共同体包含了一个民族传统的文化意识形态和价值观念,因而被认为是一种特殊的文化人造物。"[4]

在《亲爱的生活》这部小说中,读者往往看不到传统作家笔下所描写的那种或十分和谐或充满尖锐矛盾的夫妻关系、母女关系、朋友关系、家人关系,对于书中的人物,读者无法简单地评判他们的好与坏,或者所做的事情是对还是错。对于人生,门罗也拒绝任何心灵鸡汤式的灌输,生命

---

[1] 刘文:《神秘、寓言与顿悟:艾丽丝·门罗小说研究》,杭州:浙江大学出版社,2014年,第261页。
[2] Lister Sinclair."The Canadian Idiom" form Malcolm Mackenzie Ross: *In Our Sense of Identity: A Book of Canadian Essays.* Toronto: Ryerson Press, 1954: 236-237.
[3] 丁林棚:《时空的交织:门罗短篇小说中的加拿大民族性构建》,载于《外语教育研究》,2014年第2期,第30页。
[4] [美]本尼迪克特·安德森:《想象的共同体》,吴叡人译,上海:上海人民出版社,2011年,第4页。

的意义、人生的价值以及如何生存等问题都需要读者学会在自己的现实生活中去思考并寻找答案。同时，门罗书写的另一特色是很少直接对人物进行价值评判，叙事者经常采用客观的叙事态度，对人物的选择和命运走向只是进行冷静描写，而很少直接进行道德说教，更不流露出自己的态度立场。这种冷静与清醒的叙事态度也是门罗及其作品能够获得好评的原因之一。正如英国评论家克莱尔·托马林（Claire Tomalin）指出："门罗比凯瑟琳·曼斯菲尔德更为伟大，因为门罗的作品中题材更为广阔，能化寻常为陌生，充满透视的力量，甚至是冷酷的态度。"[1]

门罗之所以在写作中形成这样的叙事风格，既和作家本人的创作习惯与审美趣味密切相关，同时这也是作家彰显自己文学诉求的一种方式。任何文学书写都是作家心灵的外化，也是作家所处时代以及民族、国家发展的一种文学化反映。作为一名作家，门罗深知长久以来加拿大文学一直艰难生存并发展的现实，所以她在小说中虽然描写了形形色色的女性角色以及人生转向，但她创作的核心诉求其实是以女性为核心的加拿大人的生存问题的探讨与追问。在以《亲爱的生活》为代表的后期短篇小说中，当人物在面临"逃离"与"回归"的问题时，她们会表现得更加成熟理性，发现坦然接受一切并活下去才是生活的真谛。正如玛格丽特·阿特伍德所指出的："每一个国家或文化都有一个独一无二的、统一的，并具有象征意义的核心主题……对加拿大来说，这核心象征意念……毫无疑问该是'存活'……而对英国统治下的法语加拿大地区来说，存活的意义更主要在于维护和发展法语文化的斗争。……但是'存活'的中心思想仍是上面提到的第一个含义：坚持不懈，要活下去。"[2]

---

[1] 转引自周怡：《艾丽丝·门罗：其人·其作·其思》，广州：花城出版社，2014年，第162页。

[2] 转引自刘意青：《存活斗争的胜利者——加拿大女小说家和作品评介》，载于《外国文学研究》，2002年第1期，第229-230页。

6.1.2 女性生存心理的边缘性契合

门罗独特的女性生存体验和加拿大人民边缘性的生存体验存在着某种同构关系，正如周怡在《艾丽丝·门罗短篇小说的加拿大性研究》中指出："加拿大的后殖民地经验与长期受到男权压制的女性经验间具有某种共同的身份诉求。"[1]进一步说，门罗是在社会结构、性别结构和空间结构均处于边缘性的现实困境下，试图思考女性如何才能找回真正的自我主体性，并努力构建属于女性自身的话语结构与表达方式。门罗短篇小说中的女性书写正是围绕那些被压抑的女性声音、被掩盖的女性问题以及被忽视的女性真实的体验和生存感受而展开。这种女性书写本身无疑具有重要意义，它能赋予门罗的女性书写以现实深度，推动加拿大女性文学的发展，也能丰富世界女性文学话语实践。正如刘文在《神秘、寓言与顿悟：艾丽丝·门罗小说研究》中指出："这种女性话语在全球化语境下超越了加拿大文学中固有的'殖民心态'，摆脱了殖民历史的阴影，因而具有人类发展的普遍真理和共通含义。"[2]

《亲爱的生活》中，门罗描写了加拿大女性平凡生活中琐碎的经历和细微的感受，这种描写和"旗帜鲜明"的英、法或美国等女权主义作家笔下所描述的女性经历压迫然后反抗的经验并不完全一致。后殖民女性主义文学批评代表人物钱德拉·莫汉蒂（Chandra Mohanty）在《在西方注视之下：女性主义学术研究与殖民话语》中对西方世界和第三世界女性形象话语表述做过非常形象且直接的说明："第三世界妇女的形象便被塑造为贫穷的、没有文化的、受到传统严重束缚的、家庭取向的、没有权利意识的、信奉宗教的、软弱无能的等等，与之相对立的，则是西方女性主义者对自身的表述，西方妇女是受过教育的、具有权利意识的、能够主宰自己命运的、

---

[1] 周怡：《艾丽丝·门罗短篇小说的加拿大性研究》，上海：上海外国语大学，2013 年，第 iii 页。
[2] 刘文：《神秘、寓言与顿悟：艾丽丝·门罗小说研究》，杭州：浙江大学出版社，2014 年，第 263 页。

现代的等等。"[1]实际上,加拿大作为曾被殖民但是很快获得民族独立并发展迅速的发达国家,女性生存经验与解放之路有其自身的特点:一方面,后殖民经验让其不像英、美为代表的西方女性主义自述的那样具有"现代性";另一方面,作为世界性发达国家之一,其女性(在门罗所书写的年代)也不像第三世界女性那样完全没有"主体性"可言。同时,相较于另一位享有国际声誉的加拿大女性作家玛格丽特·阿特伍德积极自称是一名"女性主义"作家而言,门罗作品中的女性主义意味并不十分突出,而且她本人也在极力避免任何意识形态的规训。不可否认,门罗是一名女性作家("女性"写),笔下的书写也以女性为主,也旨在通过书写解放被束缚的女性身体与欲望,传达女性被压抑的声音(写"女性"),但真正使门罗和其他女性主义作家区别开来的是她独特的女性书写方式。她总是在平凡的生活中描写女性身体经验与欲望,挖掘女性心理的变化,比起"压迫和解放",她更关注女性在社会、家庭和人生中的种种复杂性生存体验和自我探求。正如刘小枫所指出的:门罗的女性书写"偏向于女性生理和心理层面的自我空间,从自我觉悟、审视男人与自我审视等角度给予'女人'关注"[2]。

《漂流到日本》《砂砾》《庇护所》《离开马弗里》这四篇小说,主要描述在平淡的婚姻生活中,尽管家庭中琐碎的矛盾、女性的人生感受与经历大同小异,但是她们最终的选择却有可能千差万别。《漂流到日本》中格丽塔对丈夫彼得和女儿凯蒂不是没有爱,只是日常的爱意在平淡的生活中越来越难以让她满足,蛰居的激情、潜匿的欲望却在与日俱增。面对内心的挣扎与矛盾,格丽塔选择踏上寻找情人的火车,并在火车上情不自禁地和陌生男子发生了一夜情。同样,在《砂砾》中,妈妈在日复一日的家庭主妇生活中感到日渐乏味与无趣,她想要更多能够让她感受到兴奋和刺激的"东西"(第98页),于是她无法自持地爱上了那个从外地来的剧场演员尼

---

[1] 转引自罗钢、裴亚莉:《种族、性别与文本的政治——后殖民女性主义的理论与批评实践》,载于《北京师范大学学报》,2000年第1期,第101页。
[2] 刘小枫:《现代性社会理论绪论》,上海:上海三联书店,1998年,第89页。

尔。最终，妈妈放弃了世人眼中幸福完美的家庭以及城镇的安稳生活，义无反顾地选择结束和爸爸的婚姻关系并和她的情人尼尔搬到了乡下。尽管只能住在尼尔的拖车房里，但是，妈妈却是人生第一次感受到了活力。然而，已经有身孕并且马上分娩的妈妈却又忽然决定结束和尼尔的恋人关系，这一切源于女儿卡萝（"我"的姐姐）的意外死亡，尽管妈妈既没有受到打击早产，也知道卡萝的死和尼尔没有任何关系。

《离开马弗里》中，人人都认为嫁给音乐家并育有一儿一女的小镇女孩利亚是幸运且幸福的，突然有一天大家得知她成为镇上那个颇为严肃的牧师卡尔的情人，二人的"通奸"成为小镇人口中的丑闻。这一切并没有让利亚胆怯，她毅然决定结束和丈夫的婚姻关系，然后义无反顾地投身于卡尔。但讽刺的是，卡尔最后并没有选择和她在一起，而是与另外一名女牧师走进婚姻殿堂，利亚谈到这些只觉得可笑。

《庇护所》中，道恩姨妈把生活的全部都贡献给了丈夫，她小心翼翼地为丈夫营造一个"庇护所"。面对丈夫的种种大男子主义行为，她没有任何反感或者表现出任何反抗，而实际上，从她年轻的精神面貌上来看，丝毫看不出她在婚姻中受到任何压抑，这样的丈夫反过来也给道恩姨妈营造了一座令她感到安全幸福的"城堡"，或许她是真的喜欢这样的丈夫并能从中获得精神享受。道恩姨妈这种甘愿受丈夫支配甚至"乐在其中"的女性，和门罗笔下早期那种勇于解放自己欲望的女性形成一种对照。读者在这种对照阅读中，一方面可以感受到故事似乎无法按照自己脑海中预设的那样（传统小说培养的那种思维惯式）进行，另一方面又会感受到我们无法对小说中的人物进行简单的道德评价，也无法判断其中人物的选择是否值得或者正确。确实，现实生活就是如此，平淡中随时隐藏着可能发生的意外，人性也包蕴了种种复杂的可能，所以我们无法设想生活应该是什么样，也无法规定人生本该怎么样。正如门罗说到的那样："我们以为我们把一切事情都琢磨透了，可它们偏跟我们想的不一样。没有一种想法是永恒的。"[1]小说中的人物所做的只不过是一种选择，选择没有好坏之分，因为每一种选择都是一种人生。而读者在阅读中所体会到的一切，也是一种选择，每一种选择都代表着一种生活方式以及人生走向。

门罗作为一名加拿大女性短篇小说家，"在加拿大文学尚不繁荣的年代，以一个大学辍学的家庭妇女的身份开始小说创作，她一直是属于非主流的边缘人群"[2]。而在男性话语为中心的文学表达环境下、宏大历史为中心的主流文学叙事影响下，门罗所坚持的女性书写及其描写的加拿大小镇人物无疑均具有一定的边缘属性。即使放在加拿大文学发展史中看，门罗短篇小说自传性的非虚构写作相对于虚构类的长篇小说写作也是相对边缘的。门罗直觉地感受到："写真实生活的、主流的大部头长篇小说则是男人们的领地。我不知道我是怎么得到那种处于边缘地带的感觉的，并不是因为我是被推到那里的。或许是因为我是在边缘地带长大的吧。我知道，大作家里有些东西我感觉我是被拒之门外的……"[3]质言之，门罗作为女性作家的"边缘感"和加拿大民族的"幸存感"之间存在着一种共同的身份诉求——从"边缘性"的生存体验中建构独立的女性身份和民族身份。周怡认为门罗对加拿大文学乃至世界文学最重要的贡献"便在于她对这种以'空间边缘感'为特征的'加拿大性'（Canadianness）的阐发"[4]。

2012年，《亲爱的生活》一经发表，《华盛顿时报》便评论道："艾丽丝·门罗是公认的加拿大文学财富。这一部新作，有历史的投射、自传性的素材、令人印象深刻的情境、偶尔的怀旧和愉悦的讽喻，再一次证明她名不虚传。"门罗作为一名女性作家，她在作品中所展现的以女性为代表的边缘人物的生存经历和加拿大边缘性的民族历程存在着共通之处。女性对奇特的、边

---

[1] 陶洁：《灯下西窗——美国文学与美国文化》，北京：北京大学出版社，2004年，第423页。
[2] 周怡：《艾丽丝·门罗：其人·其作·其思》，广州：花城出版社，2014年，第203页。
[3] [加]爱丽丝·门罗，珍妮·麦卡洛克，莫娜·辛普森：《小说的艺术——爱丽丝·门罗访谈录》，载于《当代作家评论》，杨振同译，2014年第4期，第199页。
[4] 周怡：《加拿大文学中的地理象征——以〈钱德利家族和弗莱明家族〉为例》，载于《外国文学》，2012年第5期，第4页。

缘性的特质有着天生的敏感性，当她们面临着种种来自家庭、文化、社会的压力甚至是歧视时，会努力在其中寻求个人身份的认同和归属。加拿大民族也经历着来自英美等帝国主义国家长久的"影响的焦虑"，如何努力寻找并构建独立、自主并且统一的本民族身份是加拿大文学要思考的重要问题。

需要指出的是，门罗这种通过社会空间和性别空间的契合来完成对加拿大女性生存空间的心理书写的方式，有别于后殖民女性主义的书写。后殖民女性主义"具有极强的政治性和对抗性，致力于揭示和反抗帝国与殖民以及男性霸权，反对白人中心主义和男性主义"[1]。门罗并不是为了任何政治性目的或者反抗任何霸权，她的女性书写只是客观反映现实女性的生存处境、价值选择以及人物的命运走向，女性在家庭中进入一个"怪圈"，在中心却又不是真正的中心，似乎离开了边缘化的身份和命运，但又永远摆脱不了"边缘性"的体验。女性通过自己的努力似乎在慢慢摆脱边缘化的命运，但是那种无处不在的"边缘性"感受却一直围绕着她们，"在其外""无所依"成了个体在当下社会语境下最大的生存感受。同时，门罗"边缘性"的探索对同样作为统一的多民族国家，以及曾被作为殖民地的国家具有重要的启示意义。在女性独立、民族独立的背后所蕴含的是一套"社会权利话语机制"，只有透视出这种话语机制的内核才能真正地使处于边缘的女性、民族、国家突破"边缘—中心"的二元对立，塑造平等、和谐的对话关系。

6.2 "门罗小镇"下的地理空间及寓意

在描写女性心理的边缘性生存体验时，门罗也思考着加拿大边缘性民族身份，作为一名女性作家，她以独特的女性视角将这些边缘性表达的笔触高度集中在加拿大小镇之中，这些小镇常常以"瓦里、朱必利或汉拉提等化名出现在门罗的小说中"[2]。读者细读就能发现："门罗大部分的作品

---

[1] 肖丽华：《后殖民女性主义文学批评研究》，杭州：浙江大学出版社，2013年，第14页。
[2] 刘文：《神秘、寓言与顿悟：艾丽丝·门罗小说研究》，杭州：浙江大学出版社，2014年，第1页。

都以加拿大安大略省的小镇生活为创作背景，叙述风格曲径通幽，具有浓厚的加拿大风格，也带有强烈的自传特征。"[1]"门罗小镇"是门罗小说中人物展开各种活动的地理空间，也是门罗以女性书写为主体来展开对小镇中凡人、凡事、凡心的故事进行加工创造的叙事空间。这样一座小镇，读者可以在门罗出生并长大的威汉姆镇（Wingham）找到很多相似之处："我们一家人住在这个小镇最不名誉的那一片区的边缘上，住在这座养狐狸和水貂的农场里，我们的事业摇摇欲坠。"[2]事实上，门罗的很多创作经验甚至直接来源于小镇中朋友的倾诉或者广播、电台的新闻。因此，《纽约时报》曾称门罗的"作品聚焦于小镇的生存经验"。《环球邮报》指出："就表达安大略小镇的情感与结构而言，当代加拿大作家中没有人做的比门罗更出色。"[3]所以，有的研究者会对门罗的小说进行现实主义手法的分析，以现实地理空间的书写，剖析其背后深沉的民族情怀与文化意识。门罗笔下的安大略省西南小镇世界是如此的丰富精彩，以至于有学者把它和"契诃夫的村庄"、福克纳的"约克纳帕塔法县"、莫言的"高密县"相比，称之为"门罗之镇"。

6.2.1 西南边陲的小镇世界

陈晓璐认为："在加拿大文学传统中，区域文化对于人的身份塑形作用要远远大于其家族传统、性别甚至是政治倾向所带来的影响。"[4]小镇作为加拿大文化重要的地理表征，"小镇叙事"在加拿大文学中具有举足轻重的地位。门罗的早年生活基本上都在加拿大西南小镇度过，第一段婚姻经历虽然使她暂时离开了小镇，但是，在第二段婚姻开始后，她又再一次搬回了小镇。小说中小镇环境描写和人物描写是门罗生活的一种现实性映射。

---

[1] 黄华主编：《外国小说名著导读》，北京：新华出版社，2016年，第312页。
[2] [加]爱丽丝·门罗，珍妮·麦卡洛克，莫娜·辛普森：《小说的艺术——爱丽丝·门罗访谈录》，载于《当代作家评论》，杨振同译，2014年第4期，第194页。
[3] 转引自周怡：《艾丽丝·门罗：其人·其作·其思》，广州：花城出版社，2014年，第205页。
[4] 陈晓璐：《身份含混、困境逃离和浸染叙事》，福州：福建师范大学，2015年，第13页。

在小镇空间内,门罗聚焦于普通家庭中少年女性的爱情婚姻抉择,中年女性的主妇生活,老年女性的孤独、疾病和衰老问题。金芬认为门罗的故事"扎根于小镇生活,威汉姆镇上的旧人旧事,家庭中的男女关系、男女的社会分工以及谋取生存的方式等,具有鲜明浓郁的生活气息和地方色彩,形成了独具特色的风情美;作品中呈现的丰富多样的女性生活经验,形成了多姿多彩的女性美,一定程度上,丰富了其创作的审美内涵"[1]。与此同时,门罗也思考关于男女两性之间的复杂关系以及生存方式,男女两性的体验与矛盾,这一切描写都使得"门罗小镇"弥漫着浓厚的生活气息和乡土色彩,从而具有特色鲜明的地域特色。所以,有评论家认为门罗的作品"之所以成功,就是因为它的地域性,因为作品'把安大略的社会神话从头到尾做了最为详尽的描述'"[2]。

《亚孟森》描述了这样一个小镇世界:教师薇薇安准备坐火车去往一个叫"院里"的地方,在此,她见到了各色各样的人和事——一个拎着网兜生肉的女人,一个叫了两遍"院里"站的男人,还有一群穿着某种工作服的男人,对这个空间的描述随着火车的到站而结束。火车以它既定的运行轨迹穿梭于各个小镇之间,在空间上它既独立于各个小镇,同时,又可以打破这些空间的格局,并且把这些空间以一定的轨迹连接起来。薇薇安在下火车之后,小说的叙事空间随之转向了医院所在的小镇环境:"接着是一片寂静,空气像冰。看上去一碰就碎的白色的桦树皮上有黑色的印记,某种矮小杂乱的常青植物缩成团,像一只只瞌睡的熊,结了冰的湖面并不平坦,冰面沿着湖岸起伏,仿佛波浪在落下的一瞬间结了冰……当你走近一些,你就会发现桦树皮不是白色的。灰黄色,灰蓝色,灰色。"(第28页)这样美丽的情景令薇薇安不禁停下脚步,因为她感受到"如此寂静,如此令人陶醉",但是,这些陶醉的表情在旁人看来略显滑稽,像是"刚才你站

---

[1] 金芬:《艾丽丝·门罗作品中的女性主义思想研究》,湘潭:湘潭大学,2017年,第32页。
[2] 丁林棚:《时空的交织:门罗短篇小说中的加拿大民族性构建》,载于《外语教育研究》,2014年第2期,第30页。

第六章
边缘性：权利话语下"门罗小镇"的空间之维

在那儿的样子像是迷了路"（第 29 页）。从这里可以看出，薇薇安刚来小镇时，她的主体认知、内心感受和这个小镇中的人有一定出入，这也为她之后逐渐在这个医院感受到的压抑埋下伏笔。下火车后，薇薇安来到医院，在这里有薇薇安的学生、同事以及将会和她发生一段关系的福克斯医生。

医院里学生们"温和又心不在焉"的学习态度，以及孤独而可怜的人际关系使得薇薇安很难完全融入这个环境。她偶尔会去亚孟森小镇的一家咖啡馆吃饭，实际上咖啡馆的菜做得并不好，但是"我在那里会感到更加自在，好似没有人知道我是谁"（第 39 页）。薇薇安有意地选择离开医院去往一个完全陌生的小镇亚孟森。在这个小镇环境中，薇薇安感受到的是自在和放松。在医院的教师工作，她所教授的"临时课笼罩着失败的阴影"，薇薇安开始相信医生说的话："厌烦是敌人。"（第 36 页）医生福克斯也同样住在亚孟森小镇上，随着彼此的渐渐熟悉与了解，二人决定结婚。地点是在另一个完全陌生的小镇——亨茨维尔。但在去往结婚的路上，福克斯却突然决定取消婚礼，给薇薇安买了一张返回多伦多的火车票，并告知以后医院幼儿园也不需要老师了，他还帮助薇薇安写了一封到多伦多工作的推荐信，就匆匆结束了这场订婚之旅。就这样，薇薇安和福克斯就此分手，两个人的关系来得如此之快，使人难以料到去得也如此之快。福克斯熟练地订好了去往多伦多的火车票，他对一切表现得如此轻车熟路以至于让薇薇安忍不住开口问道："他是不是曾经这样送过其他女孩上火车。"（第 58 页）但是福克斯并没有给她任何答案和解释，"他无法把这件事情做到底。他无法解释。他只知道这只是一个错误"（第 57 页）。

那么，为什么福克斯会做出这样一个难以理解的决定？这些细节留待读者进行解读和剖析。联系福克斯的工作和经历，不难发现，福克斯所在的医院接受大量的病人，而这里面的小孩基本上都是肺结核病人——"这里有些孩子会重新回到这个世界或体系之中，有些不会。"（第 35 页）所以作为一名医生，福克斯每天要面对大量的疾病的同时还要眼睁睁看着一个个脆弱、美好、年轻生命的离去，长时间在这种"高压"紧张的工作氛围之下,人也会日益变得不安、警觉、紧张甚至恐慌。他本以为婚姻可以给他带来安全感,可是在尝试着去建立一个正常的家庭(和薇薇安结婚)时,却发现自己根本做不到。联系到当时的社会环境,二战刚刚结束,战争不仅直接带走了大量士兵的生命,也给笼罩在战争氛围之下的人带来了疫病——肺结核,同时也给和这些疫病长期相处的人带来了巨大的精神压抑甚至崩溃。

朱仙鲜认为:"门罗在创作小说中构筑的艺术世界,存在这一片别有特色的'门罗区域',在南方紧紧挨着休伦湖,北部靠近歌德里西镇,东部靠近安大略省的伦敦市。她的小说以加拿大小镇为背景,人物多以在主流社会外的边缘人为主,在小镇与城市、传统与现代的矛盾冲突中拉扯着,在现代化和全球化的冲击下,失落彷徨却又期盼认同、渴求富足。"[1]确实,门罗笔下平凡普通的小镇随处可见,它们就坐落在加拿大某一处不知名的地方,但是这里却每天都发生着加拿大人的真实生活经历。门罗关注这些小镇中普通人的生活并对他们倾注了一生的情感,因为他们对门罗而言意义非凡。这种情感是她对女性命运的关注、双性关系的思考、民族身份的表达,对人之存在关系的哲学思辨以及圆形流散中生命意义的叩问。"小镇就是世界的中心,有着自由的想象,人物的逃离、醒悟和回归。"[2]所以她自己说道:"安大略之于我意义非凡,无论其他国家历史积淀多么深厚,风景多么优美,风土人情多么有趣,我只被安大略独特的景观所吸引,我说那里的语言。"[3]

"在门罗平淡无奇的叙事中常有奇谲的想象与虚构,埋藏着生活中难以预测的危机和不怀好意地嘲弄。"[4]读者需要自己去调动思考和想象才能领略到门罗叙事技巧的艺术性。《骄傲》中,一个长期去教堂的男人(暗示其有宗教信仰)答应奥奈达即使买了她的房子也不会改动,却在买下来后立

---

[1] 朱仙鲜:《论艾丽丝·门罗短篇小说中的小镇世界》,广州:暨南大学,2015年,第10页。
[2] 朱仙鲜:《论艾丽丝·门罗短篇小说中的小镇世界》,广州:暨南大学,2015年,第42页。
[3] 朱晓映:《爱丽丝·门罗:南部安大略女性哥特式写作》,2014-02-03,https://blog.sina.com.cn/s/blog_4aad94dd0101dxbo.html。
[4] 朱仙鲜:《论艾丽丝·门罗短篇小说中的小镇世界》,广州:暨南大学,2015年,第39页。

马"把房子拆了,盖起了一栋公寓楼,四层楼高,带电梯,庭院被改成了停车场"(第 132 页),而那个永远无法克服自卑以及敏感心理的兔唇会计师如此渴望平等,他却忽然产生一种想法:"一切都被吹走了,所有人都变得平等——我不得不说——突然之间,和我一样的人,比我更艰难的人,以及那些普通人,大家都变得平等。"(第 131 页)《离开马弗里》中,一个联合基督教会的牧师会在一天忽然以与教区居民通奸者的身份告诉所有的居民,四福音书和戒条的内容都是虚假的谎言,高呼肉体生活的高贵性。战后唯一幸存的空军中炮手雷·艾略特心里想着"应该用这条莫名其妙被留下来的生命做些有意义的事,但他却不知道是什么事"(第 65 页)。《砂砾》中,"我"眼睁睁看着姐姐卡萝把狗扔进水里,然后跳进水里去救狗,但是因为她不会游泳而在水里淹死。《夜晚》中,"我"不断整宿整宿地失眠是因为"我"总是有种克制不住要掐死自己妹妹的冲动。《火车》中,那个不断逃离,永远不能在熟悉的环境和人中生活的老战士杰克逊。《湖景在望》中,南希似乎一直在去往一个自己找不到的医生的路上,医生主要负责为病人检查大脑,最后南希才恍然明白这只是一场梦,并且自己早已经住在精神病院里。《多莉》中,两个老人携手一起努力寻找的却是一处合适的自杀地点。

　　门罗笔下的小镇世界里形形色色的人似乎又怪异又真实,联系到《亲爱的生活》这部小说集虽然整体故事背景是设定在二战之后的一段时间,但是门罗在小说中并没有极力渲染战争给人们带来的创伤,而只是通过描写平凡的边缘小镇中人物的琐碎日常和命运走向,让人看到真实的生活本身。这也是门罗一贯的写作方式,她很早就学会了"掩饰"自己的雄心壮志,并戴上一副平凡的面具:"如果你是一个作家,你正在用你的生命试图弄清楚一些事情,你把你的推测写在纸上,而其他人将会读到它们。这真的是一件非常奇怪的事情。"[1]门罗正是以这样典型的加拿大小镇的地理空

---

[1] Lisa Dickler Awano, Alice Munro. *An Interview with Alice Munro*. The Virginia Quarterly Review, 2013, 89(2): 180-184.

间描写"巧妙地阐释出了本国所具有的独特的'加拿大性',门罗于文本中塑造的'门罗地域'则描述出了加拿大独具日常生活的现实世界"[1]。质言之,门罗书写的"小镇世界",不仅仅是加拿大边缘小镇生活的再现,也是对于人性层面的普遍意义上的深刻探讨。"门罗的哲思在于作为生命的个体在觉察到自我时的情绪感受;作为生命的个体是如何看待自我和所处周遭世界(包括他人)的关系。"[2]

6.2.2 "居于间性"的地域寓意

"门罗小镇"在小说中已然成为一个重要的意象,具有重要的象征意味。门罗笔下的小镇世界,是人物活动的主要场所,这个场所总是位于加拿大某个普通小镇。它既不属于真正的乡村,也不能算是城镇,是处于两者之间的尴尬存在。而门罗笔下的小镇人物,大多也是游离于主流社会之外的"边缘人"。他们渴望走向城市、获取财富,但是内心又害怕迷茫而感到孤独,所以读者总是能在她笔下的人物身上看到某种既不在中心,也摆脱不了边缘——"在其外""无所依"的状态。正如周怡指出:"加拿大在内存在英裔(新教)内部的疏离及英、法裔(天主教)之间的隔离与猜忌,在外受到美国帝国文化的威胁,心理归属上居于中间无所归依。"[3]加拿大的这种"居于间性"的地理空间在其国民心理层面主要表现为对边缘之感的敏感,这也在一定程度上导致了加拿大人的文化焦虑。门罗笔下,《亲爱的生活》所呈现的西南小镇在加拿大的版图中,处于相对边缘的位置,这种边缘性的地理位置是加拿大民族身份边缘化的一种反映。在这个意义上,门罗展开了对加拿大"小镇叙事"文学传统的续写。

对"门罗小镇"的边缘性地理空间描写在《亲爱的生活》中集中表现在:"我年少时住在一条长长的路的尽头,或者说在我看来很长的路的尽

---

[1] 高程敏:《论艾丽丝·门罗的小镇叙事》,海口:海南大学,2016 年,第 7 页。
[2] 朱仙鲜:《论艾丽丝·门罗短篇小说中的小镇世界》,广州:暨南大学,2015 年,第 19 页。
[3] 周怡:《艾丽丝·门罗短篇小说的加拿大性研究》,上海:上海外国语大学,2013 年,第 iii 页。

头。""我从小学（后来从中学）走回家的时候，身后是真正的镇子，镇上有热闹的活动……"（第 279 页）"这里不像真正的乡下，在那里人们常常彼此了解家里的内情，并且每个人谋生的方式都差不多。"（第 282 页）"她的处境比较尴尬，或者说我们的处境。我们家不在镇上，也不在真正的乡下。"（第 267 页）"它背对着村子；面朝着西边，对面是微微倾斜的农田，农田一直向下延伸到一道被遮住的转弯处，河流就在那里转了一个所谓的'大弯'。河那边是一片墨绿色的常青树林，可能是雪松，但距离太远了，难以看清。在更远处，另一座山坡上，有另一座房子……"（第 285 页）"那座房子在小镇的尽头，空旷的田野开始的地方。从房子里可以看到夕阳。那是我们的房子。"（第 295 页）这样一种处于中心之外的小镇是门罗书写的宝贵源泉和财富。在这个小镇中有两性矛盾的夫妻关系，有紧张的母女关系，有小孩的成长问题，有年轻人的感情问题，有老年人的衰老问题，有疾病有灾害有生死……各种各样平凡的小事在这个小镇中一遍遍地发生，在这种平凡又细致的书写背后所隐含的是门罗对加拿大民族文学、民族身份的表达。有论者认为门罗这些关于加拿大小镇的细致入微的日常描写，呈现的是一种加拿大身份的表达："这涉及加拿大文学在英语国家文学的地位的问题。英语国家文学长期以来以英美文学为主流，加拿大文学处于一个边缘位置，自 20 世纪 80 年代开始就有一种焦虑感，即如何确立加拿大文学的身份、位置。"[1]

威汉姆镇，门罗的出生地，位于加拿大的西南部，其地理位置因比邻美国而处于加拿大相对边缘的位置。这种边缘性的感受和体验是加拿大民族心理在地理空间的内化表现，也是门罗借此来探讨加拿大民族文学的原点。在这个意义上，"门罗小镇"叙事所取得的成就展现的是在以英美文学为主流的世界文学中，加拿大文学如何建立本民族的文学传统。1991 年 4 月，门罗被授予英联邦作家奖（Commonwealth Writers prizes），她的小说被评价为"为了呈现平凡的生活，让它显得明亮，被赋予了一种魔力"，她本

---

[1] 艾晓明、柯倩婷、冯芃芃：《她们读门罗》，载于《华文文学》，2014 年第 1 期，第 78-82 页。

人"一生对加拿大文化和知识生活的杰出贡献"[1]被肯定。加拿大评论家琳达·哈切恩（Linda Hutcheon）就加拿大民族身份与女性书写的关系直言："加拿大对其文化身份的国民性追寻与女性主义者对于独特的性别身份的追寻，具有某些平行关系，对于主流的文化权力，二者都处于一种后殖民位置。"[2]所以，菲利普·马钱德在《国家通讯报》上表达门罗对加拿大文学的建树时评价甚高："如果艾丽丝·门罗从未存在，那么加拿大灵魂中很重要的一部分就会黯然失语，被遗忘，沉没不见。"[3]

需要强调的是，与边缘性小镇地域书写经验不可分割的是门罗对小镇地理环境的描写。关于森林和各种高大的树木的描写在门罗的小说中大量出现，一方面，这些植物在小说中作为环境描写的一部分，交代背景烘托氛围；另一方面，这些自然之物必然会染上主观性色彩，折射出人物的内心景象。《亲爱的生活》中，门罗描写到女性对自然的反应更为敏感，女性与自然似乎有着天然的沟通能力，所以女性能经常陶醉在美丽的自然环境中，沉浸其中并且获得心灵的净化。与在家庭的细碎中感受到的种种压力相比，女性总是能够在大自然的怀抱里感受到更多的轻松和愉悦。女性与树木、田野、湖泊等自然之物往往具有天然的情感根基和亲缘关系，这在一定程度上说明女性与自然界"内在精神"上的相通乃至相依性。正如生态女性主义文学批评普遍建立的一种关于女性、文学与自然关系的文化那样："女人，大地母神该亚（Gaia），文艺之神缪斯（Muse）构成神圣的女性三位一体。"[4]女性批评家罗婷指出："文学是妇女与自然共同的避难所，妇女与自然在现实的父权制社会中所遭受的磨难与欺凌，在文学中表现为体验上的联系……女性个体或群体的悲剧命运，常与大自然融为一种惨淡的空濛的意境，女性在男性社会中的失意与惨淡唯有在自然中得到慰藉与

---

[1] Catherine Sheldrick Ross. *Alice Munro: A Double Life*. Toronto: ECW Press, 1992: 9.
[2] [加]琳达·哈切恩：《加拿大后现代主义：当代加拿大英语小说研究》，重庆：重庆大学出版社，1994年，第6页。
[3] 转引自周怡：《艾丽丝·门罗：其人·其作·其思》，广州：花城出版社，2014年，第162页。
[4] 鲁枢元：《生态文艺学》，西安：陕西人民教育出版社，2000年，第95页。

应和，从而强化了女性与自然精神体验上的相知。"[1]

《火车》这篇小说描写身为教师的薇薇安从火车下来到达医院时，首先映入眼帘的是：

> 接着是一片寂静，空气像冰。看上去一碰就碎的白色的桦树皮上有黑色的印记，某种矮小杂乱的常青藤植物缩成团，像一只只瞌睡熊。结了冰的湖面并不平坦，冰面沿着湖岸起伏，仿佛波浪在落下的一瞬间结成了冰。那边房子的窗户排的整整齐齐，两头各有一座有玻璃围挡的门廊。一切都简单朴素，具有北方风貌，在云朵卷积的高高的穹顶下面黑白分明。
>
> 当你走进一些就会发现桦树皮并不是白色的。灰黄色，灰蓝色，灰色。（第28页）

当看到这些自然景物时，薇薇安怔住了，她不由得感受到："如此沉静。如此令人陶醉。"当别人以为她站在那里不动是因为迷路了，实际上她停住脚步"是因为景色太美了"（第29页）。薇薇安在亲近自然的过程中，感受到自然景物具有净化力量，并能让人获得心灵的惬意。对树木的一再详尽地描写，表达了女性与树木（自然的象征）的强烈感情，正如希瓦在诗中对女性与自然之关系所写的那样："姐妹呀，这是保卫我们的山峦和森林之战/它们赋予我们生命/拥抱这繁茂森林和溪流的生命/让它们和你的心灵紧紧相拥。"[2]小说中随处可见的自然景象有桦树、松树、松树、湖面、山川等，门罗对自然之物的塑造呈现出门罗对自然虔诚的敬畏，同时也透露出加拿大人对自然界的亲近与喜爱。朱仙鲜认为："加拿大的开阔让人们与大自然对话，这种既开阔又闭塞的空间，浸润了门罗浓郁却又不过分的情感，对待事物平和心态，有独立质感，从纷乱的情感中，隐隐透露所要表达的情

---

[1] 罗婷：《女性主义文学批评在西方与中国》，北京：中国社会科学出版社，2004年，第176页。

[2] 转引自罗婷：《女性主义文学批评在西方与中国》，北京：中国社会科学出版社，2004年，第179页。

感。"[1]学者林树明也指出:"加拿大女作家将原野作为一个独立的主题去表现,便源自加拿大文化传统里热爱自然这一长期存在的优点。"[2]

6.3 本章小结

本章主要围绕"边缘性"这一话题来探究艾丽丝·门罗小说中的空间描写特征。门罗作为一名加拿大作家,她在短篇小说中的女性书写,既有对女性命运的追问,也有对加拿大民族身份的思考。历史上,加拿大曾作为英法殖民地,这段被殖民的历史使得其民族带有一定的受害者心理,而这种受害者心理反映在加拿大文学史书写上,便是对"生存"这一主题的关注。在取得民族独立后,加拿大因地理位置毗邻美国,其国家发展和国际地位也不可避免地受到这个世界第一大国的影响。这些因素,导致了加拿大文学发展的艰难性与复杂性。

整体上看,门罗笔下的小说书写,无论是早期的成名作还是后期的代表作,地缘上都紧紧围绕着"门罗小镇"展开。这个小镇位于加拿大安大略西南部,其典型特征是距离城镇太远,但是论其生活又算不上真正的乡村,生活于这个小镇的人民,其生活水平既算不上贫困,也算不上富裕,这种处于其中又不在其内——"居于间性"——的边缘状态具有一定的象征意味。"小镇"是加拿大民族身份乃至文化心理的一种缩写,也正是在这个意义上,门罗展开了对加拿大"小镇叙事"传统的续写。

具体到文本写作中,门罗主要是围绕着女性展开,女性的生活基本是在家庭内展开,女性在家庭这个私领域是主角,可是家庭在整个社会空间中相对而言又是边缘的。同时,作为短篇小说作家的门罗,其短篇小说创作相对于长篇小说来说,受到的关注比较少,更何况门罗还是一名女性短篇小说家。加拿大民族的生存境遇和女性的边缘性生存体验在门罗笔下形

---

[1] 朱仙鲜:《论艾丽丝·门罗短篇小说中的小镇世界》,广州:暨南大学,2015年,第10页。
[2] 林树明:《多维视野中的女性主义文学批评》,北京:中国社会科学出版社,2004年,第81页。

成良好的契合，女性的边缘性生存体验使得她们不断地被边缘化为"他者"，加拿大"夹缝中"求生存的集体意识使得这个国家迫切地需要建立独立的民族话语空间。门罗由此开启的写作，正是以此来探讨加拿大民族身份和女性命运之间的相似之处，进而反思在女性与民族关系的背后所蕴含的一套"社会权利话语机制"。读者只有透视这种话语机制的内核，才能真正地领略门罗女性书写的用意之所在。

不确定性：门罗小说叙述的艺术化之维

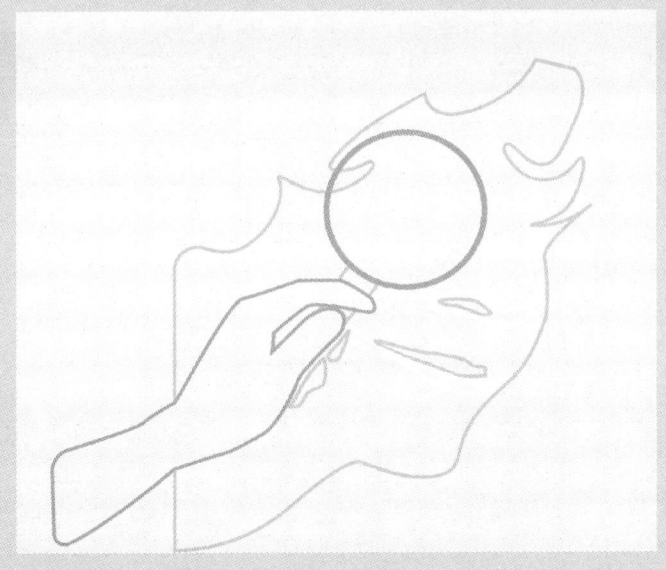

第七章
不确定性：门罗小说叙述的艺术化之维

门罗坚持用女性的视角来观照世界，呈现女性的生活，书写女性的人生与感悟。在小说的写作技巧上，她孜孜不倦地探寻属于自己的独特书写方式。在不拘泥于传统的基础上，借鉴传统现实主义手法，不断创新，学习后现代的写作方式；在叙事时间上和空间上交织往复，形成跳跃性、多变性的叙事结构。小说开放性的主题设置和戛然而止的结局安排，给读者留下大量的阅读"空白"，吸引读者调动想象去"填补空白"，从而反过来丰富了作品的主题。对此，罗伯特·撒克指出："她标志性的叙事手段"总是能恰如其分地"直击读者的内心"[1]。纵观门罗的短篇作品，小说的主题虽然具有一定的相似性，但是门罗强调重要的不是故事，而是故事的叙述方式——"进入很重要，而不是发生了什么。故事是咒语不是叙述"[2]。正是门罗的坚持与创作，使得短篇小说在加拿大文坛受到格外重视，故而加拿大评论家凯瑟琳·罗斯（Catherine Sheldrick Ross）指出："也许门罗比其他任何人都更有责任使短篇小说在加拿大受到尊重。她的榜样鼓舞了加拿大一代短篇小说作家。"[3]同时，也因为她的出现打破了以往短篇小说很难获得诺贝尔文学奖的"魔咒"。

7.1 现实与虚构的复杂性交织

门罗自称《亲爱的生活》是其封笔之作，这篇小说集中前十篇主要描写二战前后加拿大某个小镇中的普通家庭生活，后四篇则带有浓厚的自传性质，并且以《终曲》命名，颇有"曲终人散"的告别意味。四个短篇：《眼睛》《夜晚》《声音》《亲爱的生活》主要以回忆的口吻展开，向我们娓娓道来作者的童年、家庭以及人生的成长和蜕变。这四篇颇有自传性质的小说，却也带有一定的虚构成分，自传性的真实经历与回忆性虚构色彩组成一种镜像关系，往往能映射出门罗小说中更深层次的内涵："在真实现实和虚构

---

[1] [加]罗伯特·撒克：《爱丽丝·门罗：书写她的生活》，多伦多：麦克兰德与斯图尔德出版社，2011年，第516页。
[2] 高美编著：《诺贝尔奖获得者童年故事》，福州：福建少年儿童出版社，2015年，第131页。
[3] Catherine Sheldrick Ross. *Alice Munro: A Double Life,* Toronto: ECW Press, 1992: 10.

现实之间有着隐隐约约、朦朦胧胧的起伏变化，或者说是自传和创造之间的张力。门罗将这种矛盾和张力处理得非常巧妙高超，两种元素都被运用到极致，在这个过程中彼此丰富。"[1]门罗自己也在书中向读者坦言道：

> 本书的最后四篇作品并不完全是虚构的故事。它们组成了一个独立的单元，就情感而言具有自传的性质，尽管有时并不完全是对真实事件的叙述。我相信它们说出了关于我的生活我要说的最初，最后，也最亲密的话。（第239页）

门罗小说的创作大都来源于现实社会生活，她那离家遥远的学校，幼年时相对贫困的家庭，价值观相左的父母关系，几乎没有知心朋友和娱乐生活的童年，居住在一个不在乡下又不是真正城市的小镇——威汉姆小镇，喜欢收听小镇广播中各种各样的新闻消息……因此，"罗伯特·撒克在《艾丽丝·门罗：书写她的生活》这本门罗传记书中就常用小说中的情节填补门罗现实生活中的某些细节，以此解读门罗的现实人生与小说世界"[2]。

7.1.1 自传性叙事中的写实色彩

门罗小说的一个很大特色就是取材于现实生活，关注现实生活中常见的一些细节并就此展开对生活的加工与描写。正如赵慧珍在《加拿大英语女作家研究》一书中对门罗评价的那样："她的作品之所以有力度，原因之一是她的创作深深植根于现实生活，具有鲜明的地方色彩和浓郁的生活气息。她笔下的故事大都来源于自己的所见所闻和亲身经历，描写常人俗事，表现各种人际关系……"[3]《亲爱的生活》是一篇自传性质颇浓的代表性短篇小说集，门罗谈道："就情感而言具有自传性质……""现在所有这些我

---

[1] 刘文：《神秘、寓言与顿悟：艾丽丝·门罗小说研究》，杭州：浙江大学出版社，2014年，第5页。
[2] 转引自陈茜：《艾丽丝·门罗短篇小说创作艺术论》，金华：浙江师范大学，2016年，第43页。
[3] 赵慧珍：《加拿大英语女作家研究》，北京：民族出版社，2006年，第324页。

第七章
不确定性：门罗小说叙述的艺术化之维

记录的名字，都在我心中和那些活着的乡亲们一样真实。"[1]小说集中最后四篇"终曲"部分——《眼睛》《夜晚》《声音》《亲爱的生活》更是和门罗的实际生活具有较高的相似性，这使得小说笼罩着一层写实性色彩。

门罗从小家庭并不富裕，母亲是一名家庭主妇，父亲用所有的积蓄带着妈妈来到一个小镇，开了一家狐狸养殖场，操持畜牧业勉强维持生计。这样的故事情节在《荒野小站》（出自《公开的秘密》）中便演绎成了赫伦两兄弟在一个一个广袤的荒野丛林里伐木、开垦土地，并建立了自己的家园的故事。门罗的家，距离真正的小镇中心比较遥远，但位置也不属于真正的乡下。他们居住的房子外表看起来很雄伟实际上破旧不堪，这样的居住条件在她的小说中反复出现："到处漏风的窗户、吱吱呀呀的楼梯、废弃不用的传送菜的通道、后建的不隔音的厕所……"[2]而爸爸的养殖场则使得家里"四周都是粪便"。随着母亲帕金森综合征疾病的恶化，门罗不得不在学业之余，承担越来越多的家务劳动，因而，门罗几乎没有时间参加学校举办的社交活动、交际舞会等。努力刻苦的门罗最后凭着优异的成绩获得了加拿大西安大略大学的两年全额奖学金，但是在两年大学奖学金用完之后，她不得不选择辍学。这种经历如《亚孟森》中所写的那样：读书的目的本来是拿到硕士文凭，但是薇薇安迫于生计选择结束学业去做了老师。辍学后，门罗和自己的第一任丈夫詹姆斯·门罗结婚，并且移居温哥华，两人还一起开了一间书店。在此期间，门罗做起全职的家庭主妇，并学会逐渐地利用空闲时间进行文学创作。1972 年，门罗与詹姆斯·门罗离婚，随后搬回西安大略区的威汉姆小镇，并且和自己的第二任丈夫杰拉德·弗雷姆林结婚（弗雷姆林于 2013 年 4 月去世）。据说，门罗第一任"夫妻关系出现裂痕的导火索是丈夫违背妻子意愿，买下了一幢大房子，这意味着家务活动将占据门罗的大部分时间。为保证有足够的时间进行创作，门罗再一次逃离，离开了第一任丈夫。毋庸置疑，门罗的逃离经历是其逃离叙

---

[1] 周怡：《艾丽丝·门罗：其人·其作·其思》，广州：花城出版社，2014 年，第 156 页。
[2] 周怡：《艾丽丝·门罗：其人·其作·其思》，广州：花城出版社，2014 年，第 7 页。

事的有价值的创作源泉"[1]。所以门罗在小说中会反复书写女性写作与家庭职责之间的矛盾（其实也是女性自我主体与社会身份之间的矛盾），以及女性最终的大胆选择（或逃离或回归）其实来源于她真实生活经历与自我感受。比如，在《漂流到日本》这篇小说中，门罗便通过书写女性作为家庭主妇的身份和作为作家的女性创作者之间的矛盾，表达过这种苦恼；在小说《砂砾》中，母亲坚持选择带着孩子和丈夫离婚，放弃优渥安逸的城镇生活而回到乡下，在拖车房里和一个收入微薄的喜剧演员同居在一起；《离开马弗里》中放弃名门之家的声誉和军衔很高的老兵离婚的伊莎贝拉，选择和一个没有任何收入的学生在小镇上生活。

  门罗小时候读书的学校是在距离家三公里的下城区，那里管理混乱，设施简陋，没有人在那儿真正认真学习和读书，有些学生还会遭遇霸凌，这所让门罗如此害怕的学校给门罗留下深刻的回忆，她在小说《声音》中言及——"从我去的第一所学校放学回家的路上被追赶、被人用木瓦打的时候，我哭了。"（第276页）在《亲爱的生活》中主人公坦言"希望永远不要见到它"："那所学校——在那里，霸凌者抢走我的午餐，威胁要揍我，似乎没有人能在那片吵闹之中学到任何东西""上厕所曾经是最糟糕的事情……""在那所学校里，出于轻蔑或者不论是什么原因，似乎没有人费心对准那个坑"。（第280页）《亲爱的生活》中，门罗也写到自己曾看过的一本描写肺结核的书《魔山》，这本书实际上成了《亚孟森》中女主薇薇安和医生福克斯见面谈的第一本书……《亲爱的生活》中母亲的帕金森综合征给家人所带来种种不太美好的感受，门罗在现实采访中也表露了这种尴尬。现实生活中，门罗母亲那种知识女性的浪漫价值观和父亲实用主义精神之间的冲突在《漂流到日本》和《亲爱的生活》中均有表露。"他学过商务实践，虽然不是在母亲的课上学的，与此同时，格丽塔却在学《失乐园》。她像躲避瘟疫一样躲开所有有用的东西。他却似乎恰恰相反。""彼得的母亲和同事，那些知道她是诗人的人，仍然使用女诗人这个词。而她已经把彼得

---

[1] 赵小琪主编：《诺贝尔文学奖作品导读》，武汉：武汉大学出版社，2020年，第297页。

训练的不再使用这个词。"(第2-3页)"那个时候她有相当优质的厨艺——事实上,太过优质了,她的婆婆和爸爸家里的其他女人都认为没有必要。""对妈妈做饭方式的疑虑并不是她和爸爸家人之间的唯一问题,他们一定也对她的衣服颇有微词……她的过错在于她的样子不符合她的身份。她看上去不像是在农场长大的,或者不像打算呆在农场的样子。"(第289-290页)

7.1.2 回忆性叙事的虚构色彩

门罗小说的自传性叙事内容安排,使小说笼罩了一层真实的色彩,但是面对并处理这些真实的材料时,门罗往往喜欢采取一种回忆的口吻进行展开,从《亲爱的生活》一书可以看出,门罗写作的自我回顾性不断加强。通过回忆,作家将现实与过去的情节交织,从而挑战传统虚构叙事与非虚构之间泾渭分明的界限。评论家天行在《爱丽丝·门罗及其创作简谈》中评论道:"《宝贵生活》最初发表在《纽约客》上时,就写明为回忆录(memoir),而非短篇小说。"[1]周怡也认为记忆对门罗而言,是最丰富的灵感之泉:"这些记忆都栩栩如生地留在了作家门罗的脑海中,为其后的文学创作提供了源源不断的素材。"[2]因而,读者如果将门罗的作品连接在一起就会发现它们像是一部巨大的回忆录,一部对生活的回忆录。

有评论者指出:那些将门罗小说解读为自传的读者,忽视了其小说"混合真实事件"的事实。实质上,门罗小说仅仅是利用了她的"个人经验",而这些"个人经验"主要是作为了她创作小说的素材,因而看上去像自传,其实是文学创作。[3]门罗小说中的回忆性质使得她的小说兼具虚构性色彩,她有意识地用回忆的视角来打破小说的叙事节奏,从而使叙事时间可以自由地穿梭于过去、现在与未来之间。把小说的正常叙事模式打断,采用倒叙、夹叙的叙事方式进行展开,往往一个事件还没叙事结束就展开了另一

---

[1] 天行:《爱丽丝·门罗及其创作简谈》,载于《博览群书》,2014年第2期,第68页。
[2] 周怡:《艾丽丝·门罗:其人·其作·其思》,广州:花城出版社,2014年,第7页。
[3] 傅利、杨金才主编:《写尽女性的爱与哀愁:艾丽丝·门罗研究论集》,南京:译林出版社,2015年,第184页。

个叙事,从而给故事造成一定的叙事断层。同时,门罗还会将真实的生活细节、完整的故事情节打乱、切割进行重新编排,片段性、零碎化的细节在小说中随处可见。门罗在《什么是真实?》中简略表达过自己对真实经历和作家创作关系的看法:"我将现实生活糅合进小说,并不是为了显摆,而是因为它是我故事的一部分,我需要它。"[1]

在人物描写上,门罗总是倾向于表现那些小镇中平凡、渺小的普通人,但其实,他们往往做出"惊人之举"甚至"背叛"原来的生活方式,让周围的人感到意外与惊诧。比如《火车》中战争结束后,本打算回家和未婚妻完婚的士兵,却在半路选择逃离,选择过着流浪般的生活;《漂流到日本》中已有正常家庭的诗人却发了疯似地爱上在作家会上认识的一个已婚男士,并且带着孩子踏上了寻找这个男人的火车;《骄傲》中明明彼此相爱却莫名形成一种无法进入爱情、婚姻的朋友关系的两个年轻人;《科莉》中作为银行家之女的富家千金却选择做一个不仅骗她感情还骗她钱财的已婚男人的情人;《湖景在望》中一个看似正常去寻找医生的女人,最后却是个疯子……对于这样具有一定背离性质的人物设定与情节安排,门罗认为完全忠于真实生活的写作"那样会有点无聊,我想让角色更有趣一些,角色应该背叛实际的生活"[2]。

门罗常常在虚构和真实之间游刃有余,通过自传形式与回忆口吻展开文学创作,读者可以在小说的真实性与虚构性之间进入一个新的艺术世界,正如刘文在《神秘、寓言巧顿悟:艾丽丝·门罗式小说研究》中所指出的:"它(处理短篇小说的方式)更像是一所房屋。每个人都知道房屋是做什么的,它如何将空间封闭起来,在一个封闭空间与另一个之间建立联系并以一种新的方式呈现外面的东西。"[3]在《亲爱的生活》中,随着自传性以及

---

[1] 丁林棚:《艾丽丝·门罗:现实即故事》,中国作家网,http://www.chinawriter.com.cn/bk/2013-11-15/73206.html。

[2] 江楠编译:《门罗:不会把现实人物直接写进书中》,载于《新京报》,2014年1月24日,第C06版。

[3] 刘文:《神秘、寓言与领悟:爱丽丝·门罗小说研究》,杭州:浙江大学出版社,2014年,第9页。

回忆性的加强，小说中所展露出来的真实性与虚构性之间的界限也越来越模糊，这反过来促使门罗可以更自由地在真实与虚构的边缘探索更多、更开放的小说艺术创作方式。

需要指出，门罗这种开放性的书写形式和她的女性书写表达是紧密相连的。相较于男性，女性的生存经验和感知方式较为跳跃、多元、游离和开放，所以，开放性的书写方式可以更好地契合女性的生存经验。门罗有意无意地以这种方式来表达区别于主流的书写方式，她拒绝主流那种宏大叙事与写作方式，"躲在"女性天地里，在"文学工棚"里思索着女性的生存经验、人的存在方式。门罗坚持拒绝宏大叙事、拒绝一切"主义"和意识形态的写作态度，是她对属于自己的"女性书写"创作方式的探寻，是她对女性甚至是人类生存方式的探寻，这也是门罗之所以能够创造出属于自己的女性文学表达"场域"的原因。正如有些论者指出门罗"往往摄取生活的一两个侧面，以其细腻含蓄的文笔，通俗流畅的语言，着力展现女性意识，描摹女性经验，探索女性心理，从平日的日常生活中挖掘出现实中的社会问题，刻画出人物复杂深邃的内心世界，看似信笔写来，读后却余味无穷"[1]。正因为此，曼布克国际奖评委才会毫不吝惜地夸赞门罗："近乎完美的写作……作为短篇小说家，艾丽丝·门罗的每一篇短篇小说所具有的深刻度、哲理性与精确度，大多数长篇小说家都需要借助主人公从生到死的漫长一生才能表述。"[2]

7.2 时间和结构的跳跃性回放

门罗后期创作的短篇小说基本上都有回忆性质，这种回忆性本身的模糊性、跳跃性和片段性必然会影响小说整体的叙事进程。呈现在文本中则主要表现为跳跃、回放的叙事时间和多变、灵活的叙事空间。门罗笔下，

---

[1] 宋兆霖主编：《20世纪外国小说读本》，杭州：浙江文艺出版社，2006年，第988页。
[2] 转引自周怡：《艾丽丝·门罗：其人·其作·其思》，广州：花城出版社，2014年，第197页。

故事发生的时间和文本叙事的时间顺序往往错乱交织，叙事的时间点在过去、现在和未来之间来回跳跃，进而打断传统线性叙事那种方式，使得原本平淡的生活因此变得"扑朔迷离"。此外，门罗在小说中模糊的时间处理方式经常使小说笼罩在一种虚构性的叙事氛围之中。家庭内外、小镇之间、二战前后是门罗在《亲爱的生活》中主要呈现出来的叙事空间，这三个空间，常常能够并行不悖地在小说中依次展开。最后，"房子"这一意象是门罗在采访中反复提及的一个小说创作理念，一座座房子外形总是大体相似，但是它的内部构造却各有不同。同时，每一座房子实际上都象征着一个独立的空间，读者只要打开"门"进入"房内"就会发现其中包蕴着无限的可能性。门罗就是在这样一个看似密闭却又随时等待着读者进入的文学叙事空间里，自由地驰骋，大胆想象，尽情编织着她的小说梦。

7.2.1 跳跃复杂的叙事时间

《沙砾》一书中，叙事者"我"一开始就用一种回忆的口吻展开叙述："那个时候我们住在一个砂砾坑旁边。"（第 85 页）"那个时候"说明叙事者是站在现在的时间点回忆以前的某一个时间点，在小说结构上形成一种倒叙。紧接着叙事者交代那个时候妈妈和这个砂砾坑的渊源，然而第三段，时间点却再次跳跃到现在："我几乎不记得那段生活。也就是说，我清楚地记得某些部分，但无法将之拼成一幅完整的画面。"（第 85 页）因为回忆的性质使得叙事者"我"的记忆模糊不清，并且直接交代接下来的叙事，只是一个故事的片段，并不完整。这种片段、零碎的叙事风格，在小说中随处可见。叙事的时间点这一刻还在按照线性的时序在进行回忆，但是下一秒会突然打破这种线性的时序，将时间点再一次跳到此刻正在叙事的时间点之前，进而在倒叙的过程中夹杂着插叙和顺序多种叙事方式。所以读者会发现，《砂砾》中一开始"我"的叙事点是立足于很多年后早已成年的"我"，站在现在回忆过去"我"和姐姐卡萝在砂砾坑旁的日子，在这段倒叙中，叙事本是按照线性的时间点进行，可是在描写到继父尼尔时，叙事者将叙事的时间点再一次跳跃到妈妈还没有和尼尔在一起,"我"和姐姐还没有搬到砂砾坑旁的日子进行插叙。当交代完妈妈和卡尔的相识的过程中,叙事者没有紧接着回到"砂砾坑"旁的日子进行叙事,而是又再一次回到现在的视角来回想尼尔的事迹:"尼尔,他的处世哲学,正如他后来所说的那样,就是无论发生什么都欣然接受。"(第 88 页)所以有研究者指出:"门罗似乎并不喜欢让她的叙述者在故事最高潮的部分为读者展示跌宕的画面,而是倾向于在回忆的视角中用零碎的片段还原过去。"[1]莫名其妙自杀的姐姐卡萝,沉迷个人欲望的妈妈,以及没有及时通知家人而内疚的"我"……叙事者似乎有意识地通过混乱的叙事时间以及零碎的叙事片段来模糊卡萝真正的死因,这是门罗对现实世界的非理性认知的一种书写暗示。正如徐岱指出:"清晰的时序关系意味着清晰的因果关系,这是对世界的理性主义的观照;反之,时序关系的含糊反映出因果关系的含糊,昭示出叙事主体对世界的非理性认同。"[2]

在描写姐姐卡萝的溺水而死的情节时,叙事者"我"不断用模糊性的词语进行自相矛盾的描述:"卡萝有可能会跳下去救她……""在我的意识里我能看见她抱起布丽兹(狗的名字),把她扔进水里……""但我不记得她们接连落水的普通声……""这可能发生但没有发生……""也许我记得尼尔说过狗淹不死……""我是否认为她会游泳?""也许我问了,也许我只是站在那里……""我在拖车房坐了多久?可能不太久……"(第 95-96 页)"可能""也许""似乎""记得""不记得"等词汇让读者感受到卡萝的死因就像一场"罗生门事件"。"卡萝之死"是真实的,但是她的真正死因是不能接受母亲离婚又再婚而自杀?是死于孩童对水深(危险性)的无知?是因为我看到后却没有及时通知家人而耽误了最佳抢救时机?抑或是因为大人们在房间里为了享受"二人时光"而把孩子关到门外间接所致?门罗

---

[1] 陈晓璐:《身份含混、困境逃离和漫染叙事》,福州:福建师范大学,2015 年,第 41 页。
[2] 徐岱:《小说叙事学》,北京:商务印书馆,2010 年,第 286 页。

"这种介于似真与虚幻之间的状态构成了一种独特的叙述张力"[1],这种张力是由叙事者语言的"自我矛盾"所引起的不可靠叙事产生的,正如里蒙-凯南指出:"当叙事者使用的语言含有内在的矛盾、模棱两可的形象和类似现象时,这种现象会产生一种反作用,破坏这种语言的使用者的可靠性。"[2]这种不可靠叙述主要表现在叙述者的行为与叙述语言之间的"心口不一",比如《砂砾》中叙述者"我"总是在梦里梦到自己并没有向拖车房的方向走,而是朝着砂砾坑的方向跑,看着卡萝跳进水里,在水里会游泳并且成功救了布丽兹,可是"我实际的行动是爬上通往拖车房的斜坡"(第95页)。

此外,门罗让叙事者"我"充当故事的主要叙述者,叙事者"我"全程参与叙事进程,而将作者自己的声音尽量隐于作品之外,这在一定程度上也会造成文本的不可靠叙事,因为就叙事者来说,"当叙述者本人充分人物化之后,他在道德上不再是无懈可击,他的意见判断也不再与隐指作者相印证,因此他与隐指作者的距离扩大"[3]。而就作家而言,虽然作家以外在于故事的叙述者身份出现,隐身于其中,冷眼旁观,竭力消除自己的叙事声音,尽可能地做客观描述,但是"这种隐身在旁的客观叙述者,因为其隐身,所以不见叙述者自'我',似乎无人讲述,因其'客观',所以难见概括、评价,好像是故事在戏剧般地自我展示,其叙述也常常是不可靠的"[4]。门罗不像福克纳那样"抛开故事时间的限制,随意调动书中的人物……把一个个片段安排的七颠八倒"[5],她在有限的时间内,有选择地打乱时间的线性进程,有意识地进行时间的重组和编排,以倒叙、插叙以及夹叙等方式来进行叙事,使得小说的叙事节奏在有限的篇幅内收到最好的艺术效果。美国评论家乔纳森·弗兰岑(Jonathan Franzen)认为:"契诃夫

---

[1] 徐岱:《小说叙事学》,北京:商务印书馆,2010年,第283页。
[2] [以色列]里蒙-凯南:《叙事虚构作品》,姚锦清等译,北京:北京三联书店,1989年,第183页。
[3] 赵毅衡:《苦恼的叙述者》,北京:北京十月文艺出版社,1994年,第80页。
[4] 朱斌:《小说艺术魅力探寻:小说张力论》,北京:民族出版社,2015年,第19页。
[5] 李文俊选编:《福克纳评论集》,北京:中国社会科学出版社,1980年,第158页。

之后，在展现某种人生方面，门罗比其他任何作家都更追求格式塔式的完整性，且更有成就。"[1]

7.2.2 灵活多变的叙事空间

"时间和空间是一切物质形态的基本存在方式，尽管二者是两个不同的概念，但彼此总是互为依存，无法在实际上被分开。"[2]与跳跃性、非线性的叙事时间相对应的是门罗灵活多变的叙事空间。一般而言，叙事空间分为故事空间和话语空间，"故事空间是指故事发生的场所或地点，话语空间则是叙事行为发生的场所或环境"[3]。《亲爱的生活》中，门罗基本上以第三人称或者第一人称展开叙述，第三人称外视角的客观叙事，使得故事的故事空间基本上得以"隐藏"；而第一人称内视角的叙事方式，使得故事的话语空间和故事空间基本上重合，因而，本章主要分析故事的话语空间。小说的社会空间主要是在二战前后的时代背景下，加拿大西南部的某个小镇以及在小镇中平凡人物的家庭内外的生活。自然空间主要是小说中大量的自然环境描写，隐喻了人物内心世界的渴求。在这样层层环绕又相对独立的叙事空间里，在短篇的有限篇幅内，门罗通过"由内而外"抽丝剥茧的叙事方式，向我们展示了她浑圆的创作技巧和非凡的小说魅力，从而使读者在短篇小说的方寸之地获得高超的艺术享受。正如查尔斯·麦格拉斯（Charles McGratch）认为："门罗的短篇小说是压缩了的长篇小说，具有等同于长篇小说的价值。"[4]

《亲爱的生活》中反复出现，具有重要象征意味的空间描写首先是封闭式的"火车"空间。

《亲爱的生活》的故事背景主要发生在二战前后加拿大某个平凡的小

---

[1] [美]乔纳森·弗兰岑：《是什么让你那么确定：自己不是邪恶的那一个？》，见[加]艾丽丝·门罗：《逃离》，李文俊译，北京：北京十月文艺出版社，2016年，第VI页。
[2] 徐岱：《小说叙事学》，北京：商务印书馆，2010年，第289页。
[3] 申丹：《西方叙事学：经典与后经典》，北京：北京大学出版社，2010年，第128-129页。
[4] Lisa Dickler Awano. *Appreciations of Alice Munro*. The Virginia Quarterly Review, 2006, 82(3): 91-107.

镇,但是通篇读下来,除了几个士兵形象,基本上不能发现任何直接指向二战的时间节点或者情节描写,小说似乎放在任何时间点上都可以"说得过去"。这是门罗书写的匠心独运之处,她有意识地区别于传统作家那种宏大的叙事主题以及英雄人物塑造,而是将二战这个故事背景巧妙地融合在琐碎的日常生活之中,使得小说初读时感觉这似乎和前期的小说差别不大,但是仔细思考就会发现看似平淡的生活表象下暗自涌动着生活的"真相":残酷的战争给人的心理带来的异化与影响是深远的,人类陷入一种虚无,感到存在本身不再具有什么崇高意义,人的一切行为和世界的运行似乎变成了一出荒诞剧。在这样的时代氛围下,门罗小说中反复出现的"火车"这一空间意象具有重要的象征意义。火车从外形上看,整体具有封闭性的特质,代表一种与外界空间的"隔离",一种摆脱能够暂时远离现实环境的"逃离"工具,同时它也使个体与世界的关系暂时切断而进入一个相对独立的"平行空间"。在这样的一个新空间里,个体的行为和人生选择充满了各种可能性。

《火车》中战后返乡的杰克逊毫无缘由、稀里糊涂地选择了从返乡的火车中跳下来,义无反顾地走向相反的方向。当时喊着"我不是胆小鬼"口号的杰克逊,多年以后,战后归来,却发现自己依然是个不敢面对现实的小人物,归来的不是英雄,主体便会陷入更大的虚无之中:"从火车上跳下来应该意味着某种取消。让身体振奋起来,让膝盖做好准备,进入一团不同的空气之中。你期待着虚无。但却得到了什么?立刻被一堆新事物包围,要求你的关注,而你坐在火车上看着车窗外时是不会这样的。你在这里做什么?你要到哪里去?某种被未知的东西监视的感觉。成为干扰分子的感觉。"(第 166 页)杰克逊在残酷的战争中阅尽生死,个体的生命在战争面前显得如此渺小卑微,无休止的杀戮和徒有其名的荣誉只不过是国家利益的"操控之物"罢了。当所谓的理性和价值最终都趋于虚无,人生除了活下去不再有任何伟大意义时,人就逐渐形成了为了活而活着的机器,进而走向精神的虚无。

同时,需要指出的是"火车"作为一个重要的意象在这篇文章的标题、

第七章
不确定性：门罗小说叙述的艺术化之维

开始和结尾反复出现，首尾形成了完美的呼应，无疑，它具有十分重要的象征意义。首先，作为一种能指符号——交通工具，杰克逊借由火车一次次地逃离本来熟悉的环境，不断和过去的人、情、事、物等联系进行切断。但是，在切断的同时，火车也一次次地把他与未来、未知、新生、不确定相连接，实际上火车在这里充当的是一种媒介，它让杰克逊得以和过去告别，奔向能让他感觉到更安全的未来。因为战争的影响，熟悉的一切使他紧张、窘迫、绝望，与此相反，陌生的环境反而能给他带来一种安全感，未知的一切反而让他感到更安全，正如他奔赴战场前一个晚上，他在牧师家看到了乔治六世国王的画像，上面写着字：

> 我对那个站在一年的开始的人说：
> "给我一盏灯，让我可以安全地走进未知。"
> 他回答说："到黑暗中去吧，将你的手放在上帝的手中。那对你将比一盏灯更美妙，比熟悉的道路更安全。"（第199页）

其次，作为一种所指符号，它象征着一个相对封闭和独立的空间，有着自己的轨道和运转方式。法国的社会学家亨利·列斐伏尔（Henri Lefebvre）认为："空间是社会性的；它牵涉再生产的社会关系，亦即性别、年龄与特定家庭组织之间的生物——生理关系，也牵涉生产关系，亦即劳动及其组织的分化。"[1]空间属性与人的身份属性密切联系，一方面人的主体身份在空间中形成，空间会制约人的实际行动，影响主体的行为并形塑性格；另一方面作为主体的个人可以通过选择或者建构新的空间来寻求新的身份。实际上，每一个踏上火车的人，都意味着和世俗世界的短暂性"隔离"。在这个独立、封闭的运行轨道空间中，看似处于过去和未来的节点上，但实际上，它既不属于过去，也不属于未来，而是在过去和未来之间，充满了无限可能性、变化性，甚至游离于世俗的"常轨"之外。之所以这样安排，

---

[1] [法]亨利·列斐伏尔：《空间：社会产物与使用价值》，见包亚明主编：《现代性与空间的生产》，上海：上海教育出版社，2003年，第48页。

门罗实际上是故意将人物置于现实生活的伦理道德之外（火车是一个新的空间），那么接下来人物的行为，其他人对人物的评价，甚至是负面性的评价，都不会对人物造成什么影响（人物在新的空间已重新定义自己的身份）。杰克逊在快要到达家的前一站选择逃离火车，可以想象一直苦苦等待他回来结婚的艾琳就这样莫名其妙被抛弃了。第二次遇见艾琳，并且知道二人有可能在自己居住的地方再次相遇时，他又义无反顾地坐上了开往另一个地方的火车。任何认识杰克逊的人都不免要对他这种任性、自私的行为给予负面评价，但是这种评价并不会对他产生实质性影响，因为他早已乘火车远去，正是火车这一独特的空间属性使他能够摆脱日常道德伦理环境获得自由化之"新生"。

同理，《漂流到日本》中格丽塔在火车中和一个陌生的话剧演员发生一夜情，她踏上火车是为了寻找自己渴慕已久的情人哈里斯，他人对格丽塔所做的任何道德评价都不会产生实质性影响，正如格丽塔下火车后看到哈里斯在站外等候时，她所作出的选择是："她没有试图逃开，而只是站在那里，等待着接下来一定会发生的任何事。"（第26页）作为叙事者的门罗，有意地隐于故事之外，对人物不做任何道德评论，作者的声音似乎消失了，实际上这是门罗弱化冲突，努力避免直接说教的策略之一。正如布斯（Booth）在《修辞学》指出："通过他保持的那种沉默，通过他使人物创造自己的命运或者讲述自己的故事的那种方式，作家所能获取的那些效果，假如他允许自己或允许可靠代言人直接地权威式地向我们讲话，则很难甚至不可能取得。"[1]

其次，小说中另外一个重要的叙事空间是多变的"房子"空间。门罗小说中"房子"是极为重要的意象之一，在创作层面上看"房子"甚至成为门罗的一种独特的创作理念，正如她自己谈及对小说的看法：

　　小说不像一条道路，它更像一座房子。你走进里面，待一小

---

[1] [美]韦恩·布斯：《小说修辞学》，付礼军译，南宁：广西人民出版社，1987年，第284页。

第七章
不确定性：门罗小说叙述的艺术化之维

会儿，这边走走，那边转转，观察房间和走廊间的关联，然后再望向窗外，看看从这个角度看，外面的世界发生了什么变化。而你。这个参观者、读者，因这个封闭的隔离空间也被改变……你可以一次次回去，这所房子，这个故事总会有比你上次看到的更多的东西。它有自我，为自己存在，而不只是为了庇护或取悦于你。[1]

门罗认为小说可以凭借独特的叙事艺术和技巧使得文本不是封闭性的，在时间上的线性叙事中，文本所展现的也许只是一个故事，在空间的状态下，文本才真正成为一个叙事进程。正如法国作家米歇尔·布托尔（Michel Butor）在《小说的空间》中认为的那样："小说的空间，其意义并不亚于其他艺术，与其他探索空间的艺术之间的关系，也是十分亲密的。"[2] 门罗在小说中很多地方直接描写房子的外形："我们的房子不会是早期定居时最初建立起来的那批房子之一……它背对着村子；面朝着西边，对面是微微倾斜的农田……在更远处，另一座上坡上，有另一座房子，远远看去很小，正对着我们的房子，我们从不去做客，也无从了解。"（第285页）"那座房子在小镇的尽头，空旷的田野开始的地方。从房子里可以看到夕阳。""那是我们的房子。"（第295页）在她的小说里，读者仿佛跟着叙事者一起走进了一间间独立的房屋中，看到的风景和体会因人而异，而不是某种"教条主义"式的灌输，这才是"艾丽丝·门罗式"的女性书写意义所在。

《漂流到日本》中格丽塔在作家聚会时爱上了记者哈里斯·班内特，并且在丈夫彼得不在以及女儿午睡的时候，在家里疯狂地幻想着和哈里斯有关的一切，即使在梦里，也渴望能够躺在哈里斯的臂弯，但是当丈夫彼得回来后，她会把这一切都"蛰居起来"。在这样一个家庭，这样一座房子里，格丽塔的内心世界的渴求和现实家庭空间是矛盾的，所以她不得不一直压

---

[1] [加]孔书玉：《故事照亮旅程》，北京：生活·读书·新知三联书店，2020年，第3页。
[2] 转引自李洁非：《新小说派研究》，南宁：广西教育出版社，1995年，第269页。

抑着自己的本性欲望,而当她走出这所房子踏上火车进入一个新的、完全陌生的空间时,"火车"对她而言是外部世界自由空间的代表。所以,格丽塔会和火车上的陌生男子发生一夜情。这样一座房子(妻子、母亲的身份),所代表的传统道德观念时刻束缚着格丽塔的内心欲望。她对诗的热爱,对激情的幻想都和家庭的束缚相矛盾。在这样的空间里,读者如果站在孩子的视角,会看到母亲的自私,而导致对孩子的忽略;站在丈夫的视角,会看到一个妻子的出轨,导致自己婚姻的失败;站在妻子的视角,会看到一个压抑的家庭环境,导致了女性个体压抑的内心欲求。读者从这个家庭里的每个不同的角色看过去,都能得到不一样的评价和体会。

《砂砾》中妈妈一开始就对乡下的砂砾坑、破旧的房子展现出无比兴奋的情绪,因为那样的一座房子意味着她终于摆脱了和爸爸的痛苦婚姻,她可以和内心所爱的尼尔在一起,这是"她这辈子第一次,真正有了活力"。爸爸豪华的房子在城镇,这样的房子里有"银器,瓷器,装修方案,花园,乃至书架上的书",她告别了"壁橱里的衣服,鞋架上的高跟鞋,梳妆台上的钻戒和婚戒,以及抽屉里的丝绸睡衣"(第87页)这些优渥的物质生活,而选择一无所有的乡下和破旧的拖车房,正如妈妈在文中所说的:"现在她要生活。"在两种截然不同的房子里,妈妈过着两种截然不同的生活,而妈妈之所以放弃城镇的大房子而选择破旧的拖车房,是因为两所截然不同的房子代表着两种截然不同的生活,在拖车房的日子里,尽管艰辛,但是,妈妈的感受是快乐的、自由的。

《科莉》中,事实上莉莲早已经死了,但是,当时科莉为了让莉莲能守住自己和已婚男人霍华德·里奇之间的非法情人关系的秘密,而每个月给莉莲的钱却一直还有人收走,这一切让科莉恍然明白这笔钱根本没有进莉莲的腰包,甚至从头到尾根本不可能存在莉莲敲诈勒索钱财这一件事情,那么这整个事情(指最初的敲诈)就是一件阴谋,而这背后的主谋无疑就是那个口口声声声称爱自己的男人——霍华德。得知这一切的科莉,并没有写信要求霍华德给予她解释,而是坦然地接受了这一切,因为她知道这

第七章
不确定性：门罗小说叙述的艺术化之维

一切"从来都不重要"：

> 她起了床，迅速穿好衣服，从每一个房间走过，把这个新的想法说给墙壁和家具听。每一个地方都有一个洞，而最明显的那个洞在她的胸口。她煮了咖啡，却没有喝。然后她又回到卧室，发现不得不把目前的现实再重新介绍一遍。（第163页）

这里物理空间的"房子"进入到科莉的精神世界，无疑是主人公心理世界的外化。得知真相的科莉，无处发泄的内心只有找房子里的墙壁和家具倾诉，她内心极度的孤独、空荡，恰如这座空洞的房子，胸口的"洞"是科莉的内心活动所展示的心理空间。这种心理空间借由房子进行外化、从而更加直观地呈现。"洞"首先意味着被掏空、被挖空、空落、空空如也。在此之前，如果说，科莉还以为自己还拥有霍华德，即使是情人关系，即使很久才能见一次，即使这样，对渴望爱同时又容易满足的科莉来说，已经足够了。那么在得知这场"敲诈事件"真相的那一刻，科莉终于明白自己从来都不曾拥有过霍华德的爱，这一切不过就是一场骗局，霍华德在骗钱的同时骗走了科莉的感情。这一切都只是虚幻和假象，这场爱情中科莉来去空空，就像一个"洞"。同时，洞象征空洞的圈，一个随时等待被填满、被进入，进而能包容一切、吸收一切的象征。科莉，一方面感受到自己内心空虚，另一方面也因为这种空虚而展现出女性巨大的包容力和忍耐力并能承受这一切。这样一座房子是女性强烈的生存体验的外化，这是门罗笔下女性书写的独特之处，伍尔夫的"一间自己的房子"主要是强调"女性写作"所必须提供的一间相对独立的物理空间（也象征着精神空间的独立）的必要性，而在门罗的笔下，一座房子，是女性的生存空间，也是她们的心理空间。门罗拒绝强行说教的形式来探讨"一间房子"对女性的重要意义，这些全部呈现在故事中，在那一个个家庭、一座座房子中，读者选择进入其中一个家庭、一座房子，选择观看房子中的某个"景象"，所体会到的感受也会因人而异。正如有论者指出："阅读门罗的小说，有时候就像是在观察自己的心灵内境。"[1]

7.3 主题与结局上的开放性书写

把小说当作信仰的门罗,在书写女性生活时,结合自己的书写经验,创造出了一种属于自己的话语表达形式。门罗坦言:"我希望读者从《亲爱的生活》开始读我的小说,这是我最好的作品。"在这本最好的作品中,门罗向我们展示了其圆熟高超的写作技巧。当然,学者无论以何种方式切入去阐释门罗,永远绕不开的话题除"女性书写"之外,还有其"开放性"主题与结局安排。以《亲爱的生活》为例,门罗短篇小说书写的主题往往具有不确定性、模糊性、开放性等特征,读者翻开每一篇小说,细查每一个人物的生活以及命运走向几乎都能感受到生活的不可预期、多变,美国弗兰岑认为门罗这种创作方式"对于读者,这意味着在你知晓每个转折之前,你甚至无法开始猜测故事要讲什么,总是到最后一两页,所有的灯才会被打开"[2]。对此,张磊认为门罗小说中"充满了难以言说的模糊性,与女性'身体书写'本身的模糊性具有某种同质性"[3]。小说的开放性结局使得小说的结构充满张力,读者永远不知道叙事者在哪一刻戛然而止,又在哪一刻开始了她的叙事。小说的叙事节奏是闲散的、随意的,叙事时间是跳跃多变的,加西亚·马尔克斯(García Márquez)《百年孤独》式的叙事节奏在小说里随处可见。门罗对短篇小说高超的驾驭手法,使奥奇克(C. Orzick)承认她"是我们时代的契诃夫,且其文学生命将延续得比她大多数的同时代人都长",英国颇有影响力的女作家拜厄特(A. S. Byatt)亦赞誉她是"我们这个时代最伟大的短篇小说作家"[4]。

---

[1] 末之:《兴来独往》,北京:中国戏剧出版社,2017年,第98页。

[2] [美]乔纳森·弗兰岑:《是什么让你那么确定:自己不是邪恶的那一个?》,见[加]艾丽丝·门罗:《逃离》,李文俊译,北京:北京十月文艺出版社,2016年,第 VI 页。

[3] 张磊:《崛起的女性声音:艾丽丝·门罗小说研究》,北京:中国财富出版社,2014年,第66-67页。

[4] 参见李文俊:《有人喊 ENCORE,我便心满意足》,成都:四川文艺出版社,2017年,第59页。

这种开放式的书写方式，在代表性女权主义者看来也许有点软弱和妥协、不够"女权"，其实门罗所要规避的正是这一点，她的开放性书写就是要从理论完善的女权主义那里凿开一个罅隙和出口，任何事情背后的真正原因都不简单，女性的成长与觉醒并非容易也不可能一蹴而就，就像小镇的生活看似平淡实则暗潮汹涌。这种"开放性"的叙事策略从情节和结构上很好地贴合了门罗的写作表达诉求，这种独具匠心的书写方式使得文本充满了多义性、模糊性、复杂性、不可确定性，这是对任何中心主义、一元论的挑战，既是门罗想要探索的，也是想让读者知道的。正如门罗所说："我想让这些故事变得开放，我想挑战人们想知道、期望知道的事。更进一步，挑战我所知道的。"[1]所以，同为加拿大当代文坛杰出的女性作家之一的卡罗尔·希尔兹（Carol Shields）热情地说道："我是艾丽丝·门罗的超级粉丝……她的语言运用非常复杂，但我总能听到安大略乡村的声音，这些是句子及其节奏的基础。"[2]

7.3.1 主题意义上的不确定性

《骄傲》中"我"是一个兔唇会计师，并因为这种特殊的身体缺陷让"我"走运不用去参加战争，可以在小镇的百货公司里做一个普通的小会计，尽管这份工作能得到是"因为我妈妈在那里的纺织品部工作，但也因为正巧年轻的经理肯尼克莱布斯离开岗位参加了空军，在训练飞行时牺牲了"（第129页）。"我"的幸运不是一种纯粹的运气，而是以另一个人因战争的牺牲而换来的空缺。这里，读者似乎可以推敲出战争的残酷性，人生的戏剧性，以及生命的荒诞性。"我们的生活之中充满了戏剧，虚构和真实的。"（第130页）在战争氛围的笼罩之下，"我"在电影中看到敦刻尔克大撤退中那些沉在海底的人们："我有一种非常奇怪的感觉，半是恐惧半是——我所能找到的最贴近的描述是——一种令人恐惧的兴奋。一切都被吹走了，所有人都

---

[1] Pleuke Boyce and Ron Smith. *A National Treasure: Interview with Alice Munro.* Meanjin, 1995, 54(2): 222-232.
[2] See Catherine Sheldrick Ross. *Alice Munro: A Double Life.* Toronto: ECW Press, 1992: 10.

变得平等——我不得不说——突然之间,和我一样的人,比我更艰难的人,以及那些普通人,大家都变得平等。"(第 131 页)是啊,在战争面前,在绝对公平的生与死面前,小孩、女人、男人、老人、健全的人、残缺的人都是如此的平等,个体均是一样的渺小、无力。同时,"我"在感受到这种令人恐惧的、绝望的平等的同时还有一种莫名的兴奋,这种兴奋的心理来源于"我"因天生兔唇,在一群康健的、正常的人中间是残缺的、不正常的,天生的残缺似乎永远无法像健全的人那样被平等地对待,我无法像正常人一样交流,无法和同龄的孩子玩耍。成年后,也无法找到女朋友,这一切的不平等加在"我"的身上,使我感受到一种强烈的命运不公感以及长此以往形成了强烈的压抑、敏感和自卑。当看到脆弱的生命在战争面前是如此众生平等时,那长久的自卑此刻便因为被平等对待,而获得一种类似变态性质的兴奋。这种兴奋似乎与此时战争的残酷性相背离,但是门罗的写作主旨不是为了渲染战争的残酷性,她要写出个体生存的真实感受、人性的复杂性,战争并不是门罗要浓墨重彩的主题。"门罗式"的女性书写有对女性生存空间的关注,有对两性关系的思考,有对战争的反思,也有对人性复杂性的探讨,以及人之存在状态的哲学思辨。作者究竟表达了怎样的主题,则全部存在于读者的开放性阅读中,而每个人的感受也各不相同。"这种格局就像是我们的生活,看似一个个散乱的点,经历的轨迹,回头看时,会连接成一个让人凝神的形式或整体,至少,回头看时,感慨万千。"[1]

《火车》中贝尔在父母都去世后一个人住在破旧的房子中,这所房子的里里外外都已经破得不像样子,杰克逊的意外到来使这所房子慢慢好转。他在居住期间,帮助贝尔修好了马的食槽,然后捕捉了老鼠,整理好厨房里堆满的纸张,花钱买了取暖器,修正了墙壁,设法修补了屋顶,这样可以帮助贝尔度过好几个冬天。在此住下的杰克逊也慢慢开始和贝尔过起了普通人的生活。收获的季节来临,隔壁农场的人还会雇佣杰克逊帮他们干活,甚至想把他们的女儿嫁给杰克逊,但是杰克逊完全没有心动。事实上,

---

[1] 末之:《兴来独往》,北京:中国戏剧出版社,2017 年,第 96 页。

第七章
不确定性：门罗小说叙述的艺术化之维

杰克逊虽然和贝尔生活在一起，但是他也没有主动表达过自己对她的喜欢。杰克逊知道贝尔比自己大十六岁，关于农场的一些事情他也无法向贝尔明说。因为在彼此的眼里"她是某种女人，而他是某种男人"（第 176 页）。两人去镇上买东西，被误认为是姐弟的时候，杰克逊感到："有点吃惊，但这至少比以为他们是夫妻要好。这让杰克逊意识到，这些年来他一定老了，变了，身上已经没有了那个从火车上跳下来的瘦削而紧张的士兵的影子。"（第 177 页）由此可以看出，杰克逊其实对贝尔没有男女之间的情爱，他只是感慨时间在自己身上流逝得如此之快，他距离那个初中就去参加战争的毛小子已经太远了。而贝尔却越来越习惯有杰克逊的生活节奏，当贝尔不得不因为要做癌症肿块的切除手术而去多伦多的医院时，她甚至决定要在自己康复后，把房子和所有的遗产留给杰克逊，好让他的辛苦不会白费。但是，当医院需要杰克逊在与病人关系的一栏中签字的时候，杰克逊犹豫了一下，仅仅填了"朋友"两个字。从中可以看出尽管和贝尔在一起"同居"那么久，杰克逊并没有完全敞开自己的心扉，相比较于贝尔对他什么都说，杰克逊则从来没有向贝尔说过自己的家人，自己过去的任何事，实际上，他从未向任何人说起过。杰克逊的内心仿佛是一座孤岛，他能选择的也只有一个人孤独地流浪。

所以，当贝尔做完手术之后，杰克逊在第二天去往医院的早上忽然决定往医院相反的方向走去，并且再也没有回来过，一句告别的话都没有。杰克逊这个人仿佛从贝尔的人生中消失了，就连贝尔最后死于癌症的消息也是他在报纸上看到的。同样，贝尔也并没有去登报寻找过杰克逊，两个人就这样奇怪地相识，住在一起一段时间后又奇怪地分开，再也没有见面。这样一前一后，二者的关系形成了一种莫名其妙的组合乃至不合常情的反差，读者无法定义杰克逊与贝尔到底是什么关系，也无法明白两个人的人生为什么有这样奇怪的交集，但是随后，又好像从来没有任何交集的分散。这种"反差的意义主要在于使构成反差的事件与场景得到突出，给人以深刻印象。这种效果有助于'中心场景',或'主题意象'的勾勒与构造"[1]。很明显,此处的中心场景与主题意象是"不确定性",似乎每个人的人生都充满了不确定性,你无法预知下一刻会发生什么,谁会突然毫无征兆地从你的生命中永远离去,也不明白有些人出现在某个时刻的意义,人生处处充满转折和不确定性,门罗在小说中不会让读者读到一个确定的主题,因为人生没有确定性,这也是"门罗式"书写的一大亮点。

7.3.2 结局上的开放性

和不确定的主题相对应的是小说开放性的结局安排。"门罗式"小说书写似乎倾向于没有一个固定的结局,她也不追求传统意义上的"大团圆"的美好结局,与开放性的结局相对的是开放的人生观和生活态度。而读者在这种开放性阅读中,自行摘取自己所需要的"人生之果"。我们最终记住的不过是真正重要的东西——"我希望我的故事能打动人……我要让我的故事成为关于生活的某种东西……让他们从作品中感受到某种收获,这并不是说非得出现一个快乐的结局什么的,而仅仅是故事所告诉你的一切感动读者到了如此一个程度,使人感到读完它后你就是一个不一样的人了。"[2]

《漂流到日本》中格丽塔在火车到达多伦多站的时候,格丽塔和女儿凯蒂本打算出站打车,然后直接到她们度假的新房子里,本没有指望任何人会来接她们的情况下,哈里斯却在此时出现了:

> 而现在也有人接过了她们的箱子。接过箱子,搂住格丽塔,第一次吻了她,坚定的吻,仿佛在庆贺什么。
>
> 哈里斯。
>
> 先是震惊,接着格丽塔心里一阵翻腾,然后是极度的平静。
>
> 她试图抓住凯蒂,但就在这时,孩子挣脱了她的手,走开了。

---

[1] 徐岱:《小说叙事学》,北京:商务印书馆,2010年,第203页。
[2] [加]爱丽丝·门罗,[瑞典]斯蒂劳·阿斯伯格:《爱丽丝·门罗:在她自己的文字里》,李文俊译,载于《世界文学》,2014年第1期,第67-79页。

第七章
不确定性：门罗小说叙述的艺术化之维

> 她没有试图逃开。她只是站在那里，等着接下来一定会发生的任何事。(第26页)

小说就这样戛然而止，读者能够预感格丽塔和哈里斯必然会发生一些关系，但是又无法猜到他们具体会发生怎样的关系。哈里斯在报社打开一封奇怪的信，而这封信上只有一首有25个字的诗，然后隔几行是一列火车到达多伦多站的日期和时间，没有人名，没有地点，任凭是谁都不会想到这是一封爱的情书，或许有可能联想到这也许是一个措辞古怪的年长亲戚（陌生人）。也许很多人连打开都不会打开这封信，即使是打开也有可能是置之不理。但是哈里斯为什么收到这封信会选择在火车站等候？而且当他看到格丽塔的时候，他的兴奋的情绪和坚定的吻，很显然哈里斯似乎是为了庆贺自己等到了对的人，读者从这些细节可以猜测，哈里斯这次来就是为了等待格丽塔。当格丽塔出现的那一刻，他印证了自己的猜测和答案，毫不犹豫地过去搂住了格丽塔并给她一个坚定的吻，表达他的兴奋之情。由此可以推断哈里斯的婚姻在某些程度上并没有得到相应的"满足"。妻子由于精神方面的疾病而长期住院，这必然给哈里斯带来长久的肉体和精神的空虚，所以在早期的作家聚会中，他会和格丽塔聊起来并且想要吻她。如此种种，格丽塔出站后，哈里斯如约而至，就印证了两人在情与欲方面的心有灵犀，那么接下来有可能发生的任何事情似乎都会显得合情合理、水到渠成。小说虽然就此打住，但是他们二人的生活又是一次新的开始。

苏联的列·谢·维戈茨基在《艺术心理学》指出："小说的事件安排、诗人向读者介绍故事的方式和他作品的布局是语言艺术重要的课题。"他进一步解释道："我们可以把短篇小说看做一种纯粹情节创作，它的主要任务是对故事进行形式加工。"[1]在这样的一个开放性的结局中，门罗有意识地省掉其中的一些细节，并且在关键时刻戛然而止结束故事。门罗之所以这

---

[1] [苏]列·谢·维戈茨基：《艺术心理学》，周新译，上海：上海文艺出版社，1985年，第315页。

样有意安排，一是作为写作者，写作给了她一种感觉——可以处理任何事情，随意"编织"故事情节——这些让她充分享受作为创作者的乐趣，正如她在访谈中提到："我真的感到非常振奋，对我所熟悉的写作感到非常兴奋。它给了我那些年来最大的幸福。在我开始理解它的真正含义之后，它比以往任何时候都要重要。"[1]二是从读者角度看，门罗希望读者能通过自己丰富的想象力和推理能力自行弥足小说的情节，这样能吸引读者为了更好地读懂作品而不得不全神贯注地参与到故事中去。正如英国的珀西·卢伯克（Percy Lubbock）指出："那出乎意外的、突如其来的结局，照亮了以往导致它的一切。许久以来捉迷藏似的命运本身展现出来，刹那间，揭示出情节的真谛。"[2]作者所呈现出来的故事是开放的，在某种程度上不是完整的，因而需要靠读者自己进行填补空白。从而最大限度地调动读者的参与性，使得文本更加具有真实性和可读性。同时开放性的结局，也会使文本的意义无限延后，而在读者那里通过读者的阅读和理解又会得到无限的丰富，门罗这种开放性书写方式，最终在作者、读者与文本之间达到了极佳的平衡。正如徐岱所言："这样的处理不仅能使文本增添一些'可写性'，而且也能够获得一种'纵深度'。"[3]

《湖景在望》开篇交代一个叫南希的女人，她第二天预约了专科医生来检查自己的大脑，这个医生是专门给老年人看大脑糊涂的病的，由此读者大致可以推断出南希是个老年女性。小说里反复描写南希一直在找一个叫"许门"的地方，这个地方有她明天预约要看的医生，为了明天不走错路，南希在前一天傍晚决定提前找好路线，确认好医生。但是她在途中找了一路，只找到了一个叫"徐门"的村子，她口袋里所带的医生的名字——O 7½并不是真正的任何人的人名，而是自己丈夫姐姐的鞋的尺码，在找到一个貌似是医生的地方，但是她却已经忘记自己来找医生的原因——"新的话题。

---

[1] Thomas E. Tausky. "Alice Munro Biocritical Essay" from Apollonia Steele and Jean F. Tener: *The Alice Munro papers: first accession.* Calgary: University of Calgary Press, 1986: 1-2.

[2] [英]珀西·卢伯克等：《小说美学经典三种》，方土人等译，上海：上海文艺出版社，1990年，第383页。

[3] 徐岱：《小说叙事学》，北京：商务印书馆，2010年，第205页。

她为什么要找医生？"（第207页）读者在此，可以获得验证：南希是个大脑糊涂的老年人。在寻找医生的路途中，她遇到各种奇怪的人，倒着骑自行车的年轻人，古怪的物业园丁，每当遇到一个人，她就要费力解释自己来到这儿的目的，但奇怪的是没有一个人知道这儿有这样一个医生。最后，南希在砂砾坑旁找到一个湖景疗养院，当她进去后，却发现这个疗养院空无一人，并且最后竟然被奇怪地锁在门内出不去了："她一边还在想着这一点，一边推了一下入口的门。门太重了，她又推了一下。又推一下，门纹丝不动。"（第216页）南希感到前所未有的恐慌："她张开嘴大声叫喊，却似乎发不出声者。她浑身发抖，无论怎么努力都无法让呼吸进入肺里。仿佛喉咙里有一张墨纸。窒息。"（第217页）南希的经历和表现都表现出一种异乎常人的举动。读者在这样的压抑氛围里，为南希最后是否能够被平安救出来，是否能顺利找到预约的医生而紧张。

但是在小说的结局部分，读者才恍然发现，这实际上不过是住在老年疗养院的南希的一场梦，一场臆想中发生的荒诞梦境。这样的主题完全出乎读者的意料，作者如果不交代，读者似乎永远无法知道整篇故事只不过是一个老年痴呆患者的一场梦。门罗有意用情节的无限延宕，把故事最重要的因素隐藏起来而制造了小说的巨大悬念，正如里蒙-凯南在《叙事虚构作品》中指出："所谓'延宕'，就是在文本中'应当'透露信息的地方不透露，故意留到后面才说出来。"[1]这种"结构关系上的陌生化组合"以及悬念的设置，"带来意义的变异，而这种陌生化组合的基础就是对读者阅读心理上的惯性轨迹的背离"[2]。这个梦的结构安排如此巧妙，充满反讽与陌生化，使整个事件的意义都发生了改变，打破了读者惯常的思维习惯和阅读期待，使得读者在阅读中获得一种"意外之喜"。

总之，门罗总是能够将故事的时间跨度压缩在最小的篇幅之内，她客观的叙事态度使得故事的关键信息能够很好地隐藏，开放性的结局提醒读

---

[1] [以色列]里蒙-凯南：《叙事虚构作品》，姚锦清等译，北京：三联书店，1989年，第224页。
[2] 徐岱：《小说叙事学》，北京：商务印书馆，2010年，第207页。

者要去填补"文本中的空白",自己去面对生活中的诸多问题,并去寻找答案。同时她尽可能言简意赅的语言却总能够传达尽量多的信息,在那些家长里短、喋喋不休、琐屑的家庭故事背后,门罗独具匠心的创作艺术使得平凡的小镇生活具有无穷的可读性和阐释性,这彰显了门罗深厚的艺术功底,也说明了门罗能够获得诺贝尔文学奖的原因。所以英国的小说家 A. S. 拜厄特(全称为安东尼娅·苏珊·拜厄特)称门罗为:"伟大的短篇小说家,她的作品完全改变了我对于短篇小说的成见,同时也影响了我的创作方式。"[1]

7.4 本章小结

本章主要围绕"不确定性"这一艺术特色来分析艾丽丝·门罗短篇小说的主要叙事技巧。总体上,在借鉴现实主义传统叙事手法的基础上,门罗不拘于形式,同时将后现代相关的叙事技巧拿来"为我所用",使得其小说在叙事结构上体现出丰富的艺术性。具体可以通过三点体现:现实题材的利用与虚构性回忆的想象交织;小说叙事时间与叙事空间的回环往复所形成的复杂多变的叙事结构;小说主题与结局的开放性形成大量的文本空白,进而召唤读者自行填补故事情节,从而使故事的主题得到深化。

首先,现实与虚构的复杂交织。门罗小说一个非常大的特色就是多取材于现实生活,她的笔触所及表明她关注的是现实生活中常见的一些细节,围绕的是现实生活中的女性以及她们家庭内外的生活,描写的是加拿大西南部平凡小镇的生活日常。无论是其前期的《女孩和女人们的生活》还是中期的《逃离》乃至后期的封笔之作《亲爱的生活》,读者无须刻意去串联这些故事,就可以看出故事具有很强的写实性以及自传性,故事中的很多人物形象似乎都有门罗的影子。在小说《眼睛》《夜晚》《声音》《亲爱的生活》中,主人公的童年、家庭以及人生的成长过程均有一定的相似性——价

---

[1] 转引自周怡:《艾丽丝·门罗:其人·其作·其思》,广州:花城出版社,2014 年,第 197 页。

值观相左的父母影响、没有快乐的童年生活、居住在不是乡下又不是真正的城镇的地方，这些无不和门罗本人的生活经历息息相关。但是，门罗这些自传性质的小说往往是通过回忆的口吻展开。从《逃离》到《亲爱的生活》，门罗写作的自我回忆性不断加强。可以说，将门罗所有的短篇小说连在一起就是一部巨大的生活回忆录，这种回忆的性质使她的小说兼具写实与虚构的色彩。因为，正是通过回忆，现实与过去的情节交织，从而才能进一步挑战传统虚构叙事与非虚构之间泾渭分明的界限。

其次，时间和结构的跳跃性回放。门罗小说叙事过程中的回忆性以及虚构性必然会对小说的叙事时间和叙事结构产生影响，这种影响表现在文本中主要为跳跃、回放的叙事时间和多变灵活的叙事空间。在门罗短篇小说的叙事文本中，故事实际发生的时间和文本中叙事的时间往往是错杂交织的，门罗有意让叙事时间在过去、现在和未来之间来回跳跃，其目的正是模糊时间进程，从而突破传统小说那种线性叙事方式。与这种跳跃性叙事时间相对应的是门罗灵活多变的叙事空间。小说的叙事话语空间主要体现为自然空间和社会空间两个方面，"门罗小镇"及小镇人的生活是主要社会空间，小说中大量的自然环境描写则是自然空间。围绕封闭式的"火车"空间和多变的"房子"空间两个主要意象展开论述，可以看出这两个空间一方面为人物提供了必要的成长与活动空间，反过来也会对人物的心理发展与思想转变产生影响，暗喻着人物内心世界的渴求与愿景。

最后，与门罗女性书写经验密切相关的"开放性"书写方式，同样也是值得关注的写作特色。小说主题意义的多义性和不确定性主要表现在门罗小说无论从任何角度切入理解似乎都可行：对女性生存的关注，对两性关系的思考，对战争的叙述，对人性复杂的探讨，以及人之存在的哲学思辨等。小说究竟是在探讨什么主题，完全取决于读者怎样阅读。结局上的开放性和主题的不确定性相得益彰，门罗不喜欢为小说的人物安排一个圆满的结局，结尾常常处于开放状态。故此，读者要想读懂门罗的小说，必须抛开某种固定的阅读期待，这样既能够调动读者的参与性也能丰富文本的无限内涵。正如赵小琪指出："门罗的各部作品都灵活采用了多种创作技巧，只是每部作品中突出的技巧各色迥异。其中，最值得我们注意的是门罗作品中的不确定性和开放式结局，这两个特征凸显了门罗作品的多义性、复杂性和开放性。"[1]

---

[1] 赵小琪主编：《诺贝尔文学奖作品导读》，武汉：武汉大学出版社，2020年，第299页。

跨媒介叙事：门罗小说中"风景"呈现及影视化之维

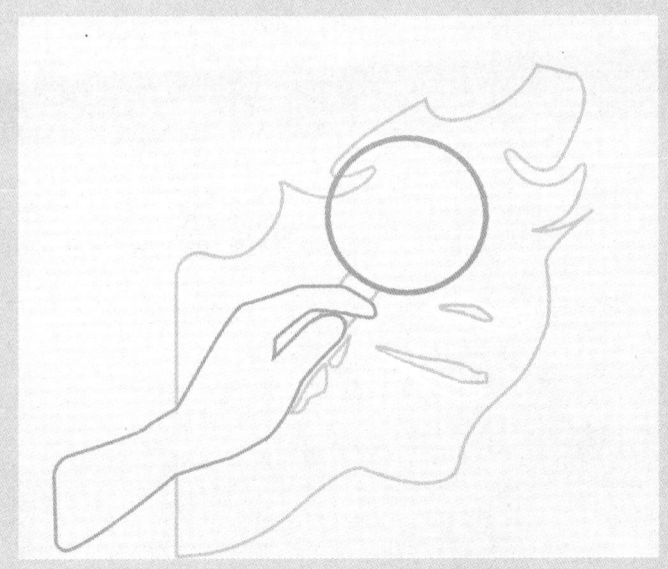

第八章
跨媒介叙事：门罗小说中"风景"呈现及影视化之维

艾丽丝·门罗小说中的"风景"问题是目前业界研究相对薄弱的话题之一，"风景"的跨媒介叙事更是触及寥寥。目前，国内对门罗的研究集中于门罗的女性主义写作、叙事艺术特点、地域性书写等问题。就"风景"研究的指向来看，大多数研究是从宏观角度对其作品中的"加拿大性"或"人文性"进行分析，多触及形象书写、叙事手法创作、文化地理学研究等方面，很少能够从微观视角聚焦于门罗小说中某一类自然风景，因而研究带有"泛风景主义"的色彩。与此同时，门罗小说的影视化改编研究也多从文化属性与互文属性切入，很少对门罗小说中的自然风景或人文景观的改编形式予以关注。本章从以上两个研究相对薄弱的角度切入，从树木、荒原、湖泊、动物等微观意象出发，剖析其在不同短篇小说中的关联、意涵及其象征指涉，并从影视化改编的作者化、情感类型化、身体主体化三个层面探讨"风景"的跨媒介、跨文化、跨性别叙事中的议题，以此阐明门罗小说中的和谐生态何以实现，差异共生、平等良善的社会何以可能。

8.1 自然风景与"南安大略哥特"

毋庸置疑，艾丽丝·门罗所生活的南安大略地区是其创作的土壤和灵感来源。受此影响，门罗的小说中也暗含着"南安大略哥特"的写作趋向。她在树木、荒原的神话意象中营造着蛮荒、冷寂、恐怖的气氛，诉说着历史记忆、死亡感受与强烈的求生意识；在湖景的"恋地情结"中构建着危险、不幸、不安与不确定性的降临；在动物修辞中，联结着女性与动物命运的相似，并以此批判性别压迫、阶级差异。门罗的"哥特式"风格暗含着一种诉求，即战争的动荡、历史的更迭、社会的迁徙、恐怖的气氛背后潜藏着对共生与和谐的渴望，只有打破性别中心主义与人类中心主义的偏见，人与自然、人与人、人与自我的和谐共处才会成为可能。

8.1.1 树木荒原中的"神话象征"：求生意识与恐怖书写

"树"在中西方文学中是一个典型的意象。早在《诗经·鄘风》中便有对梧桐树的记载:"树之榛栗,椅桐梓漆,爰伐琴瑟",用以象征美好、高洁与祥瑞之意。《诗经·采薇》中也有记录柳树的名句:"昔我往矣,杨柳依依。今我来思,雨雪霏霏。""柳"和"留"相连接,意指恋恋不舍与朝思暮想之情。到魏晋南北朝时期,柳树成为品评人格、感悟生命意识的意象。"五柳先生"陶渊明在《归园田居》中写道"榆柳荫后檐,桃李罗堂前",柳树成为隐士装饰房屋,追求品节、气骨的精神象征。除梧桐、柳树外,松柏在中华民族的文化中有着不可替代的地位。在藏族、傣族、怒族、布依族等少数民族文化中,松柏可用来驱魔辟邪、祈福平安。民间的书法、绘画作品中常见"福如东海长流水,寿比南山不老松"的主题,以凸显松柏的长寿之意。此外,"岁寒三友"——松、竹、梅在文艺作品中也多用来形容情感的忠贞和人格的高洁。

  以"树"来书写民族神话并非囿于中华民族。在英国,橡树被喻为自由的捍卫者,德国更是将森林与日耳曼民族、军国主义传统相嫁接,耶路撒冷锡安山上的树木是犹太人的替身,日本文化中常将树作为神灵、超自然现象的象征,以此隐喻生存压力之下社会的无序、不公与不可控性。加拿大有着"枫叶之国"的美誉。在加拿大的国旗上,就印有一枚枫叶。加拿大的国树是糖槭树,又叫糖枫树。在安大略省和魁北克省,每年三四月还将举办加拿大重要的传统节日——枫糖节。作为一个移民国家,树在加拿大文学史中被赋予了顽强的求生意志与敏感的受破意识。加拿大著名女作家玛格丽特·阿特伍德(Margaret Atwood)曾对此有一个形象的比喻:"大树可以代表成长,也会砸到你的头上——加拿大人十有八九会认同消极的负面。"[1]这样一种受破意识也深深影响着艾丽丝·门罗的写作。在《亲爱的生活》这部短篇小说集中,森林、荒野、极端天气等自然意象,一方面渲染着哥特式的环境气氛与未知的故事走向,另一方面为主体意识的伤感化、空洞化与流动性埋下了伏笔。

---

[1] Margaret Atwood. *Survival: A Thematic Guide to Canadian Literature*. Toronto: House of Anansi, 1972: 35.

第八章
跨媒介叙事：门罗小说中"风景"呈现及影视化之维

加拿大有着狭长而广阔的落叶阔叶林带，这样的地理环境为移民安居提供了天然的生存保障。在小说集《岩石堡风景》中，门罗曾描写了休伦地带被开发时的情境："开拓休伦地带时，农场上的树木被彻底清除。许多溪流被抽干……早期的移民憎恶森林，而对开阔的土地艳羡不已。""岩榆被运走做了船木，白松则被用来制造船的桅杆，直到几乎看不到这些树种了。"[1]森林、树木对早期的移民者而言，就是生活与生产的希望。当森林变为农场，树木变成了柴火，从苏格兰埃特里克迁往加拿大定居谋生的门罗家族才得以生存和延续。

艾丽丝·门罗出生于加拿大安大略省，这也是800多公里长的"枫树大道"的必经之地。在《终曲》这部带有自传色彩的小说中，门罗所住的房子周围种植着"山毛榉、榆树、橡树"，但却"不加区分地说枫林"，除此之外，还有一些白丁香树和紫丁香树。这些自然风景贯穿着门罗的童年，它纾解着门罗"掐死妹妹"的疯狂想法，缓和着父亲的打骂、母亲的忽视所带来的失眠焦虑。英国史学家西蒙·沙玛（Simon Schama）认为："感官知觉到的风景与人的思维和心理运作之间存在复杂的密切联系。"[2]儿时的经历让门罗开始不断借由树木、荒原等原型意象来植入人物的内在意识或映射自我心灵。在小说《多莉》中，树的开采、变色、干枯正是自我生命的轨迹。当71岁的"我"和83岁的丈夫富兰克林在一条从未发现的小路上看到一片枫树、橡树和其他树木构成的次生林时，人为开发的遗迹令二人对白骨露野的担忧消除，卡车路过的痕迹为富兰克林的内心带来极大安慰。面对死亡，门罗以自然风景勾勒出生命的永恒定格。"那一天不能太阴沉。没有雨也没有初冬的雪。树叶已经开始变色，但还没有落下来很多。一切涂上了金黄色，就像那天一样。"[3]在自然规律面前，任何人为的介入都显得如此多余。当"我"找寻着最合适的时间离开，畅想着临终之际的

---

[1] Alice Munro. *The View from Castle Rock*. London: Vintage Books, 2007: 130.
[2] [英]西蒙·沙玛：《风景与记忆》，胡淑陈译，南京：译林出版社，2015年，第6页。
[3] [加]艾丽丝·门罗：《亲爱的生活》，姚媛译，北京：北京十月文艺出版社，2014年，第220页。

遗言，却忽然觉得这是一种轻率、一种侮辱。就如同对金色阳光和迷人天气的破坏，人为的干预是一种与自然相左的生命态度，更是借由自然意象反衬出对人类对死亡恐惧的内在探索。

恐怖是"南安大略哥特"（Southern Ontario Gothic）文学的主要特征。"南安大略哥特"这一说法首次出现于加拿大作家格雷姆·吉布森（Graeme Gibson）的访谈集《十一位加拿大小说家》（*Eleven Canadian Novelists*）[1]。加拿大女作家苏珊娜·穆迪（Susanna Moodie）曾在《丛林里的艰苦生活》中把加拿大广袤的土地比喻为："仅适合野兽生存的陌生恐怖地域。"[2]约翰·理查森（John Richardson）也把尼亚加拉瀑布描写成"旅途中危险的障碍"[3]。早在小说《森林》中，门罗就描写了罗伊在森林中体验死亡的恐怖："天色阴暗，还有浓密的雪，他只能看见第一排树。今天早些时候，他经过这里时，冬天的夜幕还没有降临。不过，这会儿他才注意到，他才发现，以前来树林的时候，他错过了一些东西。树林竟然这么纠缠不清，这么稠密，这么隐秘。它不是一棵树，然后另一棵树，而是所有的树在一起互相支持，互相帮助，然后编织成一样东西。在你不知不觉之中发生的一种变形。"[4]这是扭伤了脚的罗伊在冰天雪地的森林中离死亡最近的时刻，大自然仿若一个血盆大口的巨兽，即将吞噬渺小的人类。在极端天气下，罗伊在荒无人烟的森林中被激发出强烈的求生意识，并感受生命的无常与脆弱，他重新认识了自己，并感受到妻子莉的重要作用。

无独有偶，在小说《火车》中，士兵杰克逊从火车上跳下，准备从战场上回家的他正朝相反的方向走着，没有人知道他要去哪里，没有人知道他要做什么，正如门罗的描述——"某种被未知的东西监视的感觉"。在杰克逊的周围，有松树、枫树、田野、牧草、庄稼、残渣。"四周发出各种响动，八月干燥的树叶摇动的沙沙声""野生的苹果树、多刺的浆果灌木、蔓

---

[1] Graeme Gibson. *Eleven Canadian novelists*. Toronto: The House of Anansi Press, 1973: 137.
[2] Susanna Moodie. *Roughing it in the Bush*. Toronto: McClelland and Stewart, 1852: 68.
[3] John Richardson. *Wacousta*. Toronto: McClelland and Stewart, 1832: 12.
[4] [加]艾丽丝·门罗：《幸福过了头》，张小意译，南京：译林出版社，2013年，第282页。

延的葡萄藤"以及"骂骂咧咧的乌鸦""蜿蜒爬行的乌梢蛇"[1]构建了一种蛮荒、冷寂、恐怖的气氛书写。士兵及返乡人的身份如同后殖民时代的加拿大移民,这是一个"来自旧世界,在新世界中迷失的旅客"[2]。在恐怖气氛之中迷失是加拿大人长久以来对自我身份的不确定和分裂式的探索。返家的士兵找不到家的方向,树木、杂草、荒野如同一个历史的遗迹,又如一个与现实相纠缠的乌托邦场域,作为曾在这里生活过的杰克逊对故乡的热土却是如此的陌生,即便是勉强融入,他也对贝尔曾经的乱伦经历、美丽邓迪大楼发生的情感往事无所适从,只有继续踏上征途,寻觅生活的希望。这一被真空化、神秘化的自然之景,被"视作未开发的、无意识的、浪漫的、神秘的以及不可思议的世界的象征"[3]。

　　荒原意象同样带有"南安大略哥特"色彩。它同森林、树木一样,在门罗的小说中是迁徙的加拿大人垦荒、耕地、养狐的生存之地。与此同时,荒原还是杀戮血腥之地。在门罗短篇小说《荒野小站》中,荒野是弟弟乔治杀害哥哥西蒙的葬身之地,西蒙的爱人安妮帮助乔治掩盖事实的真相,荒野上的杀戮就常常出现在安妮的梦中:"我几乎每晚都做梦,他们中的一人拿着斧子追我。不是他,就是乔治,反正是他们中的一个。有时候不是斧子,是他们中的一人用双手举着一块大石头,躲在门后等着我。梦是对我们的警告。"[4]直到老去,安妮才和曾经的过往和解。阿特伍德曾指出:"加拿大的水和雪所占地域比例十分大,它们都是很好的杀人武器。"[5]英国著名诗人艾略特也在其代表作《荒原》这部长诗中,将西方社会描述为秋风萧瑟、万物寂灭的荒原,其中充斥着人的原罪、堕落和绝望。如果说艾

---

[1] [加]艾丽丝·门罗:《亲爱的生活》,姚媛译,北京:北京十月文艺出版社,2014年,第166-167页。
[2] Cynthia Sugars. *Canadian Gothic: Literature, History, and the Spectre of Self-invention*. Cardiff: University of Wales Press, 2013: 209.
[3] Margaret Atwood. *Second Words: Selected Critical Prose*. Toronto: House of Anansi Press, 1982: 100.
[4] [加]艾丽丝·门罗:《公开的秘密》,邢楠、陈笑黎译,南京:译林出版社,2013年,第222页。
[5] [加]玛格丽特·阿特伍德:《生存——加拿大文学指南》,秦明利译,北京:中国文联出版公司,1991年,第45页。

略特的诗歌是以现代主义的手法剖析现代人精神的枯萎与荒冢，寻求宗教的拯救与精神的寄托，那么在门罗笔下的荒原则带有一丝"反认他乡是故乡"的意味。罗普·弗莱（Northrop Frye）曾经这样描述加拿大人的困境："英属加拿大原来是荒野的一部分，后来变成北美和大英帝国的一部分，最后变成世界的一部分。"[1]外来移民的落脚、文化思想的归属、肉体与精神的安放通通要从"垦荒"开始。"荒野看似一个充满无序的大舞台，但它也是将无序抽走的大舞台，因此人们在自然面前会感到一种更惊人的神秘，压过了先前对自然的无情所感到的恐惧。"[2]对荒原的恐惧与亲近，正是门罗对生活难以言喻的诉说。脚下这片让她既爱又怕的荒原既是一个生存的庇护所，又是心灵的避难所，令门罗保有天然的、本源的情感。

  对于这种情感最为代表性的例子，莫过于门罗带有自传色彩的小说——《亲爱的生活》。神秘而又疯癫的奈德菲尔德太太带有典型的哥特气质。她在窗边的窥视曾是门罗童年的心理阴影。然而，当门罗搬去温哥华后，奈德菲尔德太太的女儿对故乡河滩、荒原和枫树的描述再次唤起门罗对奈德菲尔德太太的重新思考。"岸边开满了鸢尾花的小溪/被枫树林的绿荫遮蔽/流水滋润的原野上/一群白鹅在嬉戏。"[3]这是门罗最熟悉的梅特兰河滩，那是空旷的田野开始的地方。奈德菲尔德太太的窥视可能是对她过去自己家的留恋，住在俄勒冈写诗的女儿还和"我"一样订阅小镇的周报，而"我"在奈德菲尔德母女身上收获了与母亲的和解。当"我"见证并亲历梅特兰河滩旁的历历往事时，儿时的恐惧转化为一种理解，这种感觉如同后殖民时代的加拿大人对生活的态度——"那里充满宁静和快乐/在我的记忆里荡漾着微波"[4]。

---

[1] Northrop Frye. *Conclusion to Literary History of Canada: Canadian Literature in English.* Durham: Duke University Press, 1991: 45.

[2] [美]霍尔姆斯·罗尔斯顿：《哲学走向荒野》，刘耳等译，长春：吉林人民出版社，2000年，第226页。

[3] [加]艾丽丝·门罗：《亲爱的生活》，姚媛译，北京：北京十月文艺出版社，2014年，第294页。

[4] [加]艾丽丝·门罗：《亲爱的生活》，姚媛译，北京：北京十月文艺出版社，2014年，第293-294页。

8.1.2 湖景中的"恋地情结":欲望叙事与心灵幻景

英国湖畔派诗人代表威廉·华兹华斯(William Wordsworth)对英格兰湖区水仙、蝴蝶、鸽舍、红雀的描写,让风景如画的湖区成为英格兰民族文化的象征,并推动了西方风景文学的诞生。华兹华斯清新、淡然的诗作风格冲破了18世纪欧洲贵族靡丽奢华的古典主义桎梏,催生出一种"如画"美学的文学创作观和浪漫主义的自然观。亨利·梭罗(Henry Thoreau)所作的《瓦尔登湖》是美国自然主义文学中一颗璀璨的明珠。如陶渊明般亲近自然、探索自然是梭罗向往的生活,简朴、守拙是梭罗的人生信条。瓦尔登湖是梭罗笔下身心自由、精神富有的象征。席慕蓉的散文《无题》,把贝加尔湖畔的风景形容为"美的不能再美的人间仙境",同时贝加尔湖也是席慕蓉寻找乡愁的牵绊。湖泊文化在中国文学史中丰富驳杂,《山海经》中的洞庭山、洞庭湖是瑰丽奇绝的化身,吴王避暑、范蠡泛舟、冯梦龙品茗的太湖透露出隐逸文化的传统,而"淡妆浓抹总相宜"的西湖却又是神话传说与富庶繁华的地域代言。国内著名学者王富仁曾"以河流、湖泊、海湾说明中国现代革命文化、并以河流中的鱼、湖泊中的鱼和海湾中的鱼比喻革命文学、京派文学和海派文学"[1]。在艾丽丝·门罗的短篇小说中,并没有具体呈现湖泊的名字,但却深深烙印着"五大湖"的地域之魅,尤其是加拿大南部和北美接壤的安大略湖和休伦湖,成为其营造"南安大略哥特"氛围的灵感来源。安大略省休伦郡也是门罗一家最早跟随莱德劳一家来到加拿大落脚的地方,门罗在那里度过了她童年和青少年的美好时光。

在自然主义文学中,湖泊要么建构着崇尚自然的神话,带有"梭罗式"的心灵朝圣;要么是民族文化的地域象征,带有作者深厚的"恋地情结"(Topophilia)。华裔学者段义孚认为"恋地情结"是指"人与地方或环境之间的情感联结"[2]。人与环境之间的情感不仅有"爱",而且有"怕"。恐惧

---

[1] 王富仁:《河流·湖泊·海湾——革命文学、京派文学、海派文学略说》,载于《中国现代文学研究丛刊》,2009年第5期,第1页。
[2] Yi-FuTuan. *Topophilia: A Study of Environmental Perception, Attitudes and Values*. New Jersey: Prentice-hall, Inc, 1974: xii.

的来源是人对"未知"地域的陌生或对自然灾害、饥荒、瘟疫、黑暗等宇宙、世界变化的无助。在门罗的小说中，湖泊的出现首先暗示着一种危险的降临。在短篇小说《亚孟森》中，"我"眼中的湖泊呈现出两种截然不同的感觉。当"我"从多伦多来到一个陌生的小镇时，眼前的湖景是"湖面上覆盖着白雪，湖边有一座长长的白色的木房子……结了冰的湖面并不平坦，冰面沿着湖岸起伏，仿佛波浪在落下的一瞬结成了冰……一切都简单朴素，具有北方的风貌，在云朵卷积的高高的穹顶下面黑白分明"[1]。看似素朴的湖泊如同海妖塞壬，以它独有的美丽吸引着"我"对未来小镇生活的憧憬。"我"不止一次地赞叹湖景带给我的美妙感受。然而，湖景的美丽是上瘾的毒药、带刺的蜜桔，它总是带来一些怪诞、边缘性的东西。

与湖泊相伴生的"暴风雪"在门罗的小说中总是暗示着不幸事情的发生。《离开马弗里》中的暴风雪直接导致道路封闭，以及利亚的失踪。在《夜晚》中，门罗更直言不讳地写道："似乎没有一次孩子出生、阑尾破裂，或任何其他严重的身体状况不是和暴风雪同时发生的。"[2]冰冷、静谧、惨白的湖景小镇孕育着各种奇奇怪怪的人与事，他们行为诡异，极不寻常：医生办公室不可涉足，护士长会轻易受到惊吓，三个注册护士总是怀疑一切，学生在课堂上十分自由，他们可以心不在焉，可以玩井字棋游戏，可以在课堂发出怪诞的耳语声。最后，"我"无事可做，只有望湖沉思。此时，"那里的房子、树木和湖泊再也不会和我第一天看见时一样了，那天，我被它们的神秘和威严迷住了。在那一天我曾相信自己隐匿了形迹。现在看来那一切似乎都不是真实的"[3]。"我"对湖景感情色彩的变化，从静谧陶醉到神秘威严再到虚幻迷失，之所以会有如此大的差别，一方面来源于"我"对小镇同事、学生了解的加深，发现他们并不像美丽的湖景般生机盎然，

---

[1] [加]艾丽丝·门罗：《亲爱的生活》，姚媛译，北京：北京十月文艺出版社，2014年，第28页。

[2] [加]艾丽丝·门罗：《亲爱的生活》，姚媛译，北京：北京十月文艺出版社，2014年，第253页。

[3] [加]艾丽丝·门罗：《亲爱的生活》，姚媛译，北京：北京十月文艺出版社，2014年，第38页。

第八章
跨媒介叙事:门罗小说中"风景"呈现及影视化之维

而是死气沉沉,充满神秘;另一方面来自于"我"和男雇主初次不算愉快的交谈,让"我"对湖景小镇未来的生活由憧憬转为惶恐。

门罗认为:"女性的欲望却又充斥着不安和不确定。"[1]湖景仿若"我"对自身内在欲望的探索,它不仅是"我"所需要适应的自然力量,而且还伴随着"我"与雇主之间一段无疾而终的婚姻之旅。尤其是后者,仿佛结了冰的湖面,永远不知道湖面下的暗潮涌动;又如湖面上的迷雾,隐匿着危境的降临。在欲望的蛊惑下,"我"毫无防备地去雇主家吃饭、同医生谈论"我"在多伦多的生活、"我"的家庭,甚至让他抚摸"我"的背、亲吻"我"的唇、享受"我"的处女之身。小说中的医生雇主言语不多,但充满着凌厉的口吻,并带有压迫的气场。比如他在亲吻"我"之前说出"下星期六"几个字,就让我不敢再下次见面迟到;面对玛丽的不请自来,他只是捡起她的靴子,放在她面前,冷冷地说"穿上"就足以让玛丽难过得泪流满面。小说对男性雇主的描述经常出现粗暴、命令、咄咄逼人的字眼,"我"毫无缘由地臣服于男性的威严之中,同时在自己的欲望中暧昧、迷惘、动荡、闪躲。其实,湖景和男人一样,男人有本然的动物属性,那是同自然相通的。但"我"对男人的情感期待与精神寄托不断在变,就像湖景小镇阴晴不定的天气。哥特式的恐惧"并不源于可怖的事物本身,而是由于变化而带来恐怖事件发生的可能性"。

小说《湖景在望》是一个有关梦境的故事,同时又是一个有关"寻找"的故事。小说中的对湖景的正面描写只有一句:"从这里的确能看到湖景,那是顺着地平线延伸的一道细细的淡蓝色。"[2]湖泊在此是"我"心灵幻象的折射,它辐射于整个徐门村镇,直至"我"返回湖景疗养院重新面对冰冷的生活。孤独是女主人公南希精神上的麻醉剂,南希来到徐门村是为了找专科医生看大脑糊涂的老年病。这一设定令熟悉门罗的读者们不禁发现,

---

[1] 转引自刘宏宇:《〈亲爱的生活〉:一种拉康式心理学图景》,载于《外国文学研究》,2015年第2期,第160页。
[2] [加]艾丽丝·门罗:《亲爱的生活》,姚媛译,北京:北京十月文艺出版社,2014年,第214页。

南希实际就是门罗妈妈的化身。在小说《亲爱的生活》里门罗讲述了她的妈妈在四十多岁的时候就患有早期帕金森病。相较于疾病本身，门罗的恐惧和担忧源自妈妈的心理状态。她把这种担忧托付于小说中南希的梦境，通过南希的心灵视景剖析女性"精神的漫游"。

首先，门罗以作者视角和南希的视角相融合的笔触，刻画了小镇"哥特式"的诡谲气氛：建于十九世纪的老房子、可能停有灵车的殡仪馆、橱窗内停摆的挂钟、陶瓷脑袋的娃娃、古老的冰鞋、便盆和破旧不堪的被子，带有哥特风格的穹顶和玻璃花窗。即便是小镇上的居民，在南希的梦境中也是"不合常理骑行的小男孩"。梦境中出现了破产、被火烧了的工厂、彼此过于熟络的老女人和男人。这些自然与人文之景深深反映出南希对生命的焦虑。寻找医生的南希连医生的名字、找医生的原因都记不起来，身体与生命的归宿掌握在他者手中却没有任何自主的余地。这里发生的事情极不稳定，没有人可以真正地帮助南希，甚至连她自己也不能。南希的找寻是重识世界的方式，是离开家园的冒险，是生命迁徙中的流离，是现代人精神上的无依之地。这也是门罗在生活中所要面对的"亲爱的生活"，即在平淡中"发现某种如临深渊的恐惧和明净似水的醒悟"[1]。

其次，封闭的空间是哥特风格产生的重要条件。门罗在小说中非常详细地描写了树篱、格子栅栏、门窗游廊等建筑，以一种带有边界感的封闭空间营造出压抑、禁锢、窒息的逼仄之感。当南希回到疗养院，走进封闭昏暗的大门，这种心灵的恐惧达到了顶峰："她张开嘴大声叫喊，却似乎发不出声音。她浑身发抖，无论怎么努力都无法让呼吸进入肺里。仿佛喉咙里有一张吸墨纸。窒息。她知道自己必须做点不同的事，不仅如此，她还必须相信不同的东西。冷静。冷静。呼吸。呼吸。"[2]此时此刻，梦游状态下的南希看到熟悉的场景又重新与现实交接，但现实是可怕的，有病痛的

---

[1] 周怡：《自我的呈现与超越——评艾丽丝·门罗的短篇小说〈脸〉》，载于《外国文学》，2011年第1期，第4页。
[2] [加]艾丽丝·门罗：《亲爱的生活》，姚媛译，北京：北京十月文艺出版社，2014年，第217页。

折磨、有死亡的恐惧、有对死去丈夫的思念，更重要的是这些情感全部被禁锢于一个人为的"囚笼"之中。湖景疗养院如同地狱，梦游的病人如同鬼魅，他们在帕金森病和幽闭恐惧症中不断穿梭。大卫·克劳斯（David Crouse）认为，南希是门罗的替身，是"从小说中跳出来重新描述世界的人……他们深深地专注于观察这一行为"[1]。"虚无缥缈的视觉，命中注定的恐怖，转瞬即逝的现在，错综复杂的美丽"[2]不单是自然湖景本身的状态，更是南希与门罗所要面对的精神幻象。身心的禁锢与自然最原始的自由生长背道而驰，封闭意味着没有出路，加剧着南希对丧失记忆和生命终结的恐惧，而自由"从同一根树枝上长出了美丽与恐惧两个分枝"[3]，它成为门罗小说中不断追逐的议题。门罗以自己的母亲为蓝本，关注老年人疾病、关注女性的身心健康问题，并在自然和心灵视像的叠加中予以呈现。女性生态主义强调，对女性的尊重与认同应像对待自然那样，它不应该被权力、制度或者政治、经济所裹挟。女性的解放就是建立一种新型的自然道德观念，它尊重差异、倡导多样、反对压迫，充溢着平等、和谐、爱与善的伦理。即便是生活中有如此多的恐惧与不幸，门罗依然会在小说中达成与母亲的和解，而南希在患有帕金森的时刻还清楚地记得自己曾与丈夫有辆车叫沃尔沃。

8.1.3　动物作为"修辞工具"：性别压迫、阶级差异与现实寓言

动物在中西文学史中是一个重要的意象。捷克作家弗兰兹·卡夫卡（Franz Kafka）的《变形记》，英国作家乔治·奥威尔（George Orwell）的《动物庄园》，日本作家夏目漱石（なつめ　そうせき）的《我是猫》以及中国作家姜戎的《狼图腾》、杨志军的《藏獒》、贾平凹的《怀念狼》、郑雪波的《银狐》等作品中动物都占据着重要的位置。若从加拿大文学史切入，

---

[1] David Crouse. "Honest Tricks: Surrogate Authors in Alice Munro's Hateship, Friendship, Courtship, Loveship, Marriage" from Charles E. may: *Critical Insights: Alice Munro*. Ipswich, MA: Salem, 2013: 230.
[2] Annie Dillard. *Pilgrim at Tinker Creek*. New York: Harper Perennial, 1988: 2-3.
[3] Annie Dillard. *Pilgrim at Tinker Creek*. New York: Harper Perennial, 1988: 139-180.

查尔斯·罗伯茨（Charles Roberts）在《野地的亲族》（1911）中率先使用了"动物文学"这一术语[1]，欧内斯·西顿（Ernest Seton）、法利·莫厄特（Farley Mowat）等加拿大籍作家也从写实主义、浪漫主义的手法探讨了动物与人、人与环境的关系，并从对生态危机反思的维度上窥探加拿大的殖民史、自然生态主义以及人与动物的伦理等问题。动物意象是探索艾丽丝·门罗短篇小说中生态女性主义意涵的肯綮。生态女性主义理论认为："那种认可性别压迫的意识形态同样也认可了对于自然的压迫。生态女权主义号召结束一切形式的压迫，认为如果没有解放自然的斗争，任何解放女性或其他受压迫群体的努力都是无济于事的。"[2]概言之，女性生态主义试图建立一种生态共同体，即尊重生物多样性和差异化，链接女性和自然的关联，打破人与自然、男人与女人的对立，以一种解放生命、反对压迫、取消对立、追求共生的思维解决当下女性与自然的危机。

动物是剖析女性生态主义的修辞工具。在门罗的笔下，动物的意象主要有两方面的指向：它们或将被圈养、等待宰杀，与女性受压迫的命运联系在一起，映射人性本能中的动物性，抨击父权/男权文化的蛮荒，并给予自然/女性的脆弱深深的同情。《男孩与女孩》《逃离》《好女人的爱》《伊达公主》《信仰之年》等短篇小说对此类问题均有触及；又或将人与自然的和谐与人性的和谐相连，通过动物与人的和谐融洽凸显人性中的温暖与善良的一面，以此表达性别平等、人与自然的平等这一主题，如《沼泽路》《熊从那边来》等小说中的书写。阿特伍德曾指出："'动物被害'主题是加拿大文学最重要的主题之一：英国的动物小说是为了揭示社会关系，美国是杀戮动物，加拿大是动物被杀戮……"[3]

门罗延续了这一主题，早期移民的加拿大人必须依靠猎杀动物求得生存，门罗的父亲也曾以饲养银狐和雪貂为生。因此，在门罗的短篇小说中，

---

[1] 黄雯怡：《加拿大写实动物小说中的伦理思想探析》，载于《外语研究》，2018 年第 35 期，第 94 页。
[2] 金莉：《生态女权主义》，载于《外国文学》，2004 年第 5 期，第 57 页。
[3] Margaret Atwood. *Survival: A Thematic Guide to Canadian Literature*. Ontario: House of Anansi, 2013: 74.

血腥、暴力、杀戮、惊悚的动物描写无处不在。如在小说《伊达公主》里，伯父"给猫吃爆竹。他把一只青蛙绑起来，剁成碎块。它在牛饲料槽里溺死母亲的小猫"[1]。在《男孩女孩》中，"狂风从被埋葬的土地中呼啸而起，整夜袭击我们，仿佛一群凶险而又不幸的老怪物在大合唱"[2]。门罗以哥特式的手法试图将女性的命运同被宰杀、圈养的动物相联系。门罗不止一次地在小说中写到狐场的畜栏、畜棚以及高高围起的护栏和围栏，以防止动物逃跑。这就好比门罗童年压抑而又沉重的经历：她见证了加拿大对德国宣战，生活在荒凉绝望而又被传统新教文化压抑的农场之中，父亲的打骂、母亲的轻视造就了门罗的孤独，被宰杀的动物让门罗的童年变得冷酷麻木。"每年秋天都会有一部分皮毛动物被宰杀，只留下用来孕育的动物。但我对此习以为常，可以轻易地忽略这一切。"[3]从她带有自传色彩的短篇小说《亲爱的生活》中可以看出，在父权压迫下的门罗如同被宰割的动物，女性如同动物般被客体化和物化，父亲、伯父有着掌控"它们"生命的权力。这一带有二元对立色彩的描述暗含着一种生态主义危机的到来：对动物的残忍与伤害终将转移至人类，人与自然的对立终将转化为人与人之间的矛盾。

除性别不对等的议题外，门罗小说中的动物还指代一种阶级差别。在小说《火车》中，贝尔耕作的田里养了一匹用来拉车的斑点马，这匹马是贝尔生活的一切，与那个时期开始流行的拖拉机格格不入。而在山的另一边，两匹颇有活力的小马驹拉着六个小人，"每个人都穿着黑色衣服，戴着得体的黑帽子"，"他们在唱歌，朴素的童高音，甜美极了"。他们是门诺派的小男孩，来自一个特别注重男女之别的家庭——"女孩必须和家长一起乘轻便马车，但男孩乘运货马车。"他们曾在贝尔母亲去世的时候送来了很多食物，就连这匹不能干农活的斑点马，也是门诺教徒送的。贝尔觉得非常

---

[1] [加]艾丽斯·门罗：《女孩和女人们的生活》，马勇波、杨于军译，南京：译林出版社，2013年，第90页。
[2] [加]艾丽丝·门罗：《快乐影子之舞》，张小惠译，南京：译林出版社，2013年，第148页。
[3] [加]艾丽丝·门罗：《亲爱的生活》，姚媛译，北京：北京十月文艺出版社，2014年，第284页。

幸运，虽然两个家庭根本无法相提并论。这样一个贫富差异巨大的社会让士兵杰克逊感到异常沮丧。他沮丧的不单是战争并未改变加拿大小镇原本就贫苦的生活，而且是他对此种生活的感同身受。

小说《火车》中所刻画的动物与男性是无法共存的，但却呈现出明显的"女性化"特征。如贝尔家养的小奶牛，她有一个非常美丽的女性名字——玛格丽特·罗斯。贝尔通常不用呼唤它，它就自觉地出现在牛棚门口，等着挤奶，非常友善。但它却对树丛中步行的杰克逊心有戚戚，它"跳过去，再跳回来，扬起淘气的小牛角"[1]。女性的动物化和动物的女性化彰显了女性与自然的转喻。正如美国女作家苏珊·格里芬（Susan Griffin）所言："我们知道自己是由大自然创造的……我们就是大自然。"[2]女性生态主义文学批判的任务之一就是把人对自然的压迫与男性对女性的压迫相联系，从而丢掉人类中心主义或男权主义思想，在反对性别压迫的基础上反对一切形式的压迫。

值得注意的是，"南安大略哥特"中的女性生态主义并不是将黑暗、恐怖、死亡贯彻到底，而是通过人对自然破坏，人与自然的对立所造成的人自身的异化来警示或告诫生态主义危机中的问题。人与自然的和谐一如男性与女性的平等，差异化的和谐共生才是其追求的目的。因此，动物意象在门罗的小说中还带有一种文明、友善、美好的寓言走向。黑格尔认为："一种可以指引到某一意蕴的现象并不只是代表它自己，不只是代表那外在形状，而是代表另一种东西，就像符号那样，或者说得更清楚一点，就像寓言那样，其中所含的教训就是意蕴。"[3]

小说《骄傲》中的臭鼬就带有这样的寓言性质。当"我"和艾达在老房子后院的鸟澡盆里看到黑白相间的臭鼬"一个接一个地从水里冒出来，离开澡盆，穿过院子，跑得很快，但始终沿着笔直的对角线前进。仿佛它

---

[1] [加]艾丽丝·门罗：《亲爱的生活》，姚媛译，北京：北京十月文艺出版社，2014年，第167-179页。
[2] 转引自[英]笛福：《笛福文选》，何青译，北京：商务印书馆，1960年，第184页。
[3] [德]黑格尔：《美学》（第1卷），朱光潜译，北京：商务印书馆，1979年，第24-25页。

们很为自己感到骄傲，同时又保持着谨慎"[1]。我和艾达沉浸在这短暂的美好与喜悦之中，仿佛曾所经历的一切艰难都是此刻不断前行的动力。当艾达家族投资失败，父母相继离世，艾达艰难地以操持房子为生，而"我"也找到一份会计工作赚钱养家，守着单亲妈妈，感受"恐惧的兴奋"，生病时被艾达照顾。"我们"共同见证了丘吉尔演讲、敦刻尔克大撤退、犹太人被关进毒气室、美国在日本投下原子弹等历史事件，就像两粒尘埃，随时可能重逢或分别。门罗认为，短篇小说"更容易聚焦'经历的紧张时刻'，更强调生活的碎片性与含混性，而不是什么整体性和绝对性"[2]。在生活的变化和欲望的无常中，女性在日复一日的生活里总要葆有一种谦卑及奋斗的希望。臭鼬在此被赋予了一种人性的伦理，那是历经沧桑之后"我"和艾达对自己当下所能承担一切的骄傲，更是在那个战乱而又动荡的年代，"我们"面对生活的波澜不惊时那种难能可贵的平淡与知足。这样的感觉早已突破了女性和动物的局限，上升为一种集历史记忆、地域变化、万物互联于一身的生态共同体，人性的和谐终将在自然中得以释放。

8.2 影视化改编与"风景"的跨媒介叙事

基于门罗小说本身的多元性与开放性，门罗小说的影视化改编一直是电影导演心向往之却又望而却步的事情。但佩德罗·阿莫多瓦、萨拉·波莉、丽莎·强森三位导演则从各自擅长的领域出发，从作者化、类型化、主体化三个角度对门罗小说中的风景进行不同程度的艺术改编。阿莫多瓦的作者风格让门罗小说中的"风景"跃然纸上，并构成了极具个人风格的后现代景观；萨拉·波莉缩小了门罗小说中的主题范围，只从爱与恨两种情感类型的角度窥探个体情感的变化、多义与含混，在"游戏式"的故事情节与影像风格中彰显情感的荒谬；丽莎·强森则将影视化改编的重点放

---

[1] [加]艾丽丝·门罗：《亲爱的生活》，姚媛译，北京：北京十月文艺出版社，2014年，第143页。

[2] 转引自周怡主编：《艾丽丝门罗 其人其作其思》，广州：花城出版社，2014年，第202页。

在了女性身体的刻画上，镜像迷恋、欲望探索、服装规训、疾病隐喻等一系列形式建构了女性身体主体化的生成。

8.2.1　风格作者化：阿莫多瓦与《胡丽叶塔》中的后现代主义景观

西班牙著名导演佩德罗·阿莫多瓦（Pedro Almodovar）是艾丽丝·门罗小说的忠实读者。早在 2010 年，在阿莫多瓦执导的影片《吾栖之肤》中，变性人薇拉在囚禁室看的那本书便是门罗的《逃离》。六年之后，导演阿莫多瓦一举将门罗小说集《逃离》中的三个短篇《机缘》《不久》《沉寂》改编成其第 20 部电影作品——《胡丽叶塔》。同门罗一样，女性的生存与成长是阿莫多瓦电影中的主题之一。如在《关于我母亲的一切》《情迷高跟鞋》《平行母亲》中对母亲形象的刻画，在《不良教育》《欲望法则》《活色生香》等作品中对同性、变性、边缘女性的关注。"女性可以写那种怪诞、边缘性的东西"[1]，门罗小说《亲爱的生活》中的少年女性利亚、中年女性格丽塔、老年女性多莉均是蛮荒小镇中的底层女性。这种"边缘感"在门罗和阿莫多瓦的作品中形成了强有力的共振。这一方面来源于二人从小生活的乡村边缘小镇，另一方面基于西班牙弗朗哥政府的独裁统治和加拿大长期的殖民历史形塑了国民的"边缘"心理。基于此，在对门罗小说《逃离》的改编中，阿莫多瓦利用风景塑造女性的"边缘"气质，将门罗小说中的自然底色以"阿莫多瓦化"的方式进行改写，创造了别具一格的风景美学表达。

以流动的景观表现女性的漂泊无依感是小说与电影的共通之处。小说《逃离》中的朱丽叶从温哥华到马掌湾再到鲸鱼湾追逐自己的爱情，电影《胡丽叶塔》中的朱丽叶从马德里到加利西亚再到安达卢西亚，于迷惘之途中感悟人生的变迁。火车是"人在途中"的重要景观。小说中朱丽叶在火车上眺望着加拿大独有的亚寒带针叶林，"一条大大的狼在越过一个小湖那铺

---

[1] [加]爱丽丝·门罗，珍妮·麦卡洛克，莫娜·辛普森：《小说的艺术——爱丽丝·门罗访谈录》，载于《当代作家评论》，杨振同译，2014 年第 4 期，第 198 页。

第八章
跨媒介叙事：门罗小说中"风景"呈现及影视化之维

满了雪的很完整的表面""狼群一入夜便嗥叫不已",狼的形象为朱丽叶带来了惊恐与兴奋并存的情绪,哥特式的风景暗含着"极端冷漠、重复、漫不经心以及对和谐的轻蔑"[1]。火车上,一位五十岁的中年男子向正在看《希腊与非理性》的朱丽叶搭讪。被朱丽叶拒绝后,中年男人卧轨自杀。如果说小说中的狼是凶险、非理性的预警,那么在电影《胡丽叶塔》中,阿莫多瓦将"狼"置换成了"鹿"。鹿在西方文化中是崇尚善美、骁勇善战的象征。在《伊索寓言》《圣经》等著作里,鹿具有通灵、美好的特质,它带有一种神话原型的色彩。影片《胡丽叶塔》中的鹿暗含着爱情故事的开始,亦是朱丽叶与外界情感链接的起点。在暴风雪中追逐火车奔跑的鹿是"求偶"的象征,鹿的出现是朱丽叶和佐安露水情缘的折射。与小说中的"狼"所呈现出的哥特恐怖气氛不同,荒原中求偶的鹿带来一种温馨、浪漫之感,它开启了朱丽叶和佐安的交谈,二人开始了解对方的工作与生活。中年男子的意外身亡让佐安慰藉着朱丽叶,火车上身心的欢愉盖过了朱丽叶对死亡的恐惧。在此,朱丽叶看似占据着对事件走向、情感变化的主动权,实际上该场景却是在年老朱丽叶信件的口述中完成的,其内心依旧是被女儿安提亚"牵"着走的。经历一生坎坷的朱丽叶正在给"失踪"的女儿写信,而与佐安的相遇是其一生为数不多的幸福时刻,火车的前行似朱丽叶意识的流动,偶然降临的幸福时刻更衬托出朱丽叶内心的"无何有之乡"。

以风景表征欲望是阿莫多瓦电影中的特色。在门罗的小说中,风景大多和个体的情欲无关,但在阿莫多瓦的电影中,风景的欲望化书写是其一以贯之的风格。在《胡丽叶塔》中,曾多次出现一个"坐着的男人"的雕塑,这一细节是原著小说中所没有的。这一雕塑呈暗红色,无双臂,头部类似于一个骑士的造型,腿部粗壮有力,一个硕大的生殖器异常显眼。这一雕塑暗含着对男性生殖的崇拜,以及"性"为男性带来的特权。影片中有一处绝妙的剪辑,即佐安与朱丽叶激情过后,佐安赤裸着身躯坐在沙发上,随后,画面一转,雕塑家艾娃雕刻的一排"坐着的男人"出现。画外

---

[1] [加]艾丽丝·门罗:《逃离》,李文俊译,北京:北京十月文艺出版社,2016年,第57-60页。

是老年朱丽叶的旁白:"在佐安的臂膀里,夜晚飞逝,我觉得我困住了,同时又觉得自由。"这是朱丽叶对性的探索,亦是其对男性、对爱情的体验和流露。赤裸的朱丽叶成为佐安凝视的对象,男性对女性的主导权和占有欲显而易见。与此同时,艾娃用铜器和陶釉制作了这些雕塑,她抚摸着雕塑的臀部和大腿,年轻的朱丽叶在一旁讲解着人类诞生的神话故事:"上帝以黏土和火,创造了人类和其他生物。"故事的最后,朱丽叶告诉艾娃:"我怀孕了。"此时的雕塑不再是男性特权的象征,转而变构为一种母性的寓言,是母性创造了人类,男性是女性诞生的。但也正是母性的繁衍催生出一种女性先天的"匮乏":它不仅体现在朱丽叶对丈夫佐安水性杨花的不安全感,更表现在女儿安提亚离自己而去时的失控和偏激。故事发展的走向和女性心理的剖析以此雕塑为中转,幻化出女性创造生命却无法掌控自身命运的无助。

阿莫多瓦的电影诞生于后现代文化的语境之中。受 20 世纪 60 年代西班牙"地下文化"运动,美国的波普艺术、朋克运动,以及法国新浪潮、意大利新现实主义电影运动的影响,在阿莫多瓦的电影中,常常于不经意间体现出她对戏仿、拼贴、游戏等后现代元素的钟爱。构图和布景是阿莫多瓦电影中的奇观现象。在《不良教育》中,男主角泽哈儿和安里克在泳池中的镜头带有英国艺术大师大卫·霍克尼(David Hockney)的绘画作品《泳池及两人像》《彼得爬出尼克的游泳池》的影子,《欲望法则》《崩溃边缘的女人》《关于我母亲的一切》等电影中的场景设计也汲取了爱德华·霍珀(Edward Hopper)、罗伊·利希滕斯坦(Roy Lichtenstein)等大师作品中的灵感。在布景上,《痛苦与荣耀》中马洛公寓的厨房中挂有西班牙超现实主义画家马哈鲁·马洛(Maruja Mallo)的《一串葡萄》,《对她说》中男主角马克的家中摆放了意大利建筑师盖伊·奥伦蒂(Gae Aulenti)设计的艺术作品《巡回桌》。

在《胡丽叶塔》中,阿莫多瓦同样不忘植入自己的美学追求。在门罗的原著小说《不久》(也有译作《匆匆》)里,犹太裔画家马克·夏加尔(Marc

Chagall）的现代主义之作《我和村庄》贯穿全文。门罗花大量的篇幅描述这幅作品，作品中暗含着诸多诡异、奇特的因素：小母牛与绿巨人侧面相对、头足颠倒的妇人、歪歪斜斜的小房子、玩具教堂和十字架……这幅作品是朱丽叶送给父母的圣诞节礼物，也是唤起朱丽叶儿时记忆的"镜子"。古怪、孤立、不快乐的童年伴随着朱丽叶的一生。阿莫多瓦并没有采用这一在温哥华画廊选礼品的片段，而是在影片开头，于老年朱丽叶在马德里的家中植入了多幅美术作品：英国表现主义绘画大师卢西安·弗洛伊德（Lucian Freud）的自画像，西班牙超现实主义画家安东尼奥·加西亚（Antonio Garcia）所画的格兰大道，鲍勃·威尔逊（Bob Wilson）的作品《老妇人》以及理查德·塞拉（Richard Serra）的黑白抽象画《雷克雅未克》。这些画作仿佛是人物心灵的外化、故事走向的凝缩，带有极简主义色彩的画作和朱丽叶房屋中的布置如出一辙。极简主义本身即是对符号暴力、意识形态压迫的反抗，它推崇一个开放式、共享性的意象空间，把主动权交给观者。这是老年朱丽叶向往的简单、干净、不再耗费心力的生活方式。另外，房间中的绘画带有一种自反的色彩。自画像是对自我认识的剖析，它带有艺术家强烈的艺术意志，面容的放大折射出对人物心灵深处的窥探。同样，晚年的胡丽叶塔也在不断回忆、反思自己的一生，女儿"失踪"12年后再次出现，让本已平静的母亲再次陷入沉思。坂本龙一创作的钢琴曲——《独思》拓宽了主体的心灵空间，与倒叙的叙事手法相得益彰。绘画作品令朱丽叶在现实与虚拟之间来回穿梭，在不同的媒介和维度中给与观众更多的联想，绘画作品的跨媒介叙事让阿莫多瓦的人物"带有保护性的、骄傲的忧虑，并且小心翼翼地表现出他们的困惑"[1]。

文身是门罗小说"阿莫多瓦化"的另一人文景观。文身是以人体为媒介，通过带有色彩的墨刺入皮肤以刻画文字或图案为文化"赋形"。在中国古代，文身作为一种图腾的象征，是部分少数民族信仰的象征。此外，文

---

[1] [美]马莎·帕莉、高静渊：《激情的政治：佩德罗·阿尔莫多瓦与讽刺性幽默美学》，载于《当代电影》，2000年第2期，第63页。

身还可作为帮派或集团成员的标志，是一种身份或文化的归属。文身还有警示的作用，如先秦时期的"黥墨之刑"，岳母为岳飞所刺的"精忠报国"。在诸多现代主义、后现代主义电影中，文身常与人物的内心意识相勾连，《龙文身的女孩》中文身是骇客莎兰德神秘而炽热的性格外化，《记忆碎片》中莱昂纳多身上的文身是追溯杀妻之仇的记忆线索，《赤警威龙》中杀手吉米和女儿丽莎身上的文身寓意着死亡与暴力。

在《胡丽叶塔》中，佐安左臂上的文身共出现两次。第一次是朱丽叶从老家回来，在房间内发现还未痊愈的文身，一个红底的心形上刻有"A"和"J"两个字母，中间刻有一艘帆船，那是佐安的职业象征。"A"和"J"既可以理解为女儿安提亚和妻子朱丽叶，也可以理解为情人艾娃和妻子朱丽叶。无论如何，佐安始终游走于两个女人之间，而红色是佐安对爱情炽热、兴奋、带有危机的颜色，同时是阿莫多瓦电影中最具辨识度的颜色。在阿莫多瓦的采访中，她认为："使用鲜艳色彩是对抗我出生地肃穆的一种手段……这符合我的性格和我影片中人物的性格，他们的行为具有鲜明的巴洛克色彩，这种色彩爆炸又与这种戏剧性十分契合。"[1]影片开头的红色幕布是老年朱丽叶身着的褶皱大红裙，她涂着红红的指甲油，整理着暗红色的雕塑，褶皱的红裙下是一张饱经沧桑的脸，但掩盖不住朱丽叶神清气正、悠然自适的气质，她正在和恋人洛伦佐讨论去葡萄牙度假。少女时期的朱丽叶第一次和佐安见面时，身穿蓝色毛衣，与身着红色外套的佐安色彩相撞，撞色系的使用注定了二人今后的人生无法同频。色彩附加了阿莫多瓦对人物的"价值观念"，尚未痊愈的刺青是佐安对女性"捕获"的隐喻。正如他打鱼的职业，女性如同他的"猎物"，手臂上的文身是所有权的"印章"，仍未痊愈的伤口寓意着涉猎的旅程还在继续，而朱丽叶对文身的舔舐无疑是对这一权力印记臣服的想象。

第二次文身的出现是死亡的喻示。它出现在遭遇暴风雨而丧生的佐安

---

[1] 转引自[法]弗雷德里克·斯特劳斯：《欲望电影 阿尔莫多瓦谈电影》，傅郁辰、谢强译，北京：人民文学出版社，2007年，第107页。

的尸体上。正如阿莫多瓦所言:"女性能够给我提供喜剧素材,而男性,只能让我写出悲剧。"[1]在残破的躯体上,朱丽叶抚摸着文身,仿佛与自己的昨日告别,但也正是这一视觉冲击,加深了朱丽叶对佐安离世的自责,如同火车上自杀的中年男子,折磨朱丽叶的永远是女性从一而终的过度自省与反思,造成这一问题的症结是 20 世纪中后期的西班牙女性无法拥有自主的独立意识和被边缘化的社会地位。女性在阿莫多瓦的电影和门罗的小说中似乎永远挣扎不休,好像"被世界传染了急躁不安的病症"[2]。

8.2.2 情感类型化:《柳暗花明》中的影像赋格与情感转译

阿莫多瓦曾在接受采访时说道:"如果要讨论文学与电影的关系,最好的例子之一就是朱莉·克里斯蒂主演的《柳暗花明》——改编自我最爱的当代作家之一门罗。"[3]之所以《柳暗花明》可以获得如此高的评价,在于无论是该片的原著小说《熊从山那边来》(*The Bear Came Over the Mountain*)和电影本身均取得了巨大的成就。《熊从山那边来》最早发表于 1999 年 11 月 27 日的《纽约客》。这部短篇小说出自门罗的第十部短篇小说集《恨,友谊,追求,爱情,婚姻》(*Hateship*, *Friendship*, *Courtship*, *Loveship*, *Marriage*)。这部小说集是门罗后期的巅峰之作,被《时代》周刊评为年度五部最佳小说之一,并获得"加勒比海与加拿大地区"英联邦作家奖,以及欧·亨利短篇小说奖,同年门罗还获得瑞文学奖终身成就奖。加拿大本土导演、演员、编剧萨拉·波莉(Sarah Polley)将《熊从山那边来》改编成影片《柳暗花明》(*Away From Her*,又译为《远离她》)。该片入围了第 80 届奥斯卡金像奖最佳女主角和最佳改编剧本奖,并获得金球奖、英国电影和电视艺术学院奖等多项提名。国内外诸多学者从创伤与身份、标题艺

---

[1] [西班牙]阿莫多瓦:《〈对她说〉是个梦境》,2002-12-11,http://ent.sina.com.cn/m/2002-12-11/1139118646.html。

[2] [法]奥巴迪亚:《佩德罗·阿尔莫多瓦:颠覆传统的人》,杨伟波、顾晓燕译,南京:江苏教育出版社,2006 年,第 135 页。

[3] MYXFILM:《〈胡丽叶塔〉:阿莫多瓦的一点新一点旧》,2016-05-19,https://movie.douban.com/review/7901279/。

术、加拿大民族文化、社会老龄化问题等角度对小说及其改编作了探讨。本节另辟蹊径，从情感类型学的角度切入，分析不同的情感类型在影片中的"景观"呈现，剖析人物心理变化的生成机制及成因，尤其是含混性与多义性所造就的精神荒谬，以此窥探人物的情感动向。

马克思·舍勒（Max Scheler）认为："爱是一种内在的价值指涉"，"是一种'意向性'运动，借此运动，我们在某对象的已给予的特定价值上'仰瞻'到更高的价值，正是这一仰瞻，一种更高价值的眼光构成了爱的本质"。[1]《柳暗花明》中格兰特与菲奥娜历经 44 年的婚姻是毋庸置疑的，二人在情感的此起彼伏中加深了对爱的理解，爱在影片中构成了多个层次。在小说中，这位七旬老人的情感刻画大多通过日常的对话和人物的心理活动展开，而在改编的电影中，萨拉·波莉借用瑞典电影大师英格玛·伯格曼（Ingmar Bergman）《野草莓》（1957）式的拍摄手法，将人物的心理活动或潜意识以粗粒子、大反差的胶片拍摄，以视觉反差表现精神的反差，贴合小说中所呈现的虚实气氛。不同于伯格曼的黑白影像，萨拉·波莉在粗粒子胶片的基础上，加入了不同色彩的滤镜，以提升画面和精神上的反差效果。

粗粒子影像的插入在整部影片中共出现七次，经由"以爱之名"指向不同的意涵。其中，菲奥娜的面容共出现三次。特写镜头下的菲奥娜面带微笑，站在海边，凝视着镜头，嘴里说着什么，这是格兰特心中对妻子最美好、最原初的印记。三次相似镜头的出现经历了格兰特的视角（讲述求婚）、护士克里斯蒂的视角（讲述生活的无常与起伏）以及空镜头视角（升华二人重归于好的情感）。这三组镜头分别以男性、女性、中性镜头三个维度串联了格兰特与菲奥娜的情感历程，并分别出现在电影开始、中间、结束的位置。这一设计令菲奥娜凝视镜头的目光构成了一种价值提升运动。这预示着格兰特与菲奥娜的情感在追寻一种意向上求的方向，那是二人对自身价值可能性的敞开，"不仅对世界的认知行为奠基于爱，同时被认知事

---

[1] 张任之：《情感的语法：舍勒思想引论》，北京：中国社会科学出版社，2019 年，第 187 页。

物在爱之中的自我开启才使自己达到完满的存在和价值"[1]。

美好的初始记忆是理想化的价值典型。爱创造了价值与存在，在螺旋上升、波荡起伏的生活中，爱的自身不断敞开，并构造出一种新的价值。另外，在前两次菲奥娜凝视镜头的中间，导演穿插了四组大颗粒影像，它们主要起到回溯人物前史的作用。其中两次是年轻女孩维罗妮卡的影像，她是年轻时的格兰特在大学当教授时的出轨对象。这是爱的道德处境身处危机的时刻，是爱秩序的失序和价值结构破坏的瞬间。然而，对情感生命的谛听让格兰特重回理性，当格兰特前往米德湖疗养院看望妻子前，站在镜子前的他回忆起年轻时二人相拥的顷刻，当格兰特为了帮助妻子找回记忆，为菲奥娜诵读奥登的《冰岛来信》时，冰岛恶劣的自然风景插入。两处特别的颗粒影像催生出一种"企慕情境"的诞生，那是二人心向往之却身不能至、可望而不可即的永恒时刻，一如电影中分道扬镳却又并行前进的滑雪赛道。纳丁·弗拉德（Nadine Fladd）认为："冰岛在门罗的故事中是作为'记忆'和'预言'被言及的。"[2]它是菲奥娜的故乡，是格兰特教益格鲁-撒克逊和北欧文学的地方，同时又暗含着二人对爱情的初心和对生活的持守。在他们的记忆里，冰岛常年火山爆发、地震不断，好似他们的爱情中潜藏的背叛与伤害，唯有心灵的成长和灵魂的救赎才是延续爱情的力量。就像北美童谣《熊到山那边去》中唱的："熊到山那边去/想去看外面的世界/他最后看见了什么/只是山的另一面……"格兰特和菲奥娜都曾是这只熊，他们都想用自己的方式看山的另一面，只不过，最后他们发现，自己才是彼此的另一面。

怨恨是情绪在内心曲折郁结之态。它基于不同的生存性伦理情绪的叠加（伤害、攀比、羡慕、忌妒、冲动），以无能感为中介，针对不定性他者，且具有持久紧张的压抑、隐忍、怨天尤人等生命情态。舍勒认为："怨恨是

---

[1] 张任之：《情感的语法：舍勒思想引论》，北京：中国社会科学出版社，2019年，第188页。

[2] Nadine Fladd. "Stunning and Strange: Iceland as Memory and Prophecy in Alice Munro's 'White Dump' and Sarah Polley's 'Away from Her'" from David Jarrawa: Double-Takes: Intersections Between *Canadian Literature and Film*. Ottawa: U of Ottawa P, 2013: 59.

有明确前因后果的心灵自我毒害。这种自我毒害有一持久的心态，它是因强抑某种情感波动和情绪波动，使其不得发泄而产生的情态。"[1]处于怨恨中的人，身体的反应是自然生物学的本能冲动，且"并非一种积极的或攻击性的驱动力"[2]。怨恨情绪往往会召唤出感性的个体，它既体现为向"下"的意志能量膨胀，又呈现出向"前"的冲动趋向，是个体"应然"期待与"实然"感受之间的落差所产生的。无能意识、嫉妒、醋意和争风是怨恨产生的条件。在《柳暗花明》中，菲奥娜对格兰特年轻时的风流韵事是心存芥蒂的，这种芥蒂在故事发展的各个阶段体现为菲奥娜对"怨"和"恨"不同程度的侧重。

影片伊始，当菲奥娜的阿尔茨海默症出现征兆前期，家里到处贴满了她记事的小纸条，可她唯独记得格兰特的捷克学生维罗妮卡告诉她有关德国士兵和捷克人之间的故事，维罗妮卡正是格兰特曾经的出轨对象之一。小说中并未透露这个故事是维罗妮卡告诉菲奥娜的，而电影则开始增添这一细节，并通过朋友聚会这一场景，拓宽了时空的维度，令观众陷入沉思。加拿大学者马丁·列斐伏尔（Martin Lefebvre）认为，电影中的场景若能够给观者带来震惊或沉思，而不是关注叙事或动作，拥有自主地位的场景即是风景。茱莉亚·瓦斯利耶娃（Julia Vassilieva）也曾言，"风景不应屈从于人物、动作或事件，而应抵抗'服从叙事的时刻'，坚持风景'沉思的自治'"[3]。

此聚会场景之所以可以成为"风景"，首先在于维罗妮卡喝红酒的历史场景被插入，随后时空拉回现实，在特写的红酒镜头下，四位老友闲聊着手工展览，吐槽着《供需法》对流苏花边制作的放任。但当菲奥娜拿起红酒时，一时间像想起了什么，陷入沉思却哑口无言。镜头慢慢推进，如同一阵紧促的呼吸，菲奥娜滑雪镜头和旁白的插入："我四处漫游时，有一半

---

[1] [德]马克思·舍勒：《道德意识中的怨恨与羞感》，林克等译，北京：北京师范大学出版社，2014年，第7页。
[2] [美]弗林斯：《舍勒思想评述》，王芃译，北京：华夏出版社，2003年，第55-57页。
[3] 有关茱莉亚·瓦斯利耶娃对场景和风景区别的论述，详见 Julia Vassilieva. *Russian Leviathan: Power, Landscape, Memory*. Film Criticism, 2018, 42(1): 34-57.

时间是在回想，某些我知道很重要的东西，但是我记不起我要回想什么。"这是菲奥娜的潜意识层。这一组开放式镜头的设计一方面印证了维罗妮卡的存在对菲奥娜的心理的确产生了极大影响，另一方面也表明菲奥娜已不愿再回想起曾经的往事，无论是基于病理还是基于刻意的回避。某种意义上，格兰特的过去对菲奥娜而言已带来了创伤。小说中将菲奥娜的创伤主要聚焦于母亲和两条俄罗斯狼犬的离世；电影中将菲奥娜的创伤集中于维罗妮卡的出现，也就是格兰特对婚姻的背叛上。此刻由红酒引发的记忆对菲奥娜而言是一种心理负担，它是"突然的、无法预料的、不知所措的、紧张的情绪打击或者一系列外部打击"[1]。从此以后，回避、伪装、分裂，甚至歇斯底里造就了菲奥娜的"中毒人格"，并为其婚姻留下了诸多情感之怨。

  声景也强化了菲奥娜的怨恨情绪。20世纪60年代，加拿大作曲家和生态学家穆雷·谢弗（Murray Schafer）最早提出了声景（soundscape）这一概念。谢弗认为："一个声音环境（acoustic environment）是一个声景。我们能够将一个声音环境独立出来作为一个探究的领域，正如我们能够探究特定地景（landscape）的特质一样。"[2]在格兰特送菲奥娜去米德湖疗养院的路上，当他们路过布兰特自然保护区时，夫妻曾到访此处的记忆浮上心头。同时，一些"我们没谈过的事"与"种种令人不安的事"再次引出了让格兰特不安的过往。在这一场景中，影片塑造了一种"多音/复调电影"[3]（polyphonic cinema）景观。首先，在车内空间中，菲奥娜和格兰特是一组双人对话场景，车内播放着加拿大摇滚艺人尼尔·杨（Neil Young）创作的歌曲 *Harvest Moon*（译为《满月》）——"因为我依然爱着你，我想看你今晚起舞。"之后，穿着凉鞋的女人、裸露的脚趾、年轻的女大学生等一连串历史画面插入，菲奥娜的对话变成了旁白叙述，带有颗粒感、蓝绿色滤镜的

---

[1] Lenore Terr. *Too Scared to Cry: Psychic Trauma in Childhood*. New York: Harper & Row, 1990: 8.
[2] R. Murray Schafer. *The soundscape: our sonic environment and the tuning of the world*. Vermont, VT: Destiny Books, 1994: 7.
[3] Michel Chion. "Wasted Words" in Altman ed. *Sound Theory, Sound Practice*. London: Routlege, 1992: 110.

女孩们在画面中沉默着,无声且呆滞地凝视着银幕。此场景看似是菲奥娜平淡地诉说着格兰特的过去,甚至为他不齿的过往寻找理由——"身处在那个环境下面,你又能怎样呢",但实际上声画对位的方式已暗示了格兰特的紧张与菲奥娜看似云淡风轻,实则风起云涌的内心。这从她坚持去疗养院这一决定就可看出,她不想生活在丈夫的阴影下,她想放过自己。她必须通过一些自主的方式转移自己的怨恨。

"游戏"在小说和电影中是一道独特的风景。在小说中,菲奥娜"怪里怪气地模仿那些跟他有过关系,而她却从未谋面也不了解的女人们"[1]以发泄自己的不满,而在电影里,菲奥娜和奥布里在疗养院亲密地打着桥牌,一起看高尔夫球、冰球比赛,甚至让奥布里主动为她画像。桥牌掉落的声音、体育解说的背景声、格兰特看到两人爱慕时的心理旁白、带有迷幻色彩的音乐,让格兰特分不清妻子与奥布里的行为是真是假,甚至自己与妻子44年的感情是否存在。这成功激起了格兰特"强烈的,怀有恶意的憎恨",直至向护士克里斯蒂问道:"她是不是在玩什么把戏""她也许是在惩罚我"。舍勒认为,怨恨的主要功效在于获得增值意识或等值意识,而二者"又是通过伪造和幻化价值本身而获得的:一旦伪造的价值已然存在并生效,可能的比较对象便具备富有正性价值和高层价值的特性"[2]。

因此,当格兰特最终以爱之名的"牺牲"让离开养老院的奥布里重新回到菲奥娜的身边时,菲奥娜感觉"仿佛有一阵又一阵风吹过来打在了她的脸上似的,风吹进了她的脸,吹进了她的大脑,把一切都撕成了碎片"[3]。此刻,格兰特把菲奥娜曾"对付"他的武器重新交回到妻子的手上,看似是一种"自杀式"的成全,一种预防妻子病情继续恶化的手段,但实际上,这是格兰特翻越婚姻牢笼、打破道德束缚的历史重演。这是用一种错误去

---

[1] [加]艾丽丝·门罗:《传家之物艾丽丝·门罗自选集》,李玉瑶译,桂林:广西师范大学出版社,2017年,第282页。

[2] [德]马克思·舍勒:《道德意识中的怨恨与羞感》,林克等译,北京:北京师范大学出版社,2014年,第24页。

[3] [加]艾丽丝·门罗:《传家之物 艾丽丝·门罗自选集》,李玉瑶译,桂林:广西师范大学出版社,2017年,第326页。

弥补另一种错误,是借由一种怨恨转嫁另一种怨恨。值得一提的是,菲奥娜并未将这场博弈进行到底,她抱着格兰特,感恩他不曾将自己抛弃。毕竟,"产生恨的前提始终是对一种价值行为是否发生的失望"[1],如果没有了爱,恨就失去了意义。当影片结尾以360°旋转慢速镜头展现二人的冰释前嫌,平行的滑雪道和菲奥娜无声的面容交替呈现,仿佛在告诉我们:"贞洁是一种雅致的时尚,而缄默则是一种神赐的幸福。"[2]

8.2.3 身体主体化:《爱恨一线牵》中的身体景观与主体的生成机制

电影《爱恨一线牵》(Hateship, Loveship)是美国导演丽莎·强森(Liza Johnson)于2013年执导的一部剧情片。影片改编自艾丽丝·门罗小说集《恨,友谊,追求,爱情,婚姻》中的同名短篇小说。从片名的英文翻译可以看出,影片只保留了原著中的两个词——爱与恨,以此呈现门罗小说中的标志性主题:"爱的幻象所带来的无常而永恒的命运。"[3]美国电影学者罗伯特·斯塔姆(Robert Stam)将文学与电影之间的改编关系形容为"羊皮纸(palimpsests)","如果羊皮纸上原有的文字可以喻作文学原著的话,改编就是刮去重写"[4]。文学原典是"前潜本(hypotext)",改编后的影片是"后现本(hypertext)",二者存在着互文、共通、转化、混合等关系。为了凸显爱与恨的主题,影片删去了小说中经营修鞋铺的舒尔茨一家,肯·布德罗(下文简称肯)写给女儿的信件内容也未过多展示,小说结尾乔安娜与肯参加的麦考利先生的葬礼也改编为萨比莎的毕业典礼。易言之,小说中对友情、亲情的刻画被大幅删减,电影将爱情作为影片的叙事重心,甚至还以此为核心增添了麦考利先生与银行职员艾琳的黄昏恋,萨比莎、伊迪

---

[1] 张任之:《情感的语法:舍勒思想引论》,北京:中国社会科学出版社,2019年,第193页。
[2] [加]艾丽丝·门罗:《传家之物 艾丽丝·门罗自选集》,李玉瑶译,桂林:广西师范大学出版社,2017年,第288页。
[3] [加]罗伯特·撒克、沈晓红:《"引人遐想 耐人寻味的叙述"——读艾丽丝·门罗的〈恨、友谊、追求、爱和婚姻〉》,载于《外国文学》,2014年第5期,第44页。
[4] 李欧梵:《不必然的对等——文学改编电影》,北京:人民文学出版社,2017年,第2页。

丝与史蒂芬的学生恋，以及肯与蔻依的中年酒肉之欢等情节。小说中的多声部、插叙、倒叙等不同视点的叙述被转译为电影中的线性表达，小说构成了电影的"闪烁媒介"[1]（Litflicks）。小说中的身体既承载了读者对文字的主观幻象，同时为其在电影中的"复刻"提供了一个本文增值的"中介"。被编码的身体在不同的媒介中游历着一场文本旅行。它以不同的形式涂写着对同一主题的不同意涵，创设了一个由多重媒介构成的"共在"故事世界。

美国著名实用主义哲学家理查德·舒斯特曼（Richard Shusterman）指出："各种身体习惯与感受反映着影响它们的主流统治，也表现着种种微妙的习俗规则和培养身体的各种方法。"[2]身体在《恨，友谊，追求，爱情，婚姻》中是福柯式的，它带有明显的社会权力印记和意识形态踪迹。小说一开始中对乔安娜的身体有大量的刻画，"高高的额头缀有雀斑""一小段疙疙瘩瘩的光腿""大手和粗腿"等。从小被母亲遗弃的乔安娜在十五岁时便在哀鸠湖照顾威莉特夫人，直到她九十六岁去世。没有读过书的乔安娜是无法通过任何渠道了解异性的，而出身的卑微、边缘的地域、安大略省特有的新教文化和天主教文化让乔安娜既保守又传统。故此，电影中的乔安娜收到肯留给她的字条时充满惊讶，她忐忑不安却又充满期待地给肯回信。如果说肯的字条为乔安娜打开了一扇了解异性的窗户，那么在麦考利先生家做管家时的她经历了两次性启蒙：一次是偷听麦考利的外孙女萨比莎和同学伊迪丝在房间内聊女性的高潮，一次是她在厨房看到窗外的萨比莎和男友史蒂芬走向仓库，但两次均被乔安娜的介入而打断。这一方面是源于她受任的职责，她需要照看好萨比莎；另一方面也包含着她对女性身体缺乏了解和掌控的主体意识，通过回避难以启齿的性，表现她的被动与贫弱。

西蒙娜·德·波伏娃（Simone de Beauvoir）曾言："对身体的关注意味着对身体内蕴性注意力的转移，是向与自由的超越主体相对性的客观体的

---

[1] Dean John. Adapting History and Literature Into Movies. American journal, 2009, 53(7): 30.
[2] [美]舒斯特曼：《身体意识与身体美学》，程相占译，北京：商务印书馆，2011年，第37页。

衰退。"[1]乔安娜对身体了解的动力来源于肯的回信，虽然肯的回信是萨比莎和伊迪丝的恶作剧，但信中充满肯定、暧昧而又带有希望的字迹点燃了乔安娜的本我。她开始学习发 E-mail，感受网络交流的乐趣，在擦镜子时整理自己的妆发，以发觉自己曾经被忽略的美丽，她甚至亲吻镜中的自己，模仿并感受着亲吻和被爱的滋味。拉康认为："镜像阶段是一个自欺的瞬间，是一个由虚幻影像引起的迷恋过程，是想象性思维方式的起点。自我并不是自己的主宰。"[2]单亲父亲肯的信件对管家乔安娜而言仿佛是一场人生的邀约，从电影中伊迪丝伪造的信件内容可以看出，信件中对乔安娜头发的赞美、美丽脸庞的欣赏、拥入怀中的幻象无一不由其身体引发，这让乔安娜掩面而泣、难以自持，甚至不断地在镜像中认可自己，乃至迸发自恋情结。她与肯之间形成了想象性的认同，她的身体不断地越出躯壳呈现一种超越飞升的态势，直至做出一些异化的行为。乔安娜身体的变化伴随着她对性的期待，那是乔安娜构建自身主体性的开始。

　　身体不仅仅是认识自我、探知自我的媒介，而且"是被人的积极主观的注视所界定和支配的消极或然的对象"[3]。身体在门罗的小说中指代一种阶级特权。物质丰富、上层阶级的人可以堂而皇之地享用或讨论，但在底层生活中，性成为一种难以言说的痛楚。在原著小说中，当萨比莎从表亲的别墅生活中回来时，兴奋地和伊迪丝说着克拉克姨夫的妹妹和她的丈夫"爱得死去活来，从早到晚都在干那事"[4]。出身于修鞋匠家庭的伊迪丝却对萨比莎明目张胆的讲解感到震惊。通过伊迪丝妈妈的口吻得知，面对女孩"把摊子夹在两腿之间睡觉"这一性启蒙行为，最终是要靠手术这一荒谬而又暴力的方式予以解决。贫富差别的个体在对待性这一问题时的不同

---

[1] 转引自[美]舒斯特曼：《身体意识与身体美学》，程相占译，北京：商务印书馆，2011年，第135页。
[2] 转引自刘文：《拉康的镜像理论与自我的建构》，载于《学术交流》，2006年第7期，第24页。
[3] [美]舒斯特曼：《身体意识与身体美学》，程相占译，北京：商务印书馆，2011年，第121页。
[4] [加]艾丽丝·门罗：《传家之物 艾丽丝·门罗自选集》，李玉瑶译，桂林：广西师范大学出版社，2017年，第200页。

行为体现出"身体使人处于躯体和意识、客体和主体、不活跃的物质性内在和对自觉意志的积极超越之间严重分裂的状态"[1]。他们既想摆脱身体作为肉欲的对象，同时又为身体的被注视及对身体的无知感到困惑。

在电影《爱恨一线牵》中，身体不再是阶级或身份的象征，转而成为一种被物化的客体。电影去除掉门罗小说中的"加拿大性"，将故事背景设定于20世纪60年代的美国，性与物质的畸形关系显得尤为明显。蔻依与肯的关系是以金钱和毒品维系的。蔻依曾不止一次地跟肯算账，哪怕是分手之际，还不忘肯欠她的200元钱，甚至把身体的"奉献"也算作与肯的物质交换中。同样，当麦考利先生和艾琳亲热时，居然冒出"希望这不会破坏我们的生意关系"这一"豪言壮语"。性在电影中被解构为经济权利的附属物。身体不仅是女性而且是男性拓展自身生存的方式之一，它不再是一种单纯的生理现象，而是表象性身体美学之下所隐含的一种辩证关系：身体既是主体又是他者，既是一个生物学事实又是一个文化学事实。它显明了整个社会价值观的走向，是人们认识世界、洞察人性的工具。它代表着个体当下的生存处境，它超越了器官感受并上升为一种政治经济学批判。

英国艾塞克斯大学学者乔安妮·恩特威斯特尔（Joanne Entwistle）提出："衣着或饰物是将身体社会化并赋予其意义与身份的一种手段。个体或非常个人化的着衣行为，是在为社会世界准备身体，它使身体合乎时宜，可以被接受，值得尊敬，乃至可能也值得欲求。"服装在《爱恨一线牵》中是身体的另一层话语表达，尤其对于乔安娜而言，服装的改变不单是身体社会化的表现，更是赋予其自身主体性的一种手段。小说中这样描述乔安娜的着装："她穿着一件土褐色的外套，脚上是笨重的系带鞋和短袜"，车站工作人员看到她"没戴帽子和手套""根本不知道什么叫待人接物"，让他想起曾在电视上看到过的一位穿便衣的修女。作为小镇的新人，乔安娜的着装显得与镇上的人格格不入，身份与性格透过身上穿着的服饰外显，"好似她相信世上其他人基本都是给她发号施令用的"。然而，当她准备去

---

[1] [美]舒斯特曼：《身体意识与身体美学》，程相占译，北京：商务印书馆，2011年，第122页。

买身套装去见她心爱的肯时，在"米拉蒂"试穿服装的过程彰显了其复杂的心理斗争。

乔安娜看到纯白的泡泡纱、香草色的缎子、象牙色的蕾丝、月牙边的领口、奢华的裙摆，顿感"怀有这样的期待、盼着无端天赐福佑、憧憬乌鸦变凤凰，都是荒谬可笑的"，她在试衣间对着镜子唯恐避之不及，甚至还为此次的购买精心准备了干净的内衣，擦了腋下爽身粉。这一切既是一种私密性的体验，又是身体的公开表达，尤其是当她穿着并不合身的套装给店员看时，明白了"爱怎么看就怎么看吧""乌鸦变不成凤凰"[1]。店员似乎看穿了乔安娜的心事，并告诉她："有时候就是这样，不试穿就不知道合不合适。"这与乔安娜当下的处境不谋而合，她不再显得拘束、谨慎、小心翼翼，而是勇敢地去追求适合自己的东西。因此，电影中的乔安娜穿上另一身绿色的裙装，脚踩高跟鞋站在镜子前时，她再次陷入了镜像的迷恋："我可能会穿这样结婚。"乔安娜穿上高级礼服获得的主体性是带有偏差的，"当特定阶级成员把自己独特的品味看成是社会的品味而加以合法化的时候，是否可以说，对风格与个性的关注本身，更多地反映的是该特定阶级的心理倾向，而不是真实社会本身"[2]。乔安娜在中产阶级确立的审美谱系中试图确定自身的审美规范，当她褪去短袜和外套，身着洋装和套裙，观念被嵌入到视觉本身，此刻的乔安娜以服装的"语法"系统解读出她和肯的未来，这与其说是身体的解放和超越，不如说是对权力和品味的另一种规训。

相较于被动地讨好世俗社会和男性目光的凝视，当乔安娜真正和肯结婚以后，她的着装也随身份的变化而变化。尤为重要的是，人们对乔安娜着装的评价也发生着大相径庭的改变。在电影中，对乔安娜鞋子的评价共出现两次：第一次是她刚到麦考利先生家，鞋匠家庭出身的伊迪丝对乔安娜的鞋子充满了嘲讽，那是一种带有古典的、传统的、充满底层气息的打

---

[1] [加]艾丽丝·门罗：《传家之物 艾丽丝·门罗自选集》，李玉瑶译，桂林：广西师范大学出版社，2017年，第171-175页。

[2] [英]迈克·费瑟斯通：《消费文化与后现代主义》，刘精明译，南京：译林出版社，2000年，第127页。

扮,这与乔安娜此时的身份与境况相符。第二次是乔安娜和肯结婚后去见肯的老丈人麦考利和女儿萨比莎。女儿对父亲和管家的婚姻表示反对,乔安娜耐心地在萨比莎房间内解释着父亲对女儿的爱,直到乔安娜离开房间之际,萨比莎轻轻地说了句:"我喜欢你的鞋子。"萨比莎在感受到父爱以后,开始接受父亲的改变,直到接受父亲的一切,故而接受了乔安娜新的身份。此时的乔安娜不再穿着笨重的系带鞋和短袜,而是带有时尚感的平底鞋。乔安娜的身份也由麦考利先生家的管家变成了肯的妻子,麦考利的儿媳,萨比莎的继母。正如保罗·康纳顿(Paul Connerton)所言:"任何一件衣服都变成文本特质的某种具体组合……服装作为人与场合的主要坐标,成为文化范畴及其关系的复杂图式。"[1]此刻的乔安娜不再为了取悦别人而迷恋自己、沉浸于自己编织的幻境之中,她从幻境走向现实,以勇气、希望和爱让生活成为自己合身的"礼服"。这身"礼服"跟随不同的社会关系而改变,而在这复杂的社会图式中,乔安娜自身的主体性得以确立。

最后,需要指出的是,疾病在小说与电影中亦是身体的表现形式之一。所不同的是,门罗和丽莎·强森在疾病身体的叙事中却有着不同的性别意识。门罗的小说一以贯之地解构着男性与女性的二元对立,试图将男性与女性放置于同一个命运共同体之中。肯的支气管炎、妻子玛塞勒手术的意外,伊迪丝妈妈的胆结石手术、麦考利先生的葬礼……仿若人的生老病死只是"平平淡淡的一句话,琐碎细小的一件事,甚至是一个不经意的眼神,抑或是改变命运、生死攸关的一则消息"[2]。她自己曾坦言:"我想让读者感受到的惊人之处,不是'发生了什么',而是发生的方式。"[3]所以,小说中疾病的身体是一种生命自然的状态,是文本对男性中心主义的对抗,是以"人"的视角祛除疾病的性别隐喻,是让个体融入进自身独立和旺盛生

---

[1] [美]保罗·康纳顿:《社会如何记忆》,纳日碧力戈译,上海:上海人民出版社,2000年,第32页。
[2] 纪汇楠、薛姝姝:《从门罗的小说看女性意识成长——以〈恨、友谊、追求、爱情、婚姻〉为例》,载于《学理论》,2015年第20期,第94页。
[3] [加]艾丽丝·门罗:《逃离》,李文俊译,北京:北京十月文艺出版社,2009年,第358页。

命力的斗争之中。

但在电影《爱恨一线牵》里，电影的开始是以威莉特太太的死亡为叙事开端，以乔安娜的孩子奥马尔的出生为叙事结束的标志，一个生命的循环往复就此建构。电影扩大了男性自身的疾病及男性对女性身体的戕害。电影中增加了肯酗酒、吸毒，甚至由此导致了妻子玛塞勒的死亡。肯带有病态的身心是乔安娜帮助其走出来的，也是乔安娜延续了肯的血脉。苏珊·桑塔格（Susan Sontag）认为："最令人恐惧的疾病就是那些被认为不仅有性命之虞、而且有失人格的疾病。"[1]肯的身体被赋予了这样的病症，他不仅自身堕落，而且害死了妻子，并一而再、再而三地向老丈人麦考利借钱，甚至为了吸毒，去偷乔安娜钱包里的 400 元钱。影像中肯的人格是分裂的，他有疾病的身体，却也爱自己的女儿，敢于和酒肉女友寇依分开，也有向往美好生活的心理动机。就像当初他留给乔安娜的便条赋予其为"我"而生的斗志，乔安娜也将自己所有的爱、尊重与包容返给了肯，并让他的身体和人格走向正轨。

柄谷行人（からたにこうじん）认为"所谓风景乃是一种认识性的装置，这个装置一旦成形出现，其起源便被掩盖起来了"[2]。肯的身体是 20 世纪 60 年代美国流行文化、亚文化的缩影，当自由主义风潮盛行，吸毒、性自由、个人主义观念泛滥，势必会导致集体责任感的缺失。这也是为什么当肯得知乔安娜怀孕的消息后，第一反应是"你要不要再验一次""保险怎么办""你知道在医院生小孩有多贵吗"，丝毫不顾及寒风瑟瑟下的乔安娜。乔安娜以身体的创伤——怀孕，让肯摆脱了自我、自私的生活方式，开始拥有了共情性和同理心。他开始邀请女儿暑假去芝加哥、积极参加女儿的毕业典礼。在影片的结尾，当肯笨拙地抱着奥马尔，感受儿子身体的温度，手忙脚乱之际，麦考利育儿的经验让肯意识到父亲对亲情的渴望，以及养育子女的艰辛。悔恨、惊诧、信任、和解等各种情感融汇于两个人

---

[1] [美]苏珊·桑塔格：《疾病的隐喻》，程巍译，上海：译文出版社，2003 年，第 113 页。
[2] [日]柄谷行人：《日本现代文学的起源》，赵京华译，北京：三联书店，2003 年，第 12 页。

眼神交汇的瞬间。在这一空间中，肯曾经身体的创伤及对他人的伤害转化为其对三代人的救赎，身体的碰触与眼神的交汇让肯拥有一种能动性，即全身心地投入改变并获得重塑自我的机会。

8.3 本章小结

本章主要论述了艾丽丝·门罗短篇小说中"南安大略哥特"风景中的女性生态主义以及"风景"的跨媒介叙事两个问题。前者以门罗小说中的树木、荒原、湖泊、动物等自然意象切入，探讨了"南安大略哥特"文学中的恐怖书写、气氛营造、人的异化等问题，通过对欲望叙事、心灵幻景、封闭空间在小说中的描述，强调女性生态主义中人对自然的占有与男性对女性的压迫之间的关联，由此得出哥特式的恐怖不在于可怖的事物本身，而在于变化的与未知的可能。这种变化既与门罗笔下加拿大的殖民史、边塞的地理位置、移民寻根等要素相连，又与门罗生活的闭塞小镇和压抑的家庭氛围息息相关。动物是女性命运的一种象征，除代表一种父权/男权的威迫，还指代一种阶级差别。需要强调的是，门罗小说中的"南安大略哥特"风格不是为了恐怖而恐怖，而是透过这种形式发现或警示人与自然、男性与女性、文明与野蛮、黑人与白人等二元思维中的占有、剥削与统治问题。显明了只有丢弃人类中心主义或男权主义思想，一个完整而又有差异化的和谐自然与社会才能得以实现。

与此同时，根据门罗小说集《逃离》《恨，友谊，追求，爱情，婚姻》中的短篇改编而成的电影《胡丽叶塔》《柳暗花明》《爱恨一线牵》三部作品分别从改编风格的作者化、情感类型化、身体主体化三个维度展开"风景"跨媒介叙事的探讨。其中，既涵纳了阿莫多瓦电影中带有后现代主义特色的人文景观，又包含爱与恨等情感类型在电影中的表意与形式，同时还通过身体的社会印记、着装的变化、疾病的身体剖析了身体景观在形塑人物、勾连"共在"的故事世界、创设不同文化意涵中的作用，以此论证从身体到主体的转换机制何以形成。

总之,本章通过对门罗小说和文学改编片中有关"风景"的分析,试图寻找在平静如水的文字与画面之下所潜藏的人性的幽微,尤其是不同媒介中的女性形象与自然之物的转喻设计,让观者在真实自然的感受中激发生活中的想象和共鸣。正如门罗自己所言:"小说不像一条道路,它更像一座房子。你走进里面,待一小会儿,这边走走,那边转转,观察房间和走廊间的关联,然后再望向窗外,看看从这个角度看,外面的世界发生了什么变化。"[1]也许,生活本身就是一条鲜有大风浪的河流,我们中的大多数都可以毫无悬念地通过其惊险之处,因为真正的困难并不是这些。河流将通向哪里,是否会有终点,都不重要,重要的是,我们在路途中所怀揣的爱与豁达,哪怕到了更加孤单的大海,也能体会"小舟从此逝,江海寄余生"的人生况味。

---

[1] 易敏:《多元叙事视角下的〈爱,友谊,追求,爱情,婚姻〉》,载于《湖北社会科学》,2014年第7期,第137页.

结　语

　　通过本书的讨论，可以看出在艾丽丝·门罗的短篇小说书写中，她对女性的成长与命运的探讨是贯穿女性的一生的。女性与他者、社会之间的关系以及在此基础上，门罗对女性主义的发展与超越，是她独特的女性观照以及女性书写方式的表现。从中，我们也可以看出门罗的女性书写绝不仅仅限于书写女性，她要探讨的是以女性为核心的人之命运出路、存在关系以及在此基础上如何完成对人生哲学的思辨。

　　从孩童、青少年、中年到老年，门罗对女性的成长历程的展览完整地贯穿了女性成长的一生。创作后期，门罗依旧钟情于表现平凡的"家庭主妇"，在"家庭方寸之地""婚姻围城内外之间"，女性个体生存空间与最终的选择关系到她们的成长乃至命运的转变。区别于传统女性主义的话语表达与建构方式，门罗笔下的女性形象与气质不是通过强调其精神独立且人格完整来凸显主体性，"门罗式女性书写"也不是为了"书写身体"或者"某种主义"而进行的书写。作为一名作家，她始终忠实于现实生活本身，客观地呈现女性真实的生存状态和生存体验，这是门罗对女性主义文学的发展与超越之一。

　　尽管女性在家庭和社会中面临着种种的困境，男女两性之间有矛盾和不平等，不可否认，这是一种普遍存在的社会现状，也是女权主义作家要抨击的主要对象。但是，门罗也并没有激烈地把矛头指向对抗"父权制"（Patriarchy）。相反，门罗认为男性在现实生活中甚至面临着更大的压力，一样值得体谅。在此基础上，门罗笔下男女两性之间的关系并不是决然相对，而是可以相互展开对话和交流的。同时男性与女性之间的性别气质并非截然分明或者完全相反，事实上，男女两性的性别是可以相互流动，彼此融合的，这使得男女两性之间具有"双性同体"进而开展和谐对话的现实可能性，这是门罗对女性主义文学的发展与超越之二。

从女性逃离主题出发，门罗将日常生活中被压抑的男性以及女性所追寻的浪漫爱情谎言同置于"逃离"情景之下，重审逃离叙事主题中的性别构型，从而探讨两性之间展开对话的可能性，为弥合两性之间的性别鸿沟提供有益的思考角度。同时，将"出走的娜拉"这一主题置于门罗"逃离的女性"这一同样的女性问题之下，可以看出门罗对女性"逃离"的命运揭示所具有启示性意义：女性意识的觉醒绝不仅仅是一个"出走"的姿势，而应该是女性如何通过逃离来实现与自己的和解，这是门罗对女性文学的发展与超越之三。

在社会空间、地理空间的生存心理书写中，门罗完成了对女性边缘身份的思考、"门罗小镇"的边缘性表达，从中渗透出作为一位加拿大作家，门罗对加拿大边缘民族身份的思考，以及建立加拿大本民族文学的伟大构想，这是门罗对女性主义文学的发展与超越之四。

从树木、荒原、湖泊、动物等微观意象出发，剖析门罗在不同短篇小说中的风景呈现及其象征指涉，探讨门罗小说中的"恋地情结"及其文化内涵；从动物的"修辞化"出发，探究门罗对动物与女性命运相似处的批判性思考，透露着门罗的生态女性主义意识；从"作者化""类型化""主体化"三个角度切入，研究门罗小说中风景的跨媒介叙述，从影视化改编与艺术处理中观照门罗笔下的风景叙事、情感表达欲、女性欲望书写，这是门罗对女性文学的发展与超越之五。

因为忠实于现实，所以她的短篇小说总给人以逼真的现实感，因为对虚构的热衷，所以她书中的情节总给人以荒诞感。凭借高超的写作技巧，门罗得以在真实性和虚构性之间游刃有余，她通过自传的形式在小说的真实性与虚构性之间打开一个新的世界因而被誉为"心理现实主义大师"。同时，小说叙事时间的复杂跳跃、叙事空间的灵活多变，使门罗的小说在叙事结构上充满了非线性、断裂性、封闭性。而主题的多义性、不确定性以及结局的模糊性、开放性，是门罗区别于传统现实主义小说的另一大特色。在不确定性与开放性的叙事中，门罗只是为读者打开一扇门，进入一座房子，推开一扇窗，而读者从中能够感悟到什么将会因人而异。

门罗把小说当作一门重要的艺术，"而非一个你写着玩的东西"孜孜不倦地进行创作，她希望人们能从这种艺术中感受到生活的力量并学会接受命运给予的最好的安排。作为一名作家，她用自己手中的笔完成了对生活的思考与生命意义的探讨，加拿大文学必然会因为门罗杰出的短篇小说女性书写成就而受到世人的瞩目。对于此，加拿大文艺批评家威·约·基思在《加拿大英语文学史》中指出："她作品中的直接性和人性的回响是非常杰出的，而她在创作风格上坚持精确的措词和适当的韵律使她处于她那一代作家的前列。"[1] 2012年6月，当门罗凭借《亲爱的生活》再次获得安大略省最高文学奖项延龄草图书奖时，评审专家也给予门罗及其作品非常高的评价："门罗被认为是加拿大文坛最重要的作家的确实至名归，人们只要翻开《亲爱的生活》就会难以释手。"[2]

---

[1] [加]威·约·基思：《加拿大英语文学史》，耿力平等译，北京：北京大学出版社，2009年，第238页。
[2] 周怡：《艾丽丝·门罗：其人·其作·其思》，广州：花城出版社，2014年，第163页。

参考文献

一、专著

[1] [法]保罗·奥巴迪亚. 佩德罗·阿尔莫多瓦：颠覆传统的人[M]. 杨伟波，顾晓燕，译. 南京：江苏教育出版社，2006.

[2] [加]玛格丽特·阿特伍德. 生存——加拿大文学指南[M]. 秦明利，译. 北京：中国文联出版公司，1991.

[3] [美]本尼迪克特·安德森. 想象的共同体：民族主义的起源与散布[M]. 吴叡人，译. 上海：上海人民出版社，2011.

[4] [日]柄谷行人. 日本现代文学的起源[M]. 赵京华，译. 北京：三联书店，2003.

[5] [法]西蒙娜·德·波伏娃. 告别的仪式[M]. 孙凯，译. 上海：上海译文出版社，2022.

[6] [法]西蒙娜·德·波伏娃. 第二性[M]. 郑克鲁，译. 上海：上海译文出版社，1980.

[7] [美]韦恩·布斯. 小说修辞学[M]. 付礼军，译. 南宁：广西人民出版社，1987.

[8] 包亚明. 现代性与空间的生产[M]. 上海：上海教育出版社，2003.

[9] [德]奥古斯特·倍倍尔. 妇女与社会主义[M]. 沈瑞先，译. 北京：三联书店，1955.

[10] 蔡芳. 云之端：剑桥游学随笔集[M]. 青岛：中国海洋大学出版社，2015.

[11] 曹文轩. 小说门[M]. 北京：作家出版社，2002.

[12] [美]温迪·J. 达比. 风景与认同[M]. 张箭飞，赵红英，译. 南京：译林出版社，2017.

[13] [英]笛福. 笛福文选[M]. 何青，译. 北京：商务印书馆，1960.

[14] [英]迈克·费瑟斯通. 消费文化与后现代主义[M]. 刘精明，译. 南京：译林出版社，2000.

[15] [奥]弗洛伊德. 弗洛伊德谈自我意识[M]. 石磊, 译. 北京: 中国商业出版社, 2011.

[16] [奥]弗洛伊德. 梦的解析[M]. 周艳红, 胡惠, 译. 上海: 上海三联书店出版社, 2008.

[17] 傅利, 杨金才. 写尽女性的爱与哀愁: 艾丽丝·门罗研究论集[C]. 南京: 译林出版社, 2015.

[18] [德]黑格尔. 美学: 第1卷[M]. 朱光潜, 译. 北京: 商务印书馆, 1979.

[19] 黄华. 外国小说名著导读[M]. 北京: 新华出版社, 2016.

[20] [加]威·约·基思. 加拿大英语文学史[M]. 耿力平, 等, 译. 北京: 北京大学出版社, 2009.

[21] [法] 勒内·基拉尔. 浪漫的谎言与小说的真实[M]. 罗芃, 译. 北京: 生活·读书·新知三联出版社, 2021.

[22] [美]桑德拉·吉尔伯特, 苏珊·古芭. 阁楼上的疯女人: 女性作家与19世纪文学想象[M]. 杨莉馨, 译. 上海: 上海人民出版社, 2015.

[23] [以色列]里蒙-凯南. 叙事虚构作品[M]. 姚锦清, 黄虹伟, 等, 译. 北京: 新知三联书店, 1989.

[24] [加]孔书玉. 故事照亮旅程[M]. 北京: 生活·读书·新知三联书店, 2020.

[25] [美]保罗·康纳顿. 社会如何记忆[M]. 纳日碧力戈, 译. 上海: 上海人民出版社, 2000.

[26] 老舍. 老舍全集: 第17卷[M]. 北京: 人民文学出版社, 2013.

[27] 李今. 海派小说与现代都市文化[M]. 北京: 北京大学出版社, 2019.

[28] 李洁非. 新小说派研究[M]. 南宁: 广西教育出版社, 1995.

[29] 李欧梵. 不必然的对等——文学改编电影[M]. 北京: 人民文学出版社, 2017.

[30] 李文俊. 福克纳评论集[M]. 北京: 中国社会科学出版社, 1980.

[31] 李文俊. 有人喊ENCORE，我便心满意足[M]. 成都：四川文艺出版社，2017.

[32] 刘小枫. 现代性社会理论绪论[M]. 上海：上海三联书店，1998.

[33] 刘岩等. 性别[M]. 北京：外语教学与研究出版社，2019.

[34] 鲁枢元. 生态文艺学[M]. 西安：陕西人民教育出版社，2000.

[35] 林树明. 多维视野中的女性文学批评[M]. 北京：中国社会科学出版社，2004.

[36] 刘思谦. "娜拉"言说：中国现代女作家心路纪程[M]. 开封：河南大学出版社，2007.

[37] 刘文. 神秘、寓言与领悟：爱丽丝·门罗小说研究[M]. 杭州：浙江大学出版社，2014.

[38] 柳鸣九. 新小说派研究[M]. 北京：中国社会科学出版社，1986.

[39] [英]珀西·卢伯克. 小说美学经典三种[M]. 方土人，等，译. 上海：上海文艺出版社，1990.

[40] [美]霍尔姆斯·罗尔斯顿. 哲学走向荒野[M]. 刘耳，等，译. 长春：吉林人民出版社，2000.

[41] 罗婷. 女性主义文学批评在西方与中国[M]. 北京：中国社会科学出版社，2004.

[42] 茅盾. 茅盾散文集：卷八[M]. 香港：天马出版社，1933.

[43] [加]艾丽丝·门罗. 传家之物：艾丽丝·门罗自选集[M]. 李玉瑶，译. 桂林：广西师范大学出版社，2017.

[44] [加]艾丽丝·门罗. 公开的秘密[M]. 刑楠，陈笑黎，译. 南京：译林出版社，2013.

[45] [加]艾丽丝·门罗. 快乐影子之舞[M]. 张小惠，译. 南京：译林出版社，2013.

[46] [加]艾丽丝·门罗. 我年轻时的朋友[M]. 南京：译林出版社，2018.

[47] [加]艾丽丝·门罗. 亲爱的生活[M]. 姚媛，译. 北京：北京十月文艺出版社，2014.

[48] [加]艾丽丝·门罗. 逃离[M]. 李文俊, 译. 北京：北京十月文艺出版社, 2009.

[49] [加]艾丽丝·门罗. 幸福过了头[M]. 张小意, 译. 南京：译林出版社, 2013.

[50] [加]艾丽斯·门罗. 女孩和女人们的生活[M]. 马勇波, 杨于军, 译. 南京：译林出版社, 2013.

[51] [加]琳达·门切恩. 加拿大后现代主义：当代加拿大英语小说研究[M]. 赵伐, 郭昌瑜, 译. 重庆：重庆大学出版社, 1994.

[52] 苗福光. 文学生态学：为了濒危的星球[M]. 上海：复旦大学出版社, 2015.

[53] 末之. 兴来独往[M]. 北京：中国戏剧出版社, 2017.

[54] [斯洛文尼亚]齐泽克. 事件[M]. 王师, 译. 上海：上海文艺出版社, 2016.

[55] [美]苏珊·桑塔格. 疾病的隐喻[M]. 程巍, 译. 上海：译文出版社, 2003.

[56] [英]西蒙·沙玛. 风景与记忆[M]. 胡淑陈, 译. 南京：译林出版社, 2015.

[57] [德]马克思·舍勒. 道德意识中的怨恨与羞感[M]. 刘小枫, 编. 林克, 等, 译. 北京：北京师范大学出版社, 2014.

[58] [美]弗林斯. 舍勒思想评述[M]. 王芃, 译. 北京：华夏出版社, 2003.

[59] 申丹. 西方叙事学：经典与后经典[M]. 北京：北京大学出版社, 2010.

[60] [美]舒斯特曼. 身体意识与身体美学[M]. 程相占, 译. 北京：商务印书馆, 2011.

[61] [法]弗雷德里克·斯特劳斯. 欲望电影：阿尔莫多瓦谈电影[M]. 傅郁辰, 谢强, 译. 北京：人民文学出版社, 2007.

[62] 施秀娟. 中外文学风景[M]. 桂林：广西师范大学出版社, 2020.

[63] 宋兆霖. 20世纪外国小说读本[M]. 杭州：浙江文艺出版社, 2006.

[64] 陶洁. 灯下西窗——美国文学与美国文化[M]. 北京：北京大学出版社, 2004.

[65] [美]罗斯玛丽·帕特南·童. 女性主义思潮导论[M]. 艾晓明, 等, 译. 武汉: 华中师范大学出版社, 2002.

[66] [保]基·瓦西列夫. 情爱论[M]. 赵永穆, 范国恩, 陈行慧, 译. 北京: 生活·读书·新知三联书店, 1986.

[67] 王先霈, 王又平. 文学批评术语词典[M]. 上海: 上海译文出版社, 1999.

[68] 王欢. 伍尔夫之女性主义研究[M]. 哈尔滨: 哈尔滨工程大学出版社, 2018.

[69] [苏]列·谢·维戈茨基. 艺术心理学[M]. 周新, 译. 上海: 上海文艺出版社, 1985.

[70] [英]吴尔夫. 普通读者——吴尔夫文集[M]. 马爱新, 译. 北京: 人民文学出版社, 2013.

[71] 吴福辉. 都市漩流中的海派小说[M]. 上海: 复旦大学出版社, 2009.

[72] [英]弗吉尼亚·伍尔夫. 一间自己的房子[M]. 王还, 译. 北京: 三联书店, 1989.

[73] [美]伊莱恩·肖瓦尔特. 荒原中的女权主义批评[M]. 韩敏中, 译. 桂林: 漓江出版社, 1991.

[74] 肖丽华. 后殖民女性主义文学批评研究[M]. 杭州: 浙江大学出版社, 2013.

[75] 徐岱. 小说叙事学[M]. 北京: 商务印书馆, 2010.

[76] 许子东. 许子东讲稿[M]. 北京: 人民文学出版社, 2011.

[77] 张爱玲. 张爱玲全集: 全16册[M]. 大连: 大连出版社, 1992.

[78] 张爱玲. 张爱玲文集[M]. 沈小兰, 编. 合肥: 安徽文艺出版社, 1992.

[79] 张京媛. 当代女性主义文学批评[M]. 北京: 北京大学出版社, 1992.

[80] 张磊. 崛起的女性声音: 爱丽丝·门罗小说研究[M]. 北京: 中国财富出版社, 2014.

[81] 张任之. 情感的语法:舍勒思想引论[M]. 北京:中国社会科学出版社,2019.

[82] 赵一凡. 西方文论关键词: 第一卷[M]. 北京: 外语教学与研究出版, 2017.

[83] 赵毅衡. 苦恼的叙述者[M]. 北京: 北京十月文艺出版社, 1994.

[84] 赵毅衡. 当说者被说的时候[M]. 成都：四川文艺出版社，2013.

[85] 赵毅衡. 广义叙述学[M]. 成都：四川大学出版社，2013.

[86] 赵小琪. 诺贝尔文学奖作品导读[M]. 武汉：武汉大学出版社，2020.

[87] 赵慧珍. 加拿大英语女作家研究[M]. 北京：民族出版社，2006.

二、期刊论文

[1] 艾晓明，柯倩婷，冯芃芃. 她们读门罗[J]. 华文文学，2014（1）.

[2] 柴鲜. 从诺贝尔文学奖获奖演讲词看莫言与门罗的故事[J]. 信阳师范学院学报，2014（5）.

[3] 陈英红，文卫平. 艾丽丝·门罗译介与研究述评[J]. 湘潭大学学报，2018（3）.

[4] 邓如冰. 服饰之战：绚烂下的悲凉——析《沉香屑·第一炉香》[J]. 名作欣赏，2008（12）.

[5] 丁林棚. 时空的交织：门罗短篇小说中的加拿大民族性构建[J]. 外语教育研究，2014（2）.

[6] 丁心怡. 作为存在性事件的逃离——从事件理论视角解读艾丽斯·门罗的小说《逃离》[J]. 当代外国文学，2020（1）.

[7] 段从学.《骆驼祥子》与老舍的"实验主义"写作[J]. 江汉论坛，2021（2）.

[8] 段从学. 现代性语境中的何其芳道路[J]. 中国现代文学研究丛刊，2013（5）.

[9] 胡览乘. 张爱玲与左派[J]. 天地，1945（21）.

[10] 黄雯怡. 加拿大写实动物小说中的伦理思想探析[J]. 外语研究，2018（35）.

[11] 纪汇楠，薛姝姝. 从门罗的小说看女性意识成长——以《恨、友谊、追求、爱情、婚姻》为例[J]. 学理论，2015（20）.

[12] [加]DAVID R JARRAWAY. "那种东西"：难以言说的生活本质[J]. 赵海萍，刘继华，译. 浙江外国语学院学报，2016（2）.

[13] 简国儒. The Office 评析[J]. 外国语文，1993（4）.

[14] 金莉. 生态女权主义[J]. 外国文学, 2004（5）.

[15] 康有金, 潘怡泓. 生成的孽缘——解读艾丽斯·门罗小说《机缘》[J]. 世界文学评论, 2022（12）.

[16] 林玉珍. 艾丽丝·芒罗短篇小说的多重主题[J]. 世界文学评论, 2006（10）.

[17] 刘宏宇.《亲爱的生活》一种拉康式心理学图景[J]. 国文学研究, 2015（2）.

[18] 刘文. 拉康的镜像理论与自我的建构[J]. 学术交流, 2006（7）.

[19] 刘新慧. 双面蒙萝——论艾丽丝·蒙萝的《姑娘们和女人们的生活》[J]. 兰州大学学报（社会科学版）, 2000（5）.

[20] 刘岩. 女性书写的主体（性）悖论[J]. 文艺研究, 2012（5）.

[21] 刘意青. 存活斗争的胜利者[J]. 外国文学研究, 2002（1）.

[22] 鲁迅. 娜拉出走以后怎样[J]. 文艺会刊, 1924（6）.

[23] [加]芭芭拉·伦戴尔. 爱丽丝·门罗："用心去看"[J]. 林源, 译. 东吴学术, 2014（1）.

[24] 罗钢, 裴亚莉. 种族、性别与文本的政治——后殖民女性主义的理论与批评实践[J]. 北京师范大学学报, 2000（1）.

[25] [美]珍妮·麦卡洛克, [美]莫娜·辛普森. 小说的艺术——爱丽丝·门罗访谈录[J]. 杨振同, 译. 当代作家评论, 2014（4）.

[26] [加]爱丽丝·门罗, [美]莉莎·迪克勒·栗野. 点燃创作的火焰[J]. 张小意, 译. 上海文学, 2014（1）.

[27] [加]艾丽丝·门罗, [瑞]斯蒂劳·阿斯伯格. 爱丽丝·门罗：在她自己的文字里[J]. 吴永嘉, 江楠, 柏林, 译. 名作欣赏, 2014（1）.

[28] [美]马莎·帕莉. 激情的政治：佩德罗·阿尔莫多瓦与讽刺性幽默美学[J]. 高静渊, 译. 当代电影, 2000（2）.

[29] 乔向东. 反驳与偏离——张爱玲小说对于新文学的反抗[J]. 中国现代文学研究丛刊, 1996（1）.

[30] [加]罗伯特·撒克."引人遐想、耐人寻味的叙述"——读艾丽丝·门罗的《恨、友谊、追求、爱和婚姻》[J].沈晓红,译.外国文学,2014(5).

[31] 申丹.何为叙事的"隐性进程"?如何发现这股叙事暗流?[J].外国文学研究,2013(5).

[32] 沈芸.艾丽丝·门罗小说《亚孟森》中的女性书写[J].安徽文学,2017(6).

[33] 孙芳,康有金.都是匆匆惹的祸——艾丽斯·门罗《匆匆》无器官身体解读[J].世界文学评论,2017(3).

[34] [美]德巧拉·特雷斯曼.到底是真实的——艾丽丝·门罗谈《亲爱的生活》[J].杨振同,译.外国文艺,2014(1).

[35] 天行.爱丽丝·门罗及其创作简谈[J].博览群书,2014(2).

[36] 王富仁.河流·湖泊·海湾——革命文学、京派文学、海派文学略说[J].中国现代文学研究丛刊,2009(5).

[37] 王岚,黄川.他者的欲望和欢愉——门罗小说《激情》中的"新现实主义"书写[J].英语研究,2022(13).

[38] 夏光.德鲁兹和伽塔里的精神分析学[J].国外社会科学,2007(3).

[39] 小风.加拿大作家艾丽丝·门罗出版新作[J].世界文学期刊,1983(5).

[40] 肖淑芬.庐隐:中国现代文学史上第一位女权主义作家[J].扬州大学学报(人文社科版),2006(6).

[41] 邢人俨.爱丽丝·门罗:故事最可贵的并不是得到真相[J].南方人物周刊,2013(35).

[42] 易新农,陈平原.《玩偶之家》在中国的回响[J].中山大学学报,1984(2).

[43] 于闽梅.艾丽丝·门罗:"我就是一个上了年纪的老姑娘"[J].中学生,2014(1).

[44] 张爱玲.到底是上海人[J].杂志,1943(5).

[45] 张爱玲.童言无忌[J].天地月刊,1944(7-8).

[46] 张爱玲. 走! 走到楼上去[J]. 杂志月刊, 1944（1）.

[47] 张芳. 近三十年来国内外艾丽丝·门罗研究述评[J]. 桂林航天工业学院学报, 2013（3）.

[48] 张悦然. 门罗的晚期风格[J]. 文艺争鸣, 2020（4）.

[49] 赵庆庆. 献给爱丽丝的玫瑰——阿特伍德评门罗[J]. 当代作家评论, 2014（2）.

[50] 赵叶青. 艾丽丝·门罗的家乡书写[J]. 牡丹江大学学报, 2016, 25（1）.

[51] 赵毅衡. 论二我差: "自我叙述"的共同特征[J]. 江西师范大学学报, 2014（4）.

[52] 周怡. 从艾丽丝·门罗看加拿大文学——罗伯特·撒克教授访谈录[J]. 外国文学研究, 2013（4）.

[53] 周怡. 自我的呈现与超越——评艾丽丝·门罗的短篇小说《脸》[J]. 外国文学, 2011（1）.

三、学位论文

[1] 陈茜. 艾丽丝·门罗短篇小说创作艺术论[D]. 杭州: 浙江师范大学, 2016.

[2] 陈晓璐. 身份含混、困境逃离和浸染叙事[D]. 福州: 福建师范大学, 2015.

[3] 高程敏. 论艾丽丝·门罗的小镇叙事[D]. 海口: 海南大学, 2016.

[4] 高静. 艾丽丝·门罗短篇小说的创作机制研究[D]. 济南: 山东大学, 2020.

[5] 李倩倩. 艾丽丝·门罗短篇小说中的不确定叙事与复杂人性分析[D]. 郑州: 郑州大学, 2020.

[6] 李思凝. 艾丽丝·门罗小说的哥特式特征研究[D]. 牡丹江: 牡丹江师范学院, 2022.

[7] 刘静. 艾丽丝·门罗的写作艺术: 试论门罗作品《逃离》中对于经典作家的传承与创新[D]. 合肥: 安徽大学, 2014.

[8] 沐永华. 走出失落：艾丽丝·门罗挽歌式小说研究[D]. 上海：华东师范大学，2017.

[9] 曲伟.《女孩和女人们的生活》的生态女性主义解读[D]. 大连：辽宁师范大学，2021.

[10] 任璇绚. 艾丽丝·门罗后期小说的开放性特征[D]. 保定：河北大学，2015.

[11] 孙艳琳. 艾丽丝·门罗小说研究[D]. 济南：山东师范大学，2016

[12] 王文静. 逃离与回归——从生态女性主义视角解读艾丽丝·门罗的《逃离》[D]. 山东师范大学，2019.

[13] 王亦甜. 论艾丽丝·门罗小说中的女性书写[D]. 扬州：扬州大学，2015.

[14] 占露. 回到生活本身——艾丽丝·门罗短篇小说风格研究[D]. 南昌：南昌大学，2016.

[15] 张雨. 艾丽丝·门罗短篇小说的叙事学研究[D]. 苏州：苏州大学，2018

[16] 赵友岩. 对《亲爱的生活》的女性主义解读[D]. 石家庄：河北师范大学，2014.

[17] 周怡. 艾丽丝·门罗短篇小说的加拿大性研究[D]. 上海：上海外国语大学，2013.

[18] 朱江. 艾丽丝·门罗短篇小说中的动物书写及其生态伦理研究[D]. 桂林：广西师范大学，2020.

[19] 朱仙鲜. 论艾丽丝·门罗短篇小说中的小镇世界[D]. 广州：暨南大学，2015.

四、英文文献

[1] ATWOOD M. Second words: selected critical prose[M].Toronto: House of Anansi Press, 1982.

[2] ATWOOD M. Survival: a thematic guide to Canadian literature[M]. Toronto: House of Anansi, 1972.

[3] AWANO L D.Appreciations of Alice Munro[J]. The Virginia Quarterly

Review, 2006, 82(3).

[4] AWANO L D, MUNRO A. An interview with Alice Munro[J]. The Virginia Quarterly Review, 2013, 89(2).

[5] BOYCE P, SMITH R. A national treasure: an interview with Alice Munro[J]. Meanjin, 1995 (54).

[6] CHION M. Wasted Words[M]// Sound Theory, Sound Practice. New York: Routlege, 1992.

[7] CIXOUS H, COHEN K, COHEN P. The laugh of the medusa[J]. Signs Journal of Women in Culture & Society, 1976, 1(4).

[8] CIXOUS H, KUHN A. Castration or decapitation?[J]. Signs Journal of Women in Culture & Society, 1981, 7(1).

[9] CROUSE D. Honest tricks: surrogate authors in Alice Munro's Hateship, Friendship, Courtship, Loveship, Marriage[M]//Critical Insights: Alice Munro. Ipswich, MA: Salem，2012.

[10] DILLARD A. Pilgrim at Tinker Creek[M]. New York: Harper Perennial. 1988.

[11] FRYE N. Conclusion to literary history of Canada: Canadian literature in English[M]. D Durham: Duke University Press, 1991.

[12] FRYE N. Divisions on a ground: essays on Canadian culture[M]. Toronto: Anansi Press, 1982.

[13] GIBSON G. Eleven Canadian novelists[M]. Toronto: The House of Anansi Press, 1973.

[14] HEBLE A. The tumble of reason Alice Munro's discourse of absence [M]. Toronto: University of Toronto Press, 1994.

[15] IRIGARAY L. Elemental Passions[M]. London: The Athlone Press, 1992.

[16] MOI T. Sexual/textual politics: feminist literary theory[M].London: Routledge, 1995.

[17] MOODIE S. Roughing it in the Bush[M]. Toronto: McClelland and Stewart, 1852.

[18] MUNRO A. The view from Castle Rock[M]. London: Vintage Books, 2007.

[19] RICHARDSON J. Wacousta: a tale of the Canadas[M]. Toronto: New Canadian Library, 1991.

[20] SCHAFER R M. The soundscape: our sonic environment and the tuning of the world[M]. Vermont, VT: Destiny Books, 1994.

[21] SHELDRICK R C. Alice Munro: a double life[M]. Toronto: ECW Press, 1992.

[22] SHOWALTER E. Towards a Feminist Poetics[M]//Twentieth-Century Literary Theory A Reader. London: Palgrave, 1997.

[23] SHOWALTER E. A literature of their own: British women novelists from Brontë to lessing[M]. Princeton University Press, 1978.

[24] SINCLAIR L. The Canadian Idiom[M]// In Our Sense of Identity: A Book of Canadian Essays. Toronto: Ryerson Press, 1954.

[25] STATES B O. Dream and storytelling[M]. Ithaca, NY: Cornell University Press, 1933.

[26] SUGARS C. Canadian gothic: literature, history, and the spectre of self-invention[M]. Cardiff: University of Wales Press, 2013.

[27] TERR L. Too scared to cry: psychic trauma in childhood[M]. New York: Harper & Row, 1990.

[28] TUAN Y F. Topophilia: a study of environmental perception, attitudes and values[M]. New Jersey: Prentice-hall, Inc, 1974.

[29] TAUSKY T E. Alice Munro Biocritical Essay[M]. Calgary: University of Calgary Press, 1986.

[30] VASSILIEVA J. Russian leviathan: power, landscape, memory[J]. Film Criticism, 2018.

五、其他文献

[1] [西班牙]阿莫多瓦《对她说》是个梦境[EB/OL].（2002-12-11）[2022-10-13]. https://ent.sina.com.cn/m/2002-12-11/ 1139118646.html.

[2] 丁林棚. 艾丽丝·门罗：现实即故事[EB/OL].（2013-11-15）[2022-10-10]. http://www.chinawriter.com.cn/bk/2013-11-15/73206.html.

[3] Deborah Treisman.On "Dear Life": An Interview with Alice Munro [EB/OL].(2012-10-20)[2023-05-06]. https://www.newyorker.com/books/page-turner/on-dear-life-an-interview-with-alice-munro.

[4] 耿庆源. 诺奖女作家门罗：拥有好习惯 没什么可以打败你[EB/OL].（2013-10-14）[2022-08-10]. http://www.chinawriter.com.cn/2013/2013-10-14/177257.html.

[5] 韩淑芳. 门罗说：小说是一所房子而她的房子里住着各色女人[N]. 杭州日报，2009-06-07（7）.

[6] 江楠. 门罗：不会把现实人物直接写进书中[N]. 新京报，2014-01-24（6）.

[7] MYXFILM.《胡丽叶塔》：阿莫多瓦的一点新一点旧[EB/OL].（2016-05-19）[2022-10-08].https://movie.douban.com/review/7901279/.

[8] 宋宇晟. 学者谈门罗：非女性主义作家 读其作品不能着急[EB/OL].（2014-01-13）[2022-08-08].https://www.zgnfys.com/m/a/nfwx-43890.shtml.

[9] [加]黛博拉·特雷斯曼. 专访门罗：我从不自认是女权主义者[EB/OL]. 有毛僧，编译.（2013-10-14）[2021-06-18]. https://www.douban.com/group/topic/46844936/?_i=3377243Yez WDvw.

[10] 王晓鹏. 门罗：写作兴致已耗尽 我并非是女权主义作家[EB/OL].（2013-10-15）[2022-05-06].http://cul.jiaodong.net/system/2013/10/16/012064632.shtml.

[11] 宣金学. 诺贝尔文学奖得主门罗:写作是一场绝望的竞赛[N].中国青年报,2013-10-16(10).

[12] 朱晓映. 爱丽丝·门罗:南部安大略女性哥特式写作[EB/OL].(2014-02-03)[2022-12-08].https://blog.sina.com.cn/s/blog_4aad94dd0101dxbo.html.

[13] 2013年艾丽丝·门罗诺贝尔文学奖颁奖词[EB/OL].(2013-10-10)[2021-03-10].https://www.nobelprize.org/prizes/literature/2013/summary/.

附 录

艾丽丝·门罗小说著作一览表

序号	出版时间	著作名	出版社	所获奖项
1	1968年	Dance of the Happy Shades 《快乐影子之舞》	Penguin Books 译林出版社 张小意译 2013	加拿大总督文学奖
2	1971年	Lives of Girls and Women 《女孩和女人们的生活》	New American Library 译林出版社 马永波、杨于军译 2013	加拿大书商协会奖
3	1974年	Something I've Been Meaning to Tell You 《我一直想要告诉你的事》	New American Library 译林出版社 刘黎琼译 2018	
4	1978年	Who Do You Think You Are? 《你以为你是谁?》	Knopf Publishing Group 译林出版社 邓若虚译 2018	加拿大总督文学奖
5	1982年	The Moons of Jupiter 《木星的卫星》	Knopf Publishing Group 译林出版社 步朝霞译 2019	加拿大总督文学奖提名
6	1986年	The Progress of Love 《爱的进程》	Penguin Books 译林出版社 殷杲译 2013	加拿大总督文学奖；加拿大玛丽安恩格尔奖

续表

序号	出版时间	著作名	出版社	所获奖项
7	1990 年	*Friend of My Youth*《我年轻时的朋友》	Knopf Publishing Group 译林出版社 周嘉宁译 2018	英联邦作家文学奖；加拿大安大略省延龄草图书奖；爱尔兰国际时代小说奖；加拿大委员会终身成就奖
8	1994 年	*Open Secrets*《公开的秘密》	Knopf Publishing Group 译林出版社 邢楠、陈笑黎译 2013	加拿大总督文学奖提名
9	1997 年	*Selected Stories*《挑选的故事》	Vintage	
10	1998 年	*The Love of a Good Woman*《好女人的爱情》	Knopf Publishing Group 译林出版社 殷杲译 2013	加拿大吉勒奖；美国国家图书评人大奖
11	2001 年	*Hate, Friendship, Courtship, Love, Marriage*《恨，友谊，追求，爱情，婚姻》	Knopf Publishing Group 译林出版社 马永波、杨子军译 2013	英联邦利短篇小说奖；欧享利短篇小说奖；瑞典文学奖终身成就奖
12	2004 年	*Runaway*《逃离》	Knopf Publishing Group 北京十月文艺出版社 李文俊译 2009	加拿大吉勒奖
13	2006 年	*The View From Castle Rock*《岩石堡风景》	Knopf Publishing Group 译林出版社 王尧译 2018	
14	2009 年	*Too much Happiness*《幸福过了头》	Knopf Publishing Group 译林出版社 张小意译 2013	曼布克国际奖

续表

序号	出版时间	著作名	出版社	所获奖项
15	2012 年	*Dear Life*《亲爱的生活》	Vintage International 北京十月文艺出版社 2014 姚媛译	加拿大安大略省延龄草图书奖
16	2013 年	门罗的 7 部作品：《快乐影子之舞》《女孩和女人们的生活》《爱的进程》《公开的秘密》《好女人的爱情》《恨，友谊，追求，爱情，婚姻》《幸福过了头》	译林出版社	诺贝尔文学奖获得者；首位加拿大作家获得者；世界第 13 位女性诺贝尔文学奖获得者
17	2014 年	*Family Furnishings: Selected Stories, 1995-2014*《传家之物：艾丽丝·门罗自选集，1995—2014》	Knopf Publishing Group 广西师范大学出版社 李玉瑶译 2017	

后　记

在 82 岁的高龄之际，艾丽丝·门罗畅想人生，结合自己的回忆以及对人生的体悟，她用半自传半回忆的口吻，像一位和蔼的长者向我们娓娓道来有关"亲爱的生活"的奥秘。本书以"最丰富、最完美、最个性的集大成之作"——《亲爱的生活》作为主要研究对象，以"女性书写"作为主要切入点，以此勾连门罗其他代表性短篇小说，进而可以看出在其独特的女性书写与表达之中，熔炼的是其超脱的人生观、高超的艺术创作观以及对生活智慧的哲学性思考。以学术为契机，发现并研究这样一位优秀的世界性作家是我们的荣幸。

本书的写作基于我们三个人对艾丽丝·门罗这位"当代契诃夫""当代短篇小说大师"，也是世界上唯一一位凭借短篇小说艺术成就获得诺贝尔文学奖的女性作家的共同兴趣。基于此，我们三人结合自己的研究方向与理论所长对门罗短篇小说中的"女性书写"展开剖析，以期能为当前学术界的门罗研究添砖加瓦，贡献力量。

囿于我们的学术基础不同与个人能力，我们也深知，本书的研究广度和深度还远远不够：从研究成果上看，整体上我们比较擅长文本分析与细读，这也意味着我们的理论运用不够深入。所以，作为人生第一本学术著作，我们不敢奢求完美，书中所呈现的研究内容与结论也难免有不足乃至武断之处，还请学术界同仁批评指正。

本书篇幅不是很长，正文字数约 22 万字，是三位作者合作完成的。具体分工如下：

菅娜娜：2018 级西南交通大学在读博士，研究方向为比较文学与世界文学，主要负责第一章的 1.3 节、第二章、第四章、第七章及除主体章节之外的前言、结语、参考文献、附录、后记等内容撰写，约 10 万字，主要廓清了本书的研究对象以及对关键概念进行界定，分析了门罗小说中的女性人物形象之维、"超性别书写"的话语之维、边缘性书写的空间之维以及不确定性表达的话语之维。

谷晓曦：2018级西南交通大学在读博士，研究方向为中国现当代文学，主要负责第一章1.2节、第三章、第五章，约6万字，对门罗小说中国内外研究现状进行总结归纳和梳理，分析了门罗小说中的性别构型、逃离叙事主题，同时以"娜拉的出走"为切口，将门罗与张爱玲对读，创造性地分析了女性逃离的命运及背后凸显的问题困境。

杨光：2019级西南交通大学在读博士，研究方向为文艺与传媒文化，主要负责第一章1.1节、第六章、第八章，约6万字，主要设定了本书的研究内容以及研究目标，同时围绕门罗小说中边缘性书写的空间之维、自然风景与女性生态主义的关联、"风景"在小说与电影中的跨媒介叙事展开深入分析与解读。

全书由菅娜娜最后统稿、修改和订正。需要特别指出的是，本书的写作参考了很多学术界前辈的研究成果，在行文中我们也尽量予以仔细标注。但是限于学识不足，个别之处难免有错漏，敬请各位学者专家不吝赐教、予以指正。

本书在写作和出版的过程中得到了很多师友同仁的帮助，在此请允许我们向他们表示诚挚的谢意。

首先，要感谢西南交通大学人文学院的各位老师。从我们入学至今，是他们一步步带领我们走进科研的大门，老师们学术上不断钻研、精益求精、踏实严谨的治学精神给我们带来潜移默化的影响。在论文写作期间，我们时刻提醒自己，要静下心来踏踏实实做学问，认认真真梳理材料，大胆地假设，小心地求证，力求在自己的研究领域有所贡献。

其次，我们还要感谢学习期间的同窗好友以及师门同仁，是他们在学习和生活方面的默默陪伴、无私帮助和互相鼓励才有了今日的我们。

最后，还要感谢我们的家人和爱我们的人。他们也许根本看不懂我们所做的学术研究，只知我们整日埋在书堆里忙着看书和写论文，但是他们却一直用默默支持和无言的爱给我们最大的力量，让我们可以在专心治学之余，多了一个温暖的港湾可以回望。灵感枯竭之际，写作进展迟迟无法推进之时，父母远远的叮嘱和日常唠叨总是给我们以莫大的温暖和心灵慰藉。学海无涯没有尽头，人生却有来处，父母在，我们还尚有归途，想想，这也是平淡生活里的莫大幸福。